刘慈欣

亚洲首位世界科幻大奖雨果奖得主，将中国科幻推上世界高度

三体　　三体·黑暗森林　　三体·死神永生

中国科幻文学里程碑之作 现象级科幻畅销书

入选“新中国70年70部长篇小说典藏”、《中小学生阅读指导目录（2020年版）》

作为一部真正能让人在平凡生活中抬头仰望星空的科幻小说，《三体》的字里行间处处可见瑰丽万方的幻想与深刻独到的思考。

星云Ⅹ：忒弥斯
江波/阿缺/许刚/鲁般

星云Ⅺ：见字如面
王元/氦五/辛维木/鲁般

星云Ⅻ：笛卡尔之妖
分形橙子/索何夫/刘洋/杨晚晴

星云XIII：赛博桃源记
邓思渊/王元/汪彦中/江波

一本打开即见奇景的科幻MOOK
一个打造全新经典作品的科幻平台

“星云”系列丛书震撼重启，每辑选入四篇优秀的中篇科幻小说，搭配精美手绘插图，匠心呈现科幻小说的浪漫与独特。

科幻世界精选集2019　　**科幻世界精选集2020**
科幻世界精选集2021　　**科幻世界精选集2022**

姚海军 主编

从此窥见未来的多种可能

《科幻世界》是一本提升中国人想象力的“国民杂志”。本精选集每辑精选数篇前一年度的优秀上刊作品。无论是新人作者还是成熟作者，都在不断地拓展和丰富科幻小说的母题，不仅在传统题材上推陈出新，同时也将新的题材引入科幻小说中。

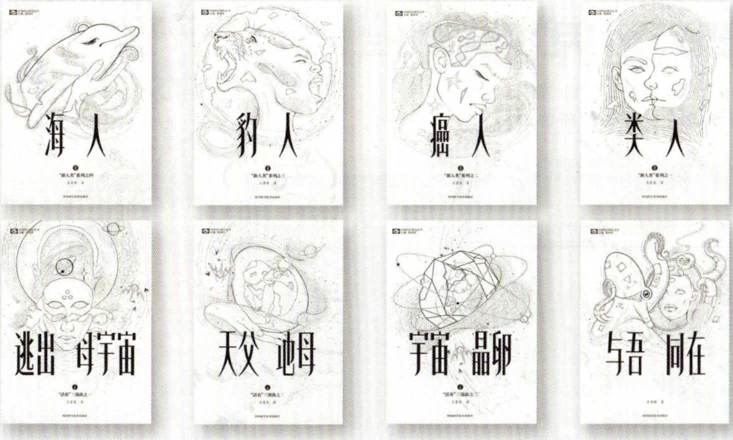

王晋康

中国科幻银河奖、华语科幻星云奖桂冠作家

“新人类”四部曲（精装） 海人·豹人·癌人·类人

“活着”三部曲（精装） 逃出母宇宙·天父地母·宇宙晶卵

与吾同在（精装）

自1993年以来，王晋康发表和出版科幻小说近百篇（部），共计四百余万字，包括《蚁生》《十字》《与吾同在》《王晋康科幻小说精选（四卷）》等。其作品沉郁苍凉，既融汇了丰富的科学知识，也有对宇宙及生命的哲思睿见，深受读者喜爱。

红 石

江 波

我们是人类，我们追寻真理之光，
不是要成为红石的傀儡

红石，银河间价值最高的宝石，没有人知道它究竟是什么成分，没有人知道它是怎么产生的，就连它的来源都是一个谜。

一枚正二十面体的红石出现在银河边陲星域的希格斯星上。一时间，各方势力聚集，扑向这枚“大帝之石”。希格斯星最终会重获新生，还是彻底沦为他人俎上鱼肉，且看这平静又暗潮涌动的风暴中心如何风起云涌。

伯劳与荆棘

谭 钢

一人前往未来必有一人回到过去

生活在百年之后的爱琳·索菲亚被阴差阳错地传送回现代，不仅成为各方争相抢夺的对象，更成了可以制造时间悖论、进而威胁全人类的终极武器。

紧张刺激的生死博弈，令人屏息的暗杀行动，扣人心弦的动作场面，精彩激烈的枪战狙击……世界的命运会因爱琳迎来怎样的结局？

[加拿大] 罗伯特·索耶

“加拿大科幻界的教长”

金羊毛·星丛·红星蓝调

计算中的上帝·终极实验

尼安德特人三部曲：原始人·人类 · 混血儿(待出版)

自成一派的加拿大科幻文学先驱

恐龙灭绝的背后隐藏着宇宙真相；人脑与电脑的终极对决引发思考；三重分身策划的网络谋杀充满悬念；火星矿脉掩埋的陈年谜案扑朔迷离；太空中邂逅的未来种族带来无限想象空间。被誉为“加拿大科幻界的教长”和“最受中国读者欢迎的外国作家”的罗伯特·索耶，以其缜密冷峻的科学构想和真情实感的细腻笔触，将一个个峰回路转的故事娓娓道来。

前承黄金时代，后启赛博朋克

[美] 菲利普·迪克

迪克只得过一次雨果奖、一次坎贝尔纪念奖，却被誉为“科幻作家中的科幻作家”。他一生中大多数时间都挣扎在贫困的边缘，但去世之后，他的《银翼杀手》《少数派报告》等作品被好莱坞搬上大银幕，深受大众欢迎。

科幻世界诚意出品，带你阅读鬼才大师的一生。

神圣入侵：菲利普·迪克的一生

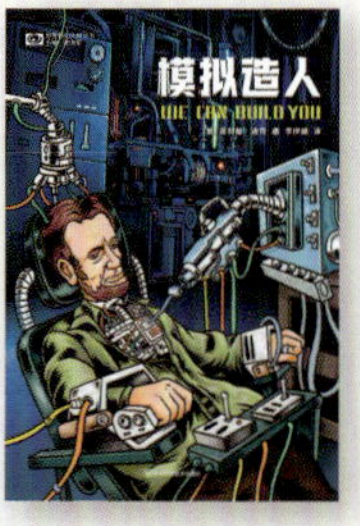

天空之眼·逆时钟世界·模拟造人 拟像社会·时间脱节·宇宙补陶匠(待出版)

光环·烟与影　光环·变节者　光环·光之点

[英]凯利·盖伊

经典科幻游戏《光环》

IP衍生小说“黑桃A号”系列

“寻找，占有，获利。”在战后散落着技术残骸的银河系里，拾荒者以此为座右铭。拾荒者飞船“黑桃A号”的船长芮恩·弗吉对星际冒险拥有着狂热的渴望，然而她的职业生涯背后还有另一个目的，那便是寻找她自童年时期便生死未卜的父亲的下落。

在一次拾荒行动中，芮恩第一次得到了父亲的线索，然而这背后似乎隐藏着更大的谜团……

潘多拉之星（共三册）

[英]彼得·汉密尔顿

“爱死机”剧集原著作者之一倾情呈现

“太空歌剧”类别不可不读之作

在未来，一场由勇气和好奇驱动的星际探索，竟成了人类打开决定自身命运的潘多拉魔盒的钥匙。在遭遇未知和敌对力量的黑暗时代，人类将如何应对？本书便是最好的答案。

万物之主（上下册）

[德]安德烈亚斯·埃什巴赫

德语科幻领军人重量级代表作

安德烈亚斯·埃什巴赫曾是航空航天工程师、软件工程师。这样的经历促成了代表作《万物之主》的诞生，让他能以硬科幻特有的严谨，推导出费米悖论的另一种解释。在他的文字里，沧海桑田、万家灯火，都不过是另一片黑暗森林中空寂的回声。

荒　城

[美]克利福德·西马克

田园科幻开山之作

荣获国际幻想奖，追授雨果奖

人类渐渐退出地球的舞台，而狗成为旧文明的守护者和新文明的开创者。

作者别出心裁地以九篇连作的形式，将故事娓娓道来，塑造出聪明善良、爱好和平的狗，以及忠诚无私的机器人角色，谱写了一曲余韵悠长的田园牧歌。

玫瑰与蠕虫

[俄]罗伯特·伊巴图林

俄罗斯硬科幻复兴之作

荣获斯特鲁伽茨基奖、俄罗斯科幻大会奖

本书建构了一个俄式硬科幻的独特未来宇宙——以种种冷峻严谨的技术细节呈现出一场视觉“轰炸”，流转于交错时空与多重叙事之间，精心设置了一局硬核“思维游戏”：激烈对峙的棋局，异星文明的蛛丝马迹，以及最终浮出水面的真相——在更加宏大的宇宙格局中，何为生命与文明的运行规律……

计算者：格罗莫夫中篇小说集

[俄]亚历山大·格罗莫夫

末世烟云中异化的人类　色调沉郁的社会实验

欧洲科幻大会最佳作家、俄罗斯科幻奖项“大满贯”作家亚历山大·格罗莫夫中篇小说集。五篇获奖之作带读者开启一段段窥视未来的异星奇旅，在深刻的哲学性和引人入胜的情节中，领略俄罗斯经典“社会派”科幻的深厚魅力。

鱼舟 · 兽舟

[日] 上田早夕里

日本科幻大赏获得者上田早夕里经典结集

惊惧与好奇交织的阅读快感，无比甜美！
人类与鱼类同胎出生的海洋纪事、好莱坞购入版权的惊悚瘟疫灾难、扭曲人性的教育实验都市……上田早夕里不仅擅长在有限的篇幅中精细打磨剧情和设定，还会在字里行间融入自己的思辨——这使得她作品之中的“幻想”有了完全不同的深度。

鸠笛草

[日] 宫部美雪

日本推理文学女王跨界之作

超十项日本文坛大奖获得者宫部美雪难得一见的科幻推理作品。日本加印26次，累计销量达690,000册。
预见未来、意念纵火、读心术，三位身负超能力的女性，书写平凡又非凡的人生。

SF魂：小松左京自传

[日] 小松左京

日本元老科幻作家晚年回顾性自传

本书是小松左京本人在晚年撰写的一部自传。在书中，小松以幽默而亲切的口吻讲述了自己如何邂逅科幻、如何走上科幻作家的道路，向读者展现了自己与科幻密不可分的、充满戏剧性的一生，让读者得以从独特的视角去审视一位科幻巨星其人其作。

具象之力

[日] 飞浩隆

日本星云赏、日本科幻大赏双奖短篇集

飞浩隆是日本少有的非职业作家，他作品虽少，但篇篇精妙，获奖奇多，曾荣获四次日本星云赏、两次日本科幻大赏。
他擅长场景描写，对感官声色的刻画更是妙绝，轻易便将读者引入超现实的旖旎世界，也因此永远被读者催促着新作与旧作后续。

负 零

[日] 广濑正

时间旅行题材扛鼎之作 入围第六十四届直木奖

一九四五年，东京在轰炸中化为一片火海。滨田俊夫在救人时发现了奄奄一息的邻居伊泽，伊泽请求俊夫在十八年后再次回到这个地方。
俊夫如约重访故地，竟然遇见了伊泽的女儿启子。启子在当年的空袭后音信全无，此刻出现在俊夫面前的她，却依然保持着十八年前的样貌。她告诉俊夫，自己在空袭时躲进了父亲制造的一台奇怪机器里……

如果我们无法以光速前行

[韩] 金草叶

韩国科幻届领军人物 出道代表作
入选“我们时代的小说50部”

本书收录了七个短篇故事。不识情爱的乌托邦、难以前往的远宇宙、跳入大海的宇航员……金草叶将现实的痛楚、想象的宏大以及理解的力量编织在一起，用科幻寻找现实生活的答案——“虽然会痛苦但也更幸福”。

世界科幻大师丛书
主编：姚海军

DYING

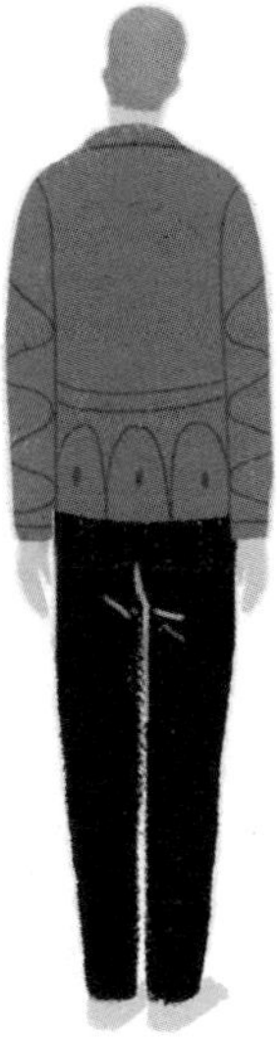

［美］罗伯特·西尔弗伯格 著
冯新仪 译

内心垂死

INSIDE

四川科学技术出版社

图书在版编目(CIP)数据

内心垂死 / (美) 罗伯特·西尔弗伯格　著; 冯新仪翻译. --成都 : 四川科学技术出版社, 2023.9
(世界科幻大师丛书 / 姚海军　主编)
书名原文: Dying Inside
ISBN 978-7-5727-1135-0

Ⅰ. ①内… Ⅱ. ①罗… ②冯… Ⅲ. ①幻想小说 - 美国 - 现代 Ⅳ. ①I712.45

中国国家版本馆 CIP 数据核字(2023)第 170642 号
图进字号:21-2021-354

世界科幻大师丛书
内心垂死
SHIJIE KEHUAN DASHI CONGSHU
NEIXIN CHUISI

丛书主编　姚海军
著　　者　[美]罗伯特·西尔弗伯格
译　　者　冯新仪

出 品 人　程佳月
责任编辑　宋　齐　姚海军
特约编辑　刘弋靖
封面绘画　花吃了那怪兽
封面设计　王莹莹
版面设计　王莹莹
责任出版　欧晓春
出　　版　四川科学技术出版社
成都市锦江区三色路 238 号　邮政编码 610023
官方微博:http://weibo.com/sckjcbs
官方微信公众号:sckjcbs
传真:028-86361756
成品尺寸　140mm×203mm　　印　　张　9.125
字　　数　160 千　　插　　页　3
印　　刷　成都博瑞印务有限公司
版　　次　2023 年 9 月成都第一版
印　　次　2023 年 9 月成都第一次印刷
定　　价　46.00 元

ISBN 978-7-5727-1135-0

邮 购:成都市锦江区三色路 238 号新华之星 A 座 25 层　邮政编码:610023
电 话:028-86361770

第一章

是时候再进城一趟了，去大学里搞点儿钱。我的日常开销并不大，一个月两百美元足以维持生计，只不过最近手头比较紧，我也不敢再去找妹妹借钱了。很快，这些学生就得写本学期的第一篇论文了。这门生意一直比较稳定，戴维·塞利格疲惫不堪、日渐衰败的大脑即将再次派上用场。今天应该能接到七十五美元的活儿。十月份的清晨很美妙，阳光灿烂，空气干爽。一股高气压笼罩着纽约市，吹走了湿气和薄雾。在这样的好天气里，连我那逐渐衰弱的能力也活跃起来。那么我们走吧，你我两个人，正当天空慢慢铺展着清晨。[1]目标百老汇地铁站，请准备好地铁代币。

---

① 此句为作者化用T.S.艾略特的长诗《J.阿尔弗瑞德·普鲁弗洛克的情歌》中的诗句。——本书注释均为译者注

你我两个人，我在对谁说话？毕竟我正独自一人前往曼哈顿下城。你我两个人。

为什么是两个？当然指的是我和住在我脑子里的那个生物。它蛰伏在海绵般的巢穴里，窥视着毫无戒心的凡人们。那个狡猾的东西，生病的怪物，正在比我更迅速地走向死亡。叶芝曾写过一首诗——《自我与灵魂的对话》，而塞利格的自我分裂是叶芝这个可怜的傻瓜永远无法理解的。既然如此，那塞利格为何不能也聊一聊自己这项独特却易逝的天赋，将其比作一个强行寄宿于他头骨之中的不速之客呢？有何不可呢？那么我们走吧，你我两个人。穿过走廊，按下按钮，进入电梯。一股大蒜的臭味。这些乡巴佬，乌泱泱的波多黎各人，走到哪里都能留下强烈的气味。我的邻居们，我爱他们。向下，向下。

现在是东部夏令时[1]上午10点43分，中央公园的温度是57华氏度[2]，湿度为28%，气压表读数为30.30英寸汞柱[3]，且气压呈下降趋势。东北风，风速每小时11英里[4]。天气预报显示，今天和明天

---

① 美国东部时间以位于西五区的纽约、华盛顿等城市为代表，区分夏令时（从每年的三月份的第二个周日开始）和冬令时（从十一月份第一个周日开始）。美东夏令时=北京时间−12小时。

② 美制温度单位，华氏度=32+摄氏度×1.8。

③ 美制压力单位，指0℃时已知高度的汞柱产生的压力，1英寸汞柱≈3.3864千帕。

④ 英美制长度单位，1英里≈1.61公里。

都是晴天,阳光明媚,最高温度在60至65华氏度。今天的降水概率为零,明天为10%,空气质量良好。戴维·塞利格时年四十一岁,呈老化趋势。他的身高略高于中等水平,身材是一个习惯自己胡乱对付一顿的单身汉特有的瘦削。平时,他总是一副微微皱眉、略带疑惑的神情,还经常眨眼。他身着褪色的蓝色牛仔夹克、1969年的复古条纹阔腿裤和结实的厚底靴。从外形看,他很年轻,至少脖子以下如此;但事实上,他整体看上去活像一个从某间非法实验室里跑出来的实验品:一个日渐秃顶、满是皱纹、一脸愁容的中年男子的脑袋被嫁接到了一个不情愿的青春期男孩的身体上。这事是如何发生在他身上的?他的脸和头皮是从什么时候开始衰老的?电梯从十二层(他那两室一厅的避难所所在的楼层)慢慢下行时,缆绳发出一阵尖利刺耳的嘲笑。他怀疑这些生锈的缆绳比他的年纪还大,而他自己可是生于1935年的老古董了。这片房屋可能建于1933年或1934年,当时的纽约市市长还是菲奥雷洛·亨利·拉瓜迪亚[①],也许还要更早一点——可能建于二战前。(你还记得1940年吗,戴戴?那一年我们带你参观了世界博览会。这是尖角塔,那个是圆球[②]。)不管怎么说,这些建筑都在变老。但话又说回

① 菲奥雷洛·亨利·拉瓜迪亚(Fiorello Henry La Guardia,1882—1947),美国意大利裔政治家,美国共和党成员,第99任纽约市市长(1934—1945)。

② 尖角塔和圆球(Trylon and Perisphere)是1939年纽约世界博览会的标志性建筑。

来，世间万物不都是如此吗？

电梯吱吱呀呀地停在了七层。斑驳的电梯门尚未开启，我却早已感知到一束通过电梯横梁传来的思维颤动，源头是一名拉美裔女性。门外站着的很有可能是一个年轻的波多黎各妻子——毕竟大楼里到处都是这种人，她们的丈夫在这个时间段都已外出工作。然而，我坚信自己读出了她的灵场，而不是全凭瞎猜。果不其然。她身材矮小，皮肤黝黑，二十三岁左右，挺着大肚子。我可以清楚地捕捉到来自她的双重思维输出：她自己浅薄、感性的跳跃式思维，以及从她坚硬隆起的腹部里传出的毛茸茸的模糊跃动。胎儿大概六个月。她面部平坦，臀部宽大，一双小眼睛具有光泽，薄薄的嘴唇抿得很紧。她的另一个孩子大约两岁，是个脏兮兮的女孩，此刻正紧紧地抓着母亲的拇指。她们进入电梯时，这个孩子冲我咯咯直笑。女人怀疑地看了我一眼，也浅浅地微笑了一下。

她们背对我站着。一阵压抑的沉默。日安，女士[①]。天气不错，对不对，女士？多么可爱的孩子啊。但我选择沉默不语。我不认识她，而她看起来和这栋楼里的其他住户没什么不同，甚至连输出的思维也十分平常，毫无个性：她正模糊地盘算着买点芭蕉和大米，还惦记着这周的彩票结果和今晚的电视节目集锦。是个无趣的娘们儿，但她是人类，我爱她。她叫什么名字？也许是阿尔塔格

① 该句原文为西班牙语。

雷西亚·莫拉莱斯夫人，或是阿曼蒂娜·菲格罗亚夫人，抑或菲洛梅娜·梅尔卡多夫人。我喜欢她们的名字，像诗歌一样动听。那些和我一起长大的丰满结实的女孩儿，她们的名字都是桑德拉·维纳、贝弗利·施瓦茨、希拉·威斯巴德这类。女士，您是伊诺森西亚·费尔南德斯夫人吗？或者克洛多米拉·埃斯皮诺萨夫人？还是博尼法西娅·科隆夫人？也许是埃斯佩兰萨·多明格斯夫人。埃斯佩兰萨。埃斯佩兰萨。我爱你，埃斯佩兰萨。埃斯佩兰萨永驻人们心中[①]。（去年圣诞节，我去新墨西哥州的埃斯佩兰萨参加了斗牛比赛，住在假日酒店。好吧，开玩笑的，我没去过。）一楼到了，我敏捷地上前把电梯门打开。可爱但冷漠的孕妇走出了电梯，没有对我微笑。

好嘞，现在出发去坐地铁。需要穿过一个长街区才能到达地铁站。市郊这段轨道位于地上。我沿着油漆开裂剥落的楼梯一路冲刺，到达站台层时几乎没怎么气喘，戒瘾生活初见成效。最近我的饮食朴素，不抽烟，适度饮酒，不碰迷幻药和致幻剂，还戒掉了快速丸。这个时间段的车站几乎空无一人，但没过多久，我的耳边就传来了车轮飞驰而来的尖啸，夹杂着金属相撞的声音。几乎在同一时刻，一团紧紧挤压在一起的思维山呼海啸般涌入我的大脑。北边迎面驶来五六节车厢，里面挤满了乘客。他们的灵魂形成了

① 此处化用英国诗人亚历山大·蒲柏《人论》中的诗句“希望永驻人们心中”。在西班牙语中，“埃斯佩兰萨”既可充当人名，又有“希望”之意。

一个混沌的整体，不断冲击着我。这些思绪微微震颤着，如同一堆被海洋学家打捞上来的胶质浮游生物，粗暴地挤在渔网中，构成一团复杂的有机体，所有个体的身份特征都消失不见了。列车慢慢滑行进站，我捕捉到了许多独立个体突然萌生的念头：针刺般的欲念，粗哑的恨意，痛苦的懊悔，一小段下定决心的喃喃自语。它们从混乱的背景音中蓦然浮现，就像阴郁的马勒交响乐中突然出现的几小节不和谐的古怪旋律。今天，能力似乎非常强大，我读到了很多人的思绪。这是过去几周以来最强烈的一次感应，当然，今天的低湿度也帮了忙，但我并没有傻到误以为能力已经停止消逝、开始慢慢回归了。还记得最开始有脱发迹象的时候，有一段时间，我发现发际线似乎不再后退了，而且还发生了逆转，本来濒临秃顶的额头竟然开始长出几小块细碎的黑发，这可把我高兴坏了。但从最初的欢欣鼓舞冷静下来后，我决定接受一个更现实的观点：这不过是激素的短暂作用罢了，不可能出现重新造林的奇迹。不要抱太大期望，衰退只是暂时中止了。不出我所料，随着时间的推移，我的发际线又恢复了不断后退的趋势。如今在车站发生的情况大概也是如此，当你知道自己体内有东西在走向死亡，你就会学会不再相信这种转瞬即逝的活跃了，因为它很可能只是随机出现的回光返照。虽然今天的能力还很强大，但明天也许就只能隐隐接收到一些模糊的杂音，让我干着急。

我在第二节车厢的角落找到一个座位，翻开书，等待列车开往下城区。我在重读贝克特的《马龙之死》，它很符合我目前的心境：如你所见，我正在自怜自叹。

我的时间正在倒计时。某一天，当一切在阳光下熠熠生辉的时候，大片厚重的乌云会突然袭来，将蓝天永远夺走。我的境地确实很微妙。我将失去生命中多少美好和重要的东西啊。我害怕，害怕重蹈覆辙，害怕不能及时完满，害怕此生最后一次搅动内心愁苦、仇恨的死水，以及最后的狂欢。万物的形态变化多端，而永恒则立于无形之上。[①]

啊，不愧是老熟人萨缪尔，总能给予读者一些凄凉的慰藉。

此刻地铁行驶到了180街的某处，我抬起头，发现斜对面的一个女孩正仔细地打量着我。她二十岁出头，面色略显憔悴，但仍很吸引人，长腿，胸部丰满，有一头红褐色的秀发。她也有一本书，但只把它摊在腿上，并没有翻开。我认出了封面，是一本平装本的《尤利西斯》。她是对我有兴趣吗？我没有读她的思想。进入车厢后，我就自动把思维摄入调至最低，这是我小时候就学会的一个技巧。为了集中注意力，我必须把自己与车厢或其他封闭公共场所里嘈杂散乱的人群噪声隔离开来。我决定先不去探测她的思维信号，盲猜一下她对我的想法，这也是我经常玩的一个

① 节选自爱尔兰作家萨缪尔·贝克特的作品《马龙之死》。

游戏。他看上去非常聪明……他的脸比身体要老得多，一定受了不少苦吧……他的眼睛充满柔情……看起来那么悲伤……他是个诗人，或者是学者……我猜他一定满怀激情……把所有压抑的爱都倾注在肉体上，倾注在做爱上……他在读什么？贝克特？没错，他一定是个诗人，小说家……也许还很出名……我可不能太主动，他一定讨厌咄咄逼人的女孩……一个羞怯的微笑，肯定能吸引他……接下来就水到渠成了……我会邀请他共进午餐……

为了验证我的直觉是否准确，我接入了她的思维频道。起初，没有任何信号，真该死，我那越来越弱的能力又一次背叛了我！等等，信号开始出现了——先是一阵静电噪声，因为我同时接收到了身边所有乘客的思想活动，但都是一些低水平的含混杂音。过了一会儿，一个甜美清晰的声音浮现了，是来自她灵魂的絮语，憧憬着今天上午在96街的空手道课。她在与她的空手道教练恋爱，一个强壮、脸上有痘的日本人，今晚他们还要约会。她的脑海中隐隐飘来了日本酒的味道，还有他强壮的身体把她压在身下的画面。原来她的脑子里压根儿就没有任何关于我的事情啊，我不过是背景的一部分，和头顶挂着的那幅地铁路线图同一个待遇。塞利格啊塞利格，你这种自作多情的性格每次都能整死你。我发现此刻她的脸上确实挂着一抹羞怯的微笑，但对象并不是我；更糟的是，当她意识到我在盯着她看的时候，笑容就立刻消失了。我只好把注意力重新转回书上。

地铁毫无征兆地停在了137街以北两站之间的隧道里，过了好一阵才重新开动，搞得我汗流浃背。116街—哥伦比亚大学站终于到了，我爬上楼梯，感受着迎面洒下的阳光。犹记得，整整二十五年前的1951年9月，我第一次爬上了这些楼梯，那时的我还只是一个来自布鲁克林的高中生，剃着平头，脸上有青春痘，惊慌失措地去参加大学入学面试。在礼堂明亮的灯光下，面试官镇定自若，举止成熟——他是怎么做到的？当时他也才二十四五岁的样子。不管怎么说，他们同意接收我入学了。此后，从1952年9月开始，这里就成了我的必经之地，一直到我后来离开家，搬进了校园附近的公寓。当时，地铁站的入口是马路上的一个旧铸铁亭子，正好位于两条车道之间。哥大的学生们过街时满脑子都是克尔凯郭尔[①]、索福克勒斯[②]和菲茨杰拉德[③]，总是会心不在焉地走到汽车前，还发生了好几起致命的车祸。如今，这个亭子已经不见了，地铁入口改到了人行道上，更为合理。

我沿着116街继续向前走去，右手边是宽阔的南草坪，左手边是通往洛氏纪念图书馆的低矮台阶。我对当年的南草坪还有印

① 索伦·奥贝·克尔凯郭尔(Soren Aabye Kierkegaard，1813—1855)，丹麦神学家、哲学家及作家。

② 索福克勒斯(Sophocles，前1496—前406)，古希腊剧作家。

③ 弗朗西斯·斯科特·基·菲茨杰拉德(Francis Scott Key Fitzgerald，1896—1940)，美国作家。

象，那时它还是校园中央的一个运动场，满是棕色的泥土、垒道和围栏，大一的我在那里打过垒球。我们会先去礼堂的储物柜，换上运动鞋、马球衫和脏兮兮的灰短裤。当我们走在西装革履或身着预备军官训练团制服的同学之中时，总是有种赤身裸体的感觉。之后我们会冲下长长的台阶，狂奔到南运动场，进行一个小时的户外运动。我很擅长垒球，虽然肌肉不发达，但我反应快、眼神好，而且我还有个优势：知道投手的心思。他站在那里想，这家伙太瘦了，肯定打不中，我要发一个上升快球。然而，我早已做好准备，猛地把球击打到左外野。在所有人反应过来之前，我已经绕各垒跑了一周，轻松得分。有时对方会尝试打带跑这类笨拙的策略，而我则轻松地走上前，捡起滚地球，顺手打一个双杀。当然，这只是区区垒球罢了，更何况我的同学们大多是些矮胖墩，他们跑步都费劲，更不用说读心了，不过我还是很享受成为一名优秀运动员的滋味，这感觉实在不常有。我还一度沉浸在当选道奇队游击手的幻想中。布鲁克林道奇队，还记得吗？在我大二的时候，为了纪念建校200周年，他们把南运动场整个铲掉，改造成了一个草坪，还用铺砖的过道把它隔成两半。这事发生在1954年，天哪，都过去那么久了。呵，我变老了……我变老了……我将要卷起我的长裤的裤脚。我听见了女水妖彼此对唱着歌，我不认为她们会为我而唱歌。[①]

---

① 摘自T.S.艾略特的长诗《J.阿尔弗瑞德·普鲁弗洛克的情歌》，此处采用查良铮译文。

我迈上台阶，在智慧女神铜像左侧约十五英尺[1]的地方坐了下来。无论天气好坏，这里都是我的“办公室”，学生们知道要来这里找我。我坐定后，消息也会很快传开。与我提供相同服务的还有五六个人，多数是一些贫穷的研究生，但我速度最快，也最可靠。此外，我还有一群热情的粉丝。不过，今天业务开张得比较慢，我烦躁不安地坐了二十分钟，时不时翻几页贝克特，一会儿又抬头盯着铜像看一阵。几年前，一个激进的炸弹袭击者在她的侧面炸了一个洞；但现在，雕像已然不见丝毫受损的痕迹。我仍记得，当时听说这个消息后，我先是感到十分震惊，接着又对自己的震惊感到震惊——我为什么要在乎一座象征一所蠢学校的蠢雕像呢？那件事差不多发生在1969年，简直像新石器时代一样遥远。

“塞利格先生？”

一个大块头运动员出现在我面前，投下的影子笼罩了我。他长着宽宽的肩膀和一张胖乎乎的天真面孔。他非常窘迫：自己选了比较文学这门课，需要赶快写出一篇关于卡夫卡小说的论文，可他连书都还没来得及读。（到橄榄球赛季了，他是首发中卫，训练非常忙。）我告诉他价钱，他赶忙答应了。趁他站在那儿的工夫，我暗中对他的思维进行了解读，大致了解了他的智力水平、词汇量和写作风格。他其实比外表看上去更聪明，他们中的大多数都是如

①英美制长度单位，1英尺＝30.48厘米。

此。如果时间充足的话，他们自己其实也能把论文写得足够好。我记下了对他的一些第一印象，他兴高采烈地离开了。中卫走之后，生意变得异常火爆：他推荐了一个兄弟会的成员，这个兄弟又介绍了一个朋友来，朋友又介绍了自己兄弟会的成员……介绍链不断延长。到了下午，我发现已经接够了力所能及的活儿。我知道自己的能力，所以一切都很顺利。在接下来的两到三周里，我不会再吃了上顿没下顿，也不用再去恳求妹妹给予经济支援。没有来自我的消息，朱迪丝该高兴吧。现在，准备回家，开始我的枪手任务。我很棒，能言善辩，态度恳切，在表达深刻思想的同时又能流露出一股不自知的幼稚浅薄，令人信服——我还可以随心所欲地改变文风。文学、心理学、人类学、哲学等所有人文学科的知识，我都信手拈来。感谢上帝，我还留着大学时期写的学期论文。就算过去二十多年，它们依旧可以派上用场。我的收费是每页纸三块五，如果在读心后发现客户很有钱，就多收点。保证论文的最低成绩为B⁺，达不到不收费。这些年来，我还从来没有退过钱。

第二章

七岁半那年，戴维已经是三年级老师眼里的麻烦精了。老师们只好送他去学校心理医生希特纳博士那里进行检查。这是一所昂贵的私立学校，位于布鲁克林公园坡社区的一条街道上，街道两旁绿树成荫，安静宜人。该学校以进步社会主义为办学导向，教学思想堪称是对弗洛伊德主义和约翰·杜威实用主义的阿谀奉承、老调重弹，令人厌烦。这位心理医生是研究中产阶级儿童问题的专家，学校掏腰包请他每周三下午来一趟，深入地挖掘一下这些问题儿童的心智和灵魂。这次轮到戴维了。

当然，这些检查都征得了戴维父母的同意，他们都很关心儿子的表现。所有人都同意戴维是个聪明的孩子，极其早熟，阅读理解能力甚至达到了十二岁孩子的水平。事实上，大人们发现他聪明得几乎让人害怕。然而,他在课堂上却无法无天,吵闹不休,对他人毫不尊重。学校作业对他来说实在是太小儿科,无聊透顶。唯一愿意和戴维交朋友的是班上那些不合群的学生,他却残酷地捉弄他们。大多数孩子都讨厌他,老师也害怕他的难以捉摸和喜怒无常。有一次,他把走廊上的灭火器摆了个头朝下,就为了看看它倒着能不能喷出泡沫,结果泡沫喷得到处都是;还有一次,他弄了几条束带蛇到学校,在大礼堂把它们放了出来。他恶毒地模仿同学甚至老师们的举止,学得惟妙惟肖。"希特纳医生只想和你聊聊天,"戴维的妈妈告诉他,"他听说你是个很特别的孩子,想认识一下你。"戴维强烈抵抗,针对这位心理医生的名字大做文章,"希特勒? 希特勒? 我才不想和希特勒聊天!"那是1942年的秋天,希特勒可谓无人不晓,这个双关很幼稚,但他还是带着恼人的倔强,不依不饶,"希特勒医生要见我,希特勒医生想认识我。"妈妈只好纠正他:"不对,戴维,是希特纳,是'纳'不是'勒'。"最后,他终于妥协了,大摇大摆地走进了心理医生的办公室。医生亲切地笑着和他打招呼:"你好,戴维。"而戴维则笔直地伸出手臂,高声喊道:"元首万岁!"

希特纳医生咯咯地笑了,"认错人了,我叫希特纳,不是希特勒。"也许他早就习惯这个玩笑了。医生是一个高大的男人,长着一张长长的马脸,宽宽的厚嘴唇,前额高且弯曲,淡蓝的眼睛在无框眼镜后闪烁。他的皮肤柔软，满面红光，身上散发着强烈的体味。医生努力表现出一副友好愉快的样子，但戴维却察觉到这种邻家大哥哥式的友善不过是演戏。很多大人都会这样：他们常常面带微笑，心里却嘀咕着“这个小鬼头好吓人”，或者“这个小孩真诡异”，连他的爸爸妈妈有时也这么想。他不明白为什么成年人总是嘴上说一套心里想一套，但他已经接受了大人们的这副样子，也逐渐习惯了。

“我们玩几个游戏，好不好？”希特纳医生问道。

医生从花呢西装口袋里掏出一个小塑料球，上面挂着金属链条。他把东西展示给戴维看，然后一拉链条，塑料球散开成了八九个不同颜色的零件。“仔细看我是怎么组装的。”希特纳医生说道，用粗壮的手指熟练地拼好了塑料球。接着，他再次拉动链条，把这堆零件从桌子那头推给戴维，“轮到你了。你也能把它组装好吗？”

戴维依稀记得，医生先是拿起一块白色的E，把一块蓝色的D插进其中一个凹槽里，之后是黄色块，但他不记得具体的操作了。他坐在那儿想了一会儿，一筹莫展，直到希特纳医生在自己的脑海里热情地演示起操作步骤。于是，戴维有样学样，剩下的部分就非常简单了。中间遇到了一些困难，但他总能从医生的脑海里提取到答案。“他为什么觉得这对我来说是个考验？”戴维心想，“然而又不断在给我提示？他想证明什么？”拼好后，戴维把塑料球还给医生。“你想留着吗？”希特纳医生问道。

“我不需要。”戴维说道，但还是把球放进了口袋。

他们又玩了几个别的游戏，其中一个用到一套游戏牌大小的卡片，上面画着动物、小鸟、树和房子的图案。戴维需要把卡片排列起来组成一个故事，再把故事讲给医生听。他一边摆弄着卡片，将它们在桌上随意铺开，一边编着故事：“这只鸭子进了森林里，然后他遇到了一匹狼，于是他变成一只青蛙，从狼身上跃过，却正好跳进了大象的嘴里。他从大象的屁股里逃出来，却掉进了湖里。从湖里出来以后，他遇到了一位美丽的公主。公主对他说：‘回家吧，我给你做姜饼’，但他读了公主的内心，发现她其实是个邪恶的女巫——”

另一个游戏和一堆有蓝色墨迹的纸条有关。“这些形状有没有让你联想到现实生活中的东西？”医生问他。“当然，”戴维回答道，“这是头大象，这里是他的尾巴，看，都卷起来了。这是他的屁股，这里是他尿尿的地方。”他发现，每次只要他提起“屁股”或者“尿尿”，希特纳医生就格外感兴趣，于是他专门从每一张墨迹里寻找类似的联想。戴维觉得这个游戏傻乎乎的，但很明显希特纳医生却觉得这个游戏很重要，因为他正一刻不停地在本子上记笔记，把戴维说的话全记下来了。在医生忙着写写画画的空当，戴维仔细研究了他的想法。虽然捕捉到的大部分词语他都不懂，但他辨认出了几个术语，是大人们用来描述身体部位的词语，妈妈曾经教过他。生殖器，阴户，屁股，直肠，都是这类词。显然，希特纳医生特别喜欢这些词，于是戴维也开始使用它们。"这张图上有一只老鹰，抓了一只小羊飞走了。这下面是老鹰的生殖器，这里是羊的直肠。下一张图上是一个男人和一个女人，他们都没穿衣服，男人正在把生殖器放进女人的阴道里，但放不进去——"戴维注视着希特纳医生的钢笔在纸上"沙沙"作响。他冲医生狡黠一笑，继续描述下一张墨迹。

接下来，他们玩了文字游戏。医生先说一个词，然后让戴维说出他想到的第一个词。戴维发现，比起说出自己想到的第一个词，说出医生脑海里出现的第一个词要更好玩。医生脑袋里的想法转瞬即逝，然而戴维还是迅速捕捉到了它们，可是希特纳医生似乎并没有留意戴维在做什么。他们的文字游戏是这么展开的：

"父亲。"

"生殖器。"

"母亲。"

"床。"

"婴儿。"

"死人。"

“水。”

“肚子。”

“隧道。”

“铁铲。”

“棺材。”

“母亲。”

这些是正确的词语吗？谁是这场游戏的赢家？为什么希特纳医生看上去很心烦意乱？

最后，他们结束了游戏，开始聊天。“你是个非常聪明的小男孩，”希特纳医生说道，“我这样说不怕你骄傲，因为你也知道自己有多聪明。你长大后想做什么？”

“什么也不做。”

“什么也不做？”

“我只想玩，读一大堆书，还有游泳。”

“那你该怎么养活自己呢？”

“只要我需要钱，就能从别人那里得到。”

“你要是找到了窍门，可千万记得告诉我。”医生继续问道，“在学校开心吗？”

“不开心。”

“为什么呢？”

“老师们太严格了,作业也太蠢,孩子们都不喜欢我。”

“你有没有想过他们为什么不喜欢你?”

“因为我比他们都聪明,”戴维说道,“因为我——”哎呀,差点说漏嘴。因为我能看到他们在想些什么,可千万不能把这点告诉任何人。希特纳医生还在等他把话说完,“因为我在班上总捣蛋。”

“那你为什么要这样做呢,戴维?”

“不知道,大概就是给自己找点儿事做吧。”

“也许你以后别再惹麻烦,大家就会更喜欢你了。你希望大家喜欢你吗?”

“我不在乎,我不需要别人的喜欢。”

“每个人都需要朋友,戴维。”

“我有朋友。”

“弗莱舍女士说你没有多少朋友,而且你经常打他们,惹得他们很不开心。你为什么要打你的朋友?”

“因为我不喜欢他们,都太笨了。”

“如果他们在你心里的印象是这样的,他们就不能算作你的朋友。”

戴维耸耸肩,说道:“没有他们我也挺好,我一个人就能玩得很开心。”

“你在家的时候开心吗?”

“大概是吧。”

“你爱爸爸妈妈吗?”

短暂的犹豫。一阵强烈的不安涌上了医生心头。这个问题很重要,告诉他正确答案,戴维,给他他想要的回答。

“爱。”戴维答道。

“你有没有希望有一个弟弟或者妹妹?”

这个问题完全不需要犹豫,“没有。”

“真的吗?从来没有?你喜欢一直一个人待着?”

戴维点点头,“下午最棒了,我放学回到家的时候,家里正好还没有人。我会有弟弟或者妹妹吗?”

医生轻声笑了,“我可以确信我对此一无所知。这件事需要你的爸爸妈妈来决定,对不对?”

“你不会让他们生一个吧?我是想说,如果你告诉他们弟弟妹妹对我有好处,他们就会听你的话去生一个。但我真的不想——”戴维猛地意识到,自己要有麻烦了。

“你为什么认为我会告诉你的爸爸妈妈,弟弟妹妹会对你有好处?”医生低声问道,笑容从他的脸上消失了。

“我也不知道,就是随便想了想。”当然是从你的脑子里发现的,医生。现在我已经厌倦了我们之间的对话,只想离开这里。

“喂,你的真名不是希特纳,对不对？我猜我知道你的真名了,元首你好!”

第三章

我没法把思想传送到别人脑子里。即便在能力最强的时候，我也无法传送，只能接收。也许有些人拥有传送的能力，他们甚至能把思想传送给那些不具备接收能力的人，但我做不到。就这样，我成了社会上最不受待见的那类人：偷听者、偷窥者。借用一句古老的英国谚语：偷窥者只见烦恼事。确实，我曾经特别渴望与人交流，绞尽脑汁要把想法植入他们的内心。我会坐在教室里，盯着某个女孩的后脑勺，对着她聚精会神地想：你好，安妮，我是戴维·塞利格，你能接收到吗？你能听到吗？我爱你，安妮，传送完毕。但是安妮从来没有接收到我无声的呼唤，她的思维如同一条平静的河流，滚滚向前，完全不被戴维·塞利格所干扰。

由此可见，我压根儿没有办法与思想展开对话，只能窥视它们。能力在我身上变化多端，我也从来没有试图控制它，最多减少高强度输入，进行一些微调。总之，我不得不接收所有飘来的思绪。最常见的一种情况是，我会捕捉到一个人的浅层想法，还有他正打算开口说的话。这些语句会以清晰的对话形式展现，和口语风格相同，但语调不同，而且明显不是发声器官产生的音调。即便在童年时期，我也从未把口头交流和精神交流搞混。这种阅读浅层想法的能力贯穿我的成长始终，每当面对一个习惯先在脑内排练对话的人时，我总能预测到他下一秒开口说的话。

从前的我还能预测面前人的企图，现在只能勉强做到了。比方说，某人想挥右拳痛击对面人的下巴。对于这种动作，我有不同的感知方式。有时候可能会接收到一个流畅的内心想法：*我要向他的下巴来一记右勾拳*；如果那天我的能力恰好运作得更加深入，那么我可能接收到的是一系列来自肌肉的非语言指令。这些指令发出后，不到一秒便会驱使右臂挥舞起来击中对方的下巴，我称之为脑波层面的身体语言。

此外，虽然时断时续，但我还能做到一件事，就是驱使能力潜入思想的最深层——也就是灵魂寄居的地方。在那里，意识糅杂在混沌黑暗的无意识中。那里潜藏着希望、恐惧、观点、意图、激情、记忆、哲学立场、道德观点、欲望、悲伤，还有各种杂乱的事情和态度，这些一同塑造了个体的自我。通常情况下，即使建立的是最浅层的思维联结，一个人内心深处的想法也会渗透进我的内心，我会不由自主地瞥见些许灵魂的色彩。此前，我偶尔能钓出一个人最真实的部分，但现在的我几乎丧失了这种能力。钓出一个完整的人格的时刻也是最令我欣喜若狂的时刻。与灵魂接触时，先是一种触电般的感觉，伴随着一种剧烈的、几乎将我麻痹的罪恶感，因为我的偷窥是如此完整。一个人的偷窥欲到底能有多强烈？顺便说一句，灵魂会说一种通用语言。比如说，当我窥探埃斯佩兰萨·多明格斯夫人的思想时，我得到的是一段含糊不清的西班牙语。我不懂西班牙语，并不能真正明白她在想什么，但如果我能潜入她的灵魂深处，我就能完全理解在那里接收到的任何思想了。大脑也许是用西班牙语、巴斯克语、匈牙利语或芬兰语思考的，但灵魂却用一种非语言的方式思考和交流，所有鬼鬼祟祟、企图一窥灵魂奥秘的怪胎都明白这一点。

不过，已经无所谓了。如今，这一切都在离我而去。

第四章

姓名:保罗·F.布鲁诺

课程:比较文学

教师:施米茨教授

日期:1976年10月15日

论卡夫卡的小说

在《审判》和《城堡》营造的梦魇世界中,只有一件事是确定的:主人公K注定饱受挫折。除此之外,书中的一切都如同梦境,充满了不确定性:法庭藏在公寓里,神秘的看守享用着别人的早餐,人们认为叫索第尼的人实际上却是索提尼。然而,全书的核心却非常清晰:K注定会在寻求上帝恩典的过程中失败。

两部作品主题相同,基本结构也类似。两部作品中的K都在寻求神的恩典,并最终领悟到恩典并不会降临。(《城堡》虽未完成,但其结尾也暗示了这一点。)然而,在描写两位主人公面临的处境时,卡夫卡却采用了截然相反的叙事方式:在《审判》中,约瑟夫·K一直是被动的,直到两个看守的意外出现才驱使他开始采取行动;在《城堡》的开头,K先是被描写为一个主动的角色,正在凭借自己的努力去往神秘的城堡。不过有一点可以肯定,他最初是受到了城堡的召唤才行动的,而不是源于主观意愿去城堡,因此,一开始的他和约瑟夫·K一样,是个被动的角色。两者的区别在于,《审判》的故事从时间线的起点展开;而《城堡》则更多地遵循了从中间开始叙事的传统叙事规则,也就是在故事开头,K就已经在试图抵达城堡。

两部作品都选择开门见山。《审判》的第一句话就点出约瑟夫·K已被捕,《城堡》中的K在第一页就到达了他自认为的进入城堡前的最后一站。此后,两个K都在徒劳地朝着他们的目标前进。(《城堡》中的K只是为了到达山顶;《审判》中的K先是想要搞清楚他的罪行,绝望后又要在对自己所犯何罪茫然无知的情况下争取无罪释放。)然而,两人做出的每一次行动都让他们离目标越来越远。《审判》的故事在大教堂一幕中达到高潮,这很可能是卡夫卡所有作品中最可怕的一幕。在这一幕中,K意识到他是有罪的,且永远不可能被开释。在这一幕的衬托下,随后描写K被处决的章节就显得有些虎头蛇尾了。与《审判》相比,《城堡》的情节不够完整,缺乏一个与大教堂水平相当的故事场景(也许卡夫卡无法再设计一个)。因此,从艺术价值的角度来看,该书不如叙事简短、情节紧张、节奏紧凑的《审判》令人满意。

尽管表面看似缺乏艺术性,但这两部作品都遵循了悲剧节奏的基本三段式,即文学评论家肯尼斯·伯克提出的"目的—受难—感知"结构。相比未完成的《城堡》,《审判》对这一结构的遵循更为成功:在《审判》中,主人公的目的是实现无罪释放,这一目的是通过描写主人公痛苦的受难经历来体现的。在全书结尾,约瑟夫·K最初那种挑衅、自信的态度一步步降为恐惧和胆怯,显然,他即将向法院势力投降。这时,属于K的感知时刻才最终降临。

把K带到故事高潮现场的是一个典型的卡夫卡式的人物——神秘的"意大利同行",是"银行非常重要的顾客",并"首次访问该城"。这一幕重现了贯穿卡夫卡全部作品的主题,即"人与人之间不存在彼此交流的可能"。为了这次拜访,K苦学意大利语到后半夜,最后几乎睡着了,但这个陌生人却操着一口K听不懂的意大利南部方言。故事随后出现了一个绝佳的喜剧场景:陌生人转而说法语,但他的法语同样难懂;他的胡须太浓密,又断绝了K通过读唇语来猜测意思的可能。

K到了要带意大利人参观的大教堂后(不出意外,意大利人从不准时),紧张的气氛开始加剧。K在空荡的大教堂内徘徊,四周冰冷漆黑,只有远处微弱的烛光在闪烁,夜幕诡异地迅速降临。接着,牧师叫住他,对他讲述了守门人的寓言。要到读完整个寓言之后,读者才能意识到自己完全没有理解这个寓言。它远不止初读时看起来那么简单,且缓缓揭示了小说背后的复杂和艰涩。K和牧师就这个寓言故事进行了长篇幅的讨论,像一对犹太学者在争论《塔木德经》[1]中的问题。随着他们的探讨,寓言背后的含义才开始逐步展现。我们和K都意识到,只有到了最后的行刑时刻,K才有机会目睹律法之门下方透出的微光。

从结构上看,小说在这里就结束了。K已经意识到,自己不可能被无罪释放;他的罪名已然成立,对恩典的寻求也已结束,自己最后仍未能获得恩典。悲剧节奏的最后一个要素——对于苦难的感知——已经实现了。

我们知道,卡夫卡本来计划用更多的章节来展现K的审判在后期各阶段的进展,并最终以他的死刑收尾。卡夫卡的传记作者马克斯·布罗德认为,本书的情节其实可以无限延伸下去。这个观点是正确的,因为约瑟夫·K的罪名性质决定了他永远无法上诉至

① 犹太教律法。

最高法庭，就像《城堡》中的另一个K会一直徘徊在通往城堡的道路上，永远无法真正到达城堡；但从结构上看，小说在大教堂部分就已结束，剩余情节不会再给K的认知增加新的重要内容。大教堂的部分向读者展示了从阅读本书第一页起就已然明了的事实：K没有被无罪释放的可能。有了这个感知，人物行动也相应结束。

对比《审判》，《城堡》篇幅更长，结构也更松散，缺乏前者具备的力量。故事呈现出一种漫不经心的感觉，K的受难没有比较清晰的界定，人物个性不够连贯，心理活动也没有《审判》中精彩。在《审判》中，K甫一意识到自己的危险境地，立刻着手积极处理自己的案件；而在《城堡》中，他却很快成了官僚机构的受害者。《审判》中的人物转变是从早期的被动变为主动，在大教堂顿悟之后又重回被动和顺从；而《城堡》中的K则没有经历这样明显的变化：开篇时，他是一个积极主动的人物，但很快就迷失在城堡下方的村庄迷宫里，在堕落中逐渐沉沦。《审判》中的约瑟夫·K是一个近乎英雄式的人物，而《城堡》中的K却是一个可悲的人物。

两部作品代表同一个故事的两种叙述方式，即一个游离于现实之外的人突然被卷入到一个无处可逃的境地，而在寻求上帝的恩典以期摆脱困境的过程之后，他最终选择了屈服。在今天的读者看来，《审判》无疑具备更高的艺术性。该书叙事结构稳定，并始终在作者写作技巧的掌控之内，然而《城堡》，或者说我们所看到的未完成的《城堡》，却拥有成为一部更伟大的小说的潜力。《城堡》包含《审判》中出现的所有情节，除此之外还蕴藏着更多。但笔者认为，卡夫卡之所以放弃了《城堡》的创作，是因为他意识到自己缺乏足够的叙事储备来完成它，也无法像描写《审判》中的城市背景那样自如地描写《城堡》里广阔的勃鲁盖尔[1]式的乡村生活场景。此外，《城堡》的故事缺乏紧迫感：既然读者已经知道K的厄运不可避免，自然就会对他缺少关切。《审判》中的约瑟夫·K却一直在与许多有形的力量做斗争。直到故事结局之前，读者始终都有一种错觉，认为他有可能获得胜利。《城堡》的另一个问题是它太难懂了，就像马勒的交响乐，在终章因承受不住自重而倒塌。笔者设想，卡夫卡是否曾经对《城堡》的收尾进行过深思熟虑。也许他压根儿就没打算收束这部小说，而是想让K在不断扩大的迷宫里兜圈子，始终认识不到“城堡无法抵达”这一悲剧。也许这也是《城堡》的故事不够完整的原因。卡夫卡发现，他塑造的主人公K——这一被陷害的英雄形象——身上真正的悲剧不在于他最终会意识到自己永无可能获得恩典，而在于他甚至连这一最终认知都永远无法抵达。纵观文学创作历史，本书使用的这种悲剧节奏贯穿始终，而本书中，这种三段式结构却被拦腰截断，卡夫卡用了更尖锐的笔触来描绘他所厌恶的当代人的处境。《审判》中的约瑟夫·K某

① 彼得·勃鲁盖尔（Pieter Bruegel，约1525—1569），荷兰画家，一生以农村生活作为艺术创作题材。

种程度上获得了上帝的恩典，因此该人物身上的悲剧结构是完整的；而《城堡》中的K却仅仅是在逐渐沉沦。对卡夫卡而言，K可能是当代人的象征，他们被这个具有普遍悲剧性的时代压垮，无法再承担个体自身的悲剧。K是一个可悲的人物，而约瑟夫·K则是一个具有悲剧性的人物。相比前者，后者的人物角色更有趣，但对于卡夫卡来说，也许K才是他更能深刻理解的人物；而对于K的故事，比起无意义的死亡，也许一个未完成的结局更适合作为全书的结尾。

这篇写得还凑合。双倍行距，六页纸，按每页三块五算的话，不到两小时就轻松入账二十一块。这篇论文肯定能助保罗·F.布鲁诺先生一臂之力，让这位壮硕的中后卫从施米茨教授那里赢得一个B^+的成绩。对此我很有信心。早在1955年5月，我写过一篇同样的论文，与这一篇只有一些细微的文风差别，当时严格的杜佩教授给那篇打了个B。经过二十年的学术通货膨胀，如今学术标准变得更低了，布鲁诺说不定还能凭借这篇论文拿个A。这篇的文字足够认真，体现本科生成熟的学术洞察力的同时又掺杂了一些幼稚武断的观点。1955年，杜佩在空白处批注了“清晰有力”。好了，现在该吃点炒面了，再来点蛋卷也行。之后，我会写《作为社会象征的奥德修斯》，或者《埃斯库罗斯与亚里士多德的悲剧观》。

这次没法回收利用之前的旧论文了,但这两篇应该不会太难写。只需一台老式打字机,外加一堆装模作样的废话,我就能始终稳立于论文枪手界的不败之地。

第五章

阿道司·赫胥黎认为，大脑进化后的本质功能就是过滤信息。在我们日常为生计奔波的时候，大脑自动过滤了大部分没有实际价值的内容。赫胥黎在一本名为《知觉之门》的小书中提出了“大脑减压阀”的概念。如果没有大脑减压阀，各种幻象、神秘体验、来自他人大脑的心灵传输等超生理现象都将无休止地涌入我们的脑内。感谢上帝赐予了我们大脑减压阀！ 如果人类没有进化出这一功能，令人屏息的美景、目睹宏伟景观后产生的灵性感悟、人类同胞之间赤诚的心灵交流，这些感知都会持续干扰我们。幸运的是，减压阀保护了我们——至少是我们当中的大多数人——不受这些东西的影响，让我们可以随心所欲地照常生活，低价买，高价卖。

当然，我们中一些人的大脑减压阀似乎天生就存在缺陷，如博斯[①]和埃尔·格列柯[②]这类艺术家，他们眼中的世界与你我看到的世界完全不同；还有那些具有远见卓识的哲学家、苦修者和佛学禅师，以及那些能读懂他人思想的怪胎。我们这些人都是变种人，这是一场基因的角力。

赫胥黎认为，一些人工手段可以削弱大脑减压阀的效率，让凡夫俗子也能够接触到通常只有天选的少数幸运儿才能看到的超感现象。迷幻药便有此类作用。赫胥黎指出，一些药物能对调节大脑功能的酶系统造成干扰，导致“大脑处理世俗问题的效率降低，从而让一些特定的心理事件进入到意识之中。这些事件原本对世俗生存毫无帮助，通常会被人的意识所排斥；但当疲劳或疾病来袭时，意识中或许也会闯入一些类似的东西，它们在生物学上毫无用处，但在美学上、偶尔在精神上却自有其价值。禁食，或在某个暗无天日、万籁俱寂的地方闭门不出一段时间，意识中也许也会有类似东西潜入。”

戴维·塞利格对迷幻药可谓知之甚少。他只服用过一次迷幻药，但那次经历可远称不上愉快。那是1968年的夏天，当时他和

---

① 耶罗尼米斯·博斯(Hieronymus Bosch，1450—1516)，尼德兰画家，被认为是二十世纪超现实主义的启发者之一。

② 埃尔·格列柯(El Greco，1541—1614)，西班牙文艺复兴时期著名的幻想风格主义画家。

托妮住在一起。

虽然赫胥黎对迷幻药评价很高,但他觉得迷幻药并非开启知觉之门的唯一钥匙,禁食和苦修同样可以让你达到目的。他写道:"灵修者经常用带刺的皮鞭甚至铁丝抽打自己。这种鞭打等同于在无麻药的情况下对人体实施大型外科手术,因此会严重影响苦修者体内的化学物质。当遭受持续鞭打时,身体会释放大量的组胺和肾上腺素;一旦伤口开始溃烂(事实上,在肥皂发明之前,伤口必定会溃烂),由于蛋白质的分解作用,许多有毒物质就会进入血液循环系统。此外,组胺还会导致休克,而休克对人体心智的影响丝毫不逊于对肉体产生的伤害。大量分泌的肾上腺素还可能会导致幻觉,而肾上腺素在分解时产生的某些物质,据说还能导致类似精神分裂症的症状。至于伤口的有毒物质,则会对调节大脑的酶系统造成干扰,降低大脑效能——而大脑是人类在适者生存的环境中苟存性命的利器。这些现象解释了达斯神父[①]的说法,他说,在无情地鞭笞自己之后,上帝将允诺他的全部祈愿。换句话说,忏悔、自我厌恶、对地狱的恐惧等情绪释放出肾上腺素,外科手术式的自残行为释放出肾上腺素和组胺,再加上

① 达斯神父(Curé d´Ars),是让-巴蒂斯特-马里耶·卫雅(1786—1859)的通称,中文一般翻译为圣卫雅,19世纪法国神职人员,以在教区内推行激进的宗教工作而得名,他本人则以其禁欲和虔诚广受推崇,死后被天主教封为圣人,成为所有神父的保护人。

感染后的伤口释放的蛋白质分解物进入到血液中，大脑减压阀的效能便降低了，于是，源自‘自由心智’的陌生之物（包括超生理现象和幻象；如果当事人在哲学和伦理层面已做好准备的话，还包括神秘主义体验）将涌入苦修者的意识之中。”

忏悔、自我厌恶和对地狱的恐惧。禁食和祈祷，鞭子和锁链，溃烂的伤口。各自需行各自路，我心想着，都尽管来吧。能力——这件神圣的礼物——在我身上逐渐消退时，我也动过用人工手段恢复它的念头。迷幻药？我不愿再冒一次险了。苦修？对我来说似乎也已经过时，就像还穿着护靴套一样，与1976年完全不搭调。当然，我也怀疑自己是否能够忍受鞭打带来的剧烈疼痛。还剩什么办法？禁食和祈祷？嗯，我可以禁食。祈祷？对谁？对什么？我会觉得自己像个傻瓜。亲爱的上帝，请再次赐予我能力吧。亲爱的摩西，请帮帮我。净是胡扯，犹太人不祈求恩典，因为他们深知不会得到回应。那么，还剩下什么方法？忏悔、自我厌恶，以及对地狱的恐惧？我已经具备了这三样，但它们并没有给我带来好处。必须尝试一些其他方式来诱导这份能力重焕生机，创造一些新的方式。鞭打心灵怎么样？不错，我会试试的。我会对我的心挥动鞭子，让自己好好承受一番鞭笞，狠狠鞭打充满渴求的、虚弱的、悸动的、正在走向消亡的心灵。我那不忠的、可憎的心灵。

第六章

可是，戴维·塞利格为什么希望自己能重获读心的能力呢？为何不任其消逝？对他来说，自始至终，会读心难道不都是一个诅咒吗？它隔绝了他和周遭的人类，让他的一生注定不会被爱神垂怜。不要管了，戴维，让它消逝吧，让它消逝吧。可话又说回来，失去能力，你还算是什么？如果没有这个飘忽不定、反复无常、不尽如人意的交流方式，你该用什么办法去接触他人呢？是你的能力让你和人类产生了联结，无论好坏，它都是你与他人之间仅有的维系：你压根儿受不了将其拱手交出。承认吧，你唾弃这个礼物，但也爱它。即使它害得你好苦，你也还是恐惧失去它。即便深知这种挣扎是徒劳的，你还是会拼尽全力抓住它的最后一丝痕迹。既然如此，那就继续奋力挣扎吧。再读一遍赫胥黎吧。如果你胆子大的话，就嗑点迷幻药。试试鞭刑，至少试试禁食。禁食？好吧，不吃炒面，也不吃蛋卷了，把一张空白纸塞进打印机，思考一下《作为社会象征的奥德修斯》该怎么写。

第七章

听啊，一阵清脆的电话铃声。天色已晚，会是谁打来的？难道是阿道司·赫胥黎起死回生，特意打来敦促我鼓足勇气吗？还是希特纳医生，要问一些关于撒尿的重要问题？还是托妮打来说自己就在附近街区，手头有成千上万的强力迷幻药，可不可以过来找我？好的，没问题。我盯着电话机，脑子里毫无思路。即使在能力的巅峰时期，我也无法读取美国电话电报公司的思想。第五声电话铃响起，我叹了口气，拿起听筒，耳边传来妹妹朱迪丝悦耳的女低音。

"我有打搅到什么吗?"标准的朱迪丝式开场白。

"一个居家的平静夜晚。我正在替别人写一篇关于《奥德赛》

的论文，你能提供什么聪明点子吗，朱迪[1]？”

“你都两周没打电话了。”

“我当时身无分文。自从上次闹了那一出之后，我就不想再提钱这个话题了，但我最近满脑子想的都是怎么搞钱，要打也只能谈钱，所以就没打给你。”

“该死，”她说道，“我那次没有生你的气。”

“你当时听上去都要气疯了。”

“我当时不是那个意思，你为什么会认为我是认真的呢？就只是因为我那时在大喊大叫吗？你难道真的相信，我把你看作——看作——我当时叫你什么来着？”

“一个没出息的寄生虫。”

“一个没出息的寄生虫。该死，那晚我太焦虑了，自己还有一堆麻烦事，月经还快来了。我失控了，只是下意识地喊出了脑子里出现的第一句傻乎乎的骂人话。可是，你为什么会认为我真的这么想呢？在所有人里，最不应该把我的话当真的就是你了。从何时起你把人们嘴里冒出来的话当成真心话去听了？”

“当时你脑子里也是这么说的，朱迪。”

“我有吗？”她的嗓门突然降低了，透着悔意，“你确定？”

“清晰洪亮。”

---

① 朱迪(Jude)是朱迪丝(Judith)的昵称。

“哦,天啊,戴戴,别这么无情!当时我还在气头上,脑子里全都是乱七八糟的念头。但是你知道的,藏在愤怒底下的——在那深处,戴戴——你一定看到了,我其实不是那个意思,我是爱你的,不想把你赶走。你们就是我的全部,戴戴,你和小孩是我的全部。”

她的爱让我倒胃口,她的多愁善感更是令我异常厌烦。我开口说道:“我已经感知不到深层的情绪了,朱迪。最近接收不到什么了。听着,不管怎样,没必要为这事吵架。我确实是一个没出息的寄生虫,而且我从你这里拿的钱实在太多了。你的败家子哥哥已经足够内疚了,我要是再敢开口向你要钱,可真就不是个人了。”

“内疚?既然你说到这儿了,我曾经——”

“打住,”我警告她,“你可别大谈特谈你有多内疚,现在不行。”她回想起曾经对我的冷漠时流露出的那份自责,比她刚刚发掘的这份对我的爱意更让我恶心,“今晚我没心思深究内疚和责备该各占多少。”

“好吧,好吧。你现在手头还缺钱吗?”

“跟你说过了,我正在代写论文呢,能混口饭吃。”

“明天晚上你愿意过来吃晚饭吗?”

“还是先工作吧,手头还有一大堆论文要写。朱迪,现在可是旺季。”

“就我们两个人，当然了，还有小孩，但我会早早哄他去睡觉的。咱们俩可以好好谈一谈，我们有那么多可以聊的话题。你不如过来吧，戴戴？不要没日没夜地工作，我给你做点你喜欢吃的，意面和辣酱，做什么都行，只要你说出来，我就做。”她竟然在恳求我，我这冷漠的妹妹此前二十五年给予我的可只有恨意啊。“来家里吧，让我照顾你，戴戴。来吧，让我关爱你，哥哥。”

“后天晚上大概可以，到时候打给你。”

“明天不行吗？”

“恐怕不行。”我说道。她沉默了，不想再开口求我。为了打破这尴尬的沉默，我问道：“最近你在做什么，朱迪丝？有没有在和哪个有趣的家伙约会？”

“没和任何人约会。”她的声音里透着僵硬的怒气。她今年三十一岁，两年半前离了婚，之后就和各种男人乱搞，灵魂在渐渐被腐蚀。“我现在周旋在男人之间，也许会彻底远离男人，就算再也睡不到，我也不在乎。”

我苦笑了一声，“你和那个旅游中介进展如何？叫米基的那位？”

“他叫马蒂。不过是骗他玩玩罢了。多亏了他，我的欧洲游省下了九成的钱，不然我可没钱去。我不过是在利用他罢了。”

“所以呢？”

“感觉糟透了，上个月我和他分手了。我没有爱过他，甚至压根儿都没有喜欢过他。”

“但是你之前一直在玩弄他的感情，直到确定能去欧洲玩才罢手。”

“他又没损失什么，戴戴。我可是出于无奈才和他上床，但他要做的不过是填一张表罢了。你到底想说什么，我是一个荡妇？”

“朱迪——”

“行吧，我就是荡妇，但至少现在的我正努力改邪归正，每天都喝大量的鲜榨橙汁，还读一堆严肃书籍。我正在读普鲁斯特呢，你敢信吗？刚读完《追忆逝水年华》第一卷，而且明天——”

“我今晚还有工作要完成呢，朱迪。”

“抱歉，我不是有意要打扰你的。这周你会过来吃晚饭吗？”

“让我先想想，到时候告诉你。”

“你为什么这么恨我呢，戴戴？”

“我并不恨你。要我说，我们现在最好还是挂掉电话吧。”

“别忘了打给我。”她绝望地说道，试图抓紧最后一根稻草。

第八章

托妮,该给你讲讲托妮了。

八年前的一个夏天,我和托妮同居了七周。在此之前,除了和父母、妹妹以及我自己,我还从来没有和其他人住在一起这么长时间。对于家人,稍有积蓄我就逃离了那个所谓的家;而对于我自己,我却只能默默忍受,深知自己永无逃离的可能。托妮是我曾深爱过的两个人中的一个,另一个是凯蒂,改天再给你讲讲她。

我能成功重现托妮的形象吗?让我试着用寥寥几笔勾勒一下她。

那年她二十四岁,是个瘦高个的活泼姑娘,身高接近一米七,十分苗条,敏捷中却透着笨手笨脚。她四肢颀长,手腕和脚腕都很纤细,光滑的黑色直发如同瀑布般披散在肩头。

她有一双温和又敏锐的棕色眼睛，眼神里藏着警觉和戏谑。托妮是一个机灵、泼辣的女孩，受教育程度不高，却很聪慧。她的脸绝不是传统意义上的美丽——嘴太大，鼻子太长，颧骨太高——但组合在一起却能产生一种奇异的性感和魅力。每次她一走进房间，总能吸引到很多追逐的目光。她的胸部很丰满，我喜欢丰满的女人，疲惫的脑袋始终需要一方柔软的所在来小憩一会儿。我母亲的胸围只有32A，可没法充当舒适的枕头，即便她想母乳喂养，也没有奶水，何况她并不想。(我最终会原谅她放任我偷偷溜到人间吗？哎，看在上帝的分上，塞利格，至少表现出些许对母亲的孝心吧！)

我几乎从来没有读过托妮的想法，只有极个别时候例外。一次是我初次遇到她的那天，还有一次是初遇后又过去几周。此外，在我们分手那天还有第三次，但那次是一个彻头彻尾的意外灾难。第二次或多或少也算意外，但不全是，只有第一次是我故意的。一旦意识到我爱她之后，我变得谨小慎微，绝不再偷看她的想法。偷窥者只见烦恼事，这是我在很小的年纪就得到的教训。另外，我也不想让托妮察觉我的能力，我担心我身上的这个诅咒可能会把她吓跑。

那年夏天，我在为一位大作家做一些研究工作。这位作家当时正在写一本关于以色列建国期间的政治阴谋的大部头。当时这份工作是我漫长的打零工经历中最近的一次，一周的工资是八十五美元。每天，我都要花八个小时在哥大图书馆的地下室里为他查阅旧报纸，托妮则是负责出版该书的出版社的一名初级编辑。春末的一个下午，我们在作家位于东区大道的豪华公寓中相遇，我去送一捆哈里·杜鲁门1948年竞选演讲的笔记，她恰好也在，正和作家讨论书的前几章要做的一些删减。她的美丽深深地刺激了我，我已经有几个月没有和任何女人共处一室了。起初，我自然而然地假设她是作家的情妇——据说，和自己的编辑上床是一些高端文学家的常规操作；然而，我那熟练的偷窥本能却为我提供了真实的情报。我迅速翻阅了一下作家的思想，发现他脑子里确实满是关于她的肮脏念头。作家近乎饥渴地想要得到她，但她很显然对他毫无兴趣。我随后又接入了她的思想，潜入思绪深处，发现自己陷进了一片温暖肥沃的土壤中。我很快摸清了方向，有关她的零星片段源源不断涌入我的脑海：一次离婚，一些愉快的性和一些糟糕的性，大学时光，某次加勒比海之旅。这些回忆的排列顺序很混乱，没有按照时间顺序，也不连贯，在我的脑海里四处游荡着。我略过这些，径直去寻找我最急于知道的事情：不错，她没有和作家上床，他对她毫无肉体吸引力。（这点有些奇怪，连我这种无聊的异性恋都觉得这位作家很有魅力，还很浪漫。）我发现她甚至压根儿不喜欢他的作品。我继续在她的脑海里漫游，突然，一件令我惊讶的事情出现了:她似乎对我有“性趣”。此刻,她的脑内浮现出一个露骨的念头:不知道他今晚是否有空。她打量着眼前这位老态初现的研究员,才三十三岁但早已谢顶的男人,却并没有觉得他很讨厌。当我意识到她迷人的深邃眼眸和性感长腿的目标竟然是我,我震惊了,迅速从她的脑海中抽出身来。“这是您要的关于杜鲁门的资料,”我对老板说道,“密苏里的杜鲁门图书馆会提供更多。”他把接下来的任务安排给我,我们交谈了几分钟。结束后,我起身离开,小心翼翼地瞥了她一眼。

“等一下,”她说道,“我这边也快结束了,我们可以一起出去。”

作家向我投来恶毒掺杂着艳羡的眼神。老天,我又要被炒鱿鱼了。不过他还是礼貌地同我们告别。在下行的电梯里,我们分开站着,托妮和我各占了一个角落。我们之间仿佛有一面混杂着紧张和欲望、不断震颤的无形屏障,似乎将我们隔开,又仿佛在牵引着我们互相靠近。我不得不竭力控制住读取她的思想的冲动;我很害怕,甚至感到很恐惧,并不是害怕接收到错误的答案,而是害怕得到正确的答案。

来到街上,我们还是分开站着,都踌躇了一阵。最后,我说我要打车回上西区(竟敢说要打车,我一周可才挣八十五美元!),问她打算去哪儿,可以顺便送她。她说她住在西区105街。离得很近。出租车停在了她的家门口，她邀请我上去喝一杯。她的家有三个房间，陈设不多，主要是书、唱片、小地毯和海报。她正准备去倒酒，我抓住她，把她拉近，吻了她。是她靠在我身上不住地颤抖，还是颤抖的其实是我？

那天晚上，托妮喝着一碗大上海中餐馆的酸辣汤，说她打算过几天就搬家。这套公寓属于她的室友——是个男的——她三天前刚和他分手，现在她无家可归了。“我住的地方只有一个脏兮兮的房间，”我对她说，“不过床是双人床。”我们同时露出了羞赧的微笑。就这样，她搬了进来。虽然我丝毫不觉得她当时已经爱上了我，但我不打算问，就算她对我的感觉不是爱，也足够好了，已经远远超出了我的期望；在脑海的隐秘角落里，我可以感受到自己对她的爱。她在风雨飘摇中需要一个港口停靠，而我恰好提供了一个港湾。如果这就是我现在对她的全部意义，那就这样吧。不着急，有的是时间慢慢培养感情。

同居的头两周，我们很少睡觉。我们花了很多时间躺在床上，但也没有一直在欢爱，大部分时间是在聊天。任何一段关系中最好的阶段就是对彼此尚且陌生的时期，两人有大段大段的过往可以分享。当你想把生命中的一切与对方分享时，就没有必要刻意寻找话题了（不过我还是没有选择将一切和盘托出，而是对她隐瞒了我生命中最重要的一件事，全方位塑造了我的这件事）。

她谈到自己短暂又空虚的婚姻，结婚时才二十岁，以及离婚之后三年来的生活—— 一连串的男人、初试神秘学和赖希疗法[①]，重新发掘出的对编辑事业的热爱。我们在一起的前几周令我目眩神迷。

很快，时间到了我们同居的第三周。我第二次窥探她的思想。那是一个闷热的夏夜，一轮满月透过百叶窗，把清冷的月光洒入房间。她跨坐在我身上，她最喜欢这样。她的身体异常苍白，在怪诞的黑暗中闪烁着皎洁的光泽。我仰视着她。她摇动着纤细的腰肢，脸半隐在垂下的乱发中，眼睛紧闭，嘴唇微张，宛如月光下的克莱奥帕特拉[②]。

她轻轻晃动着曼妙的身体，逐渐达到了高潮。我浸润在她的美丽和奇异中，忍不住在那一刻凝视她的身体和心灵，我决定放下精心垒砌的屏障，伸出大脑渴求的触手，触碰她的灵魂。一时间，她的欢愉犹如火山爆发，在我的脑中奔涌不息。那一刻，我却发觉她的脑海中并没有我的一席之地，从她的每根神经中迸发出来的，只有纯粹的野兽般的迷乱。在遇到托妮之前与之后，我也在其他女人身上见过这种情况。她们仿佛在刹那间化身为一座

---

① 赖希疗法是美国心理学家威廉·赖希（1897—1957）提出的一系列心理疗法的统称，包括性格分析、身体心理治疗、蔬菜疗法等。

② 克莱奥帕特拉，古埃及托勒密王朝的末代女王，又称埃及艳后。

岛屿，孤身一人置身于虚空中，脑海中只有自己的身体，也许还有身体感受到的入侵。当她们的身心充盈着欢愉时，无论这种欢愉多么巨大，它依旧是不掺杂个人感情的，这也许令人不解，但当时托妮的感觉就是如此。我没有抗议，因为并未抱有太高期待，也就没觉得她在欺骗我，或是拒绝我。事实上，在那个美妙的时刻，我与她的灵魂相触，也同时感受到了双倍的欢愉。那一刻，我们之间的思想联结断开了，脆弱的心灵感应被打破了。事后，我感到自己的偷窥略有些龌龊，但心里并没有太多的愧疚。毕竟，能在那一刻与她共度，本身就是一次无比美妙的体验。发现她的愉悦不仅仅来自无意识的腰际痉挛，还来自灵魂暗处摇曳着的璀璨光芒，那是一刹那的瑰丽神迹，是我的记忆中永远无法磨灭的光辉；同样，它也永无再现的可能，永远不会了。我再次下定决心，要始终保持我们关系的干净和坦诚，绝不占她的便宜，也不会再尝试接入她的思想。

尽管已暗暗发誓，几周后，我却发现自己第三次无意间侵入了托妮的意识。哦，第三次！那次该死的、糟糕透顶的意外。

那个扫兴的事件，那场不幸——

那次毁掉一切的灾难。

第九章

1945年初春，那年他十岁，慈爱的父母送了他一个妹妹。他们就是这么告诉他的。他的母亲露出最温暖的假笑，拥抱着他，用她最擅长的“和聪明小孩打交道”的口吻说道：“我和爸爸要送给你一个美妙的惊喜，戴维，我们要送给你一个妹妹。”

其实这早就算不上什么惊喜了。他们已经偷偷商议了几个月，甚至几年，还一直误以为尽管他们的儿子很聪明，但也不至于聪明到能弄明白他们在讨论什么的地步。他们始终坚信，儿子无法将一小段对话与另一小段对话联系起来，也没有能力明确他们故意模糊掉的那些代词—— 一连串“它”和“他”——所对应的先行词。戴维一直在自然而然地读取他们的思想，童年时期的能力畅通敏锐，他能躺在堆满破书本和集邮册的卧室里，毫不费力地读取五十英尺外那扇紧闭的卧室门里面发生的一切，就像在收听一个从不插播广告、永无休止的电台广播。

他能听WJZ、WWN、WEAF、WOR和其他所有可以接收到的广播电台，但他收听最多的电台是“塞利格夫妇”调频，他们在他这里毫无秘密可言，他对自己的偷窥行为也丝毫不感到羞耻。他成了一个怪异的成年人，对他们的全部隐私了如指掌，每天沉浸在冥想中，学习着亘古不变的婚姻课题：对经济状况的忧心，如胶似漆的恩爱瞬间，长期面对配偶产生的厌倦，心中略带内疚的压抑恨意；交配的欢愉和痛苦；亲密和失意；失败的性生活背后的秘密；以及为了“那孩子”的正常成长，两人所倾注的多到令人害怕的关切。他们的思想像一股浓厚的泡沫在源源不断地涌出，他把它们照单全收。读取父母的思想是他的游戏，他的玩具，他最狂热的爱好，他的复仇。

他们从未察觉戴维在这么做，他一直在反复确认这点，总是焦急地寻找着蛛丝马迹，最后也总是能够放下心来：他们从未幻想过他拥有此等天赋，只是认为他聪明异常；也从未怀疑过他是如何了解到这么多奇异的事情的。假如能够知晓真相，他们也许会选择把他掐死在摇篮里。但他们对此一无所知。于是，戴维得以继续舒舒服服地从事窥探活动。年复一年，他越来越能深入理解父母无意间提供的信息，感知能力也越来越强。

他知道希特纳医生对塞利格家的这个怪小孩感到困惑不已，压根儿搞不懂这孩子。戴维要是能有一个手足就皆大欢喜了。他用的就是这个词，手足。戴维只好从希特纳的脑子里找出这个词的意思，就像查字典一样。手足：兄弟或姐妹。呸，这个长着张马脸的大骗子！小戴维就只央求了他这么一件事，别建议他的父母再生一个孩子，希特纳都没能照办。但也算意料之中了，多一个手足的提议在希特纳的脑海中盘旋不去，像一颗埋在土里的定时炸弹。一天晚上，戴维从母亲的脑海中读取到了希特纳的一封信，上面写道：独生子缺少情感，如果没有与兄弟姐妹嬉笑打闹的经历，他就无法学到和同龄人相处的最佳方法；亲子关系也将发展成一个累赘，孩子会与父母渐行渐远。针对这个问题，希特纳开了一剂万能药方：家长去生一大堆孩子。这话说得，好像大家庭里就不会有神经病患者似的。

戴维知道，他的父母拼了命也要把希特纳的药方变成现实。不能再浪费时间了，这孩子越长越大，孤身一人，每天都学不到与同龄人相处的最佳方法。就这样，夜复一夜，塞利格夫妇衰老的身体努力解决着这个问题，即便汗流浃背、深感挫败，他们还是强迫自己继续。每个月，坏消息总是不期而至：这次手足还没来。终于，种子可算是落地生了根。他们没有对他说起过这些，也许是羞于向一个八岁的孩子坦白他们发生过交媾这类事情，但他全都明白。他明白母亲的肚子为什么开始逐渐隆起，也明白他们为什么仍旧犹豫不决、不知道该如何向他解释。他也知道，母亲在1944年7月那次神秘的“阑尾炎发作”，实际上是一次流产。

他还知道，为什么此后几个月里父母的神情一直很悲伤。他知道在那年秋天，玛莎的医生告诉她，在三十五岁的高龄怀孕很不明智，如果他们还是坚持再要一个孩子，最好的办法是领养。他知道父亲对这个建议无比反感：什么，领一个被某个不信犹太教的女人扔掉的野种回家？连续几周，可怜的老保罗每晚都辗转难眠。他从未向妻子吐露自己为何如此不安，却不知不觉把心情一股脑儿泄露给了爱打听的儿子：他的不安全感和一种非理性的敌意。凭什么只因这个心理医生说会对戴维有好处，我就必须抚养一个陌生人的崽子？我会把什么样的垃圾带进这个家？我怎么能爱一个不属于我的孩子呢？我怎么能确定孩子一定是犹太人所生，而不是——谁知道呢——某个爱尔兰佬、意大利擦鞋匠或者木匠的种？无所不知的戴维知晓所有这些想法。终于有一天，老塞利格向妻子委婉表达了自己的疑虑。他说，也许希特纳是错的，也许戴维只是在经历一个成长的必经阶段，再生一个孩子根本就不是正确的方法。他告诉她，要考虑到生养孩子的费用，要考虑到生活方式的改变——他们已经不年轻了，早已习惯了现在的生活。如果现在多一个婴儿，他们就需要早上四点起床，在它大哭时哄它，还要给它换尿布。戴维在心里默默地为父亲加油助威，谁会想要一个闯入者呢？一个手足、一个和平之敌？但玛莎眼含热泪地反驳了丈夫的观点。她援引希特纳的信，朗诵她收集的大量儿童心理学书籍中的关键段落，还举出一堆可怕的统计数据，试图阐明独生子女与非独生相比罹患精神疾病、无法适应社会、尿床和同性恋的概率。圣诞节前夕，父亲最终屈服了。好吧，好吧，我们会领养一个孩子，但不能随便领养，听到了吗？这孩子必须是犹太人。

接下来的几周里，他们一边冒着严寒走访了数家收养机构，一边对戴维假装这几趟曼哈顿之行不过是圣诞大采购。他没有上当。谁能骗过这个无所不知的孩子呢？只消到他们的脑袋里瞥一眼，他就知道他们其实是在采购一个手足。他唯一的安慰是他们大概率找不到。当年还在打仗，人们既然买不到一辆新车，也许自然也买不到一个婴儿。几周过去了，情况似乎真的如戴维所愿。可供选择的婴儿并不多，而且似乎都有一些严重缺陷：犹太血统不纯、太虚弱、太暴躁，或者性别不如人愿。有几个男孩比较合适，但保罗和玛莎已经决定给戴维找个妹妹。这样一来，选择又大大减少了，因为人们往往不会选择送养女孩。

然而，在三月的一个雪夜，戴维从“采购”归来的母亲心中探测到了一丝不祥的满足感。再深挖下去，他意识到，寻找已经结束了。她找到了一个四个月大的可爱小女孩。生母只有十九岁，不仅是个合格的犹太人,甚至还在读大学,领养机构称其“非常聪明”;但显然她还没有聪明到拒绝那位空军上尉的求欢。他也是个年轻英俊的犹太人,1944年2月回家休假时与她相遇。他对自己的粗心大意很懊悔,但却不愿迎娶他欲望的受害者。目前他正在太平洋地区执行任务,在女孩的父母看来,他的战机活该被击落十次以上。他们强迫女孩把孩子送去了领养机构。戴维想不通,为什么玛莎没有在当天下午就把孩子带回家,但很快他就明白了,要花好几周才能办好相关法律手续。等到母亲对他宣布“戴戴,我和爸爸要送给你一个美妙的惊喜”时,已经是四月底了。

他们给她取名朱迪丝·汉娜·塞利格,以纪念她的养父刚去世的母亲。戴维几乎立刻开始憎恨她了。他一直担心他们会把她放在他的房间,还好他们把婴儿床安放在了他们自己的房间里。即便如此,整个房子还是夜夜充斥着她的哭声和无休止的尖利哀号。这么小的人却能发出这么大的噪声,真是不可思议。保罗和玛莎把几乎所有时间都花在了喂奶、陪她玩耍和换尿布上了。对此戴维并不介意,他们忙起来就没心思管他了,但他讨厌身边有朱迪丝的存在。她胖乎乎的四肢、卷曲的头发和带酒窝的脸颊一点也不可爱。看着大人给她换尿布的时候,他发现自己对她身上那条粉红色的小缝产生了一些学术上的兴趣,这对他来说很陌生。而一旦看到了,他的好奇心也随之而去:*原来她们有一条缝,而不*

是一根东西。行吧，那又如何？总的来说，她让人心烦意乱，发出的噪声也让他没法好好看书，而阅读是他仅有的乐趣了。房子里总是挤满了来看望新生儿的亲朋好友，他们愚蠢又平庸的思想充斥着房间，像槌子一样击打着戴维脆弱的思想。时不时地，他试图阅读婴儿的想法，但除了模糊混沌的知觉之外，他一无所获，还不如阅读猫狗的思想时获得的信息多。她似乎没有任何思想，他能捕捉到的只有饥饿、困意，以及她尿湿尿布时产生的朦胧的快感。

她到家后的第十天，他决定尝试杀死她的心灵。趁父母在别的房间忙活，他走进他们的卧室，盯着妹妹的摇篮，并尽可能地全神贯注，试图把她尚未成形的思想从头骨中吸出来。只要他能设法从她身上吸走心智的火花，把她的意识引入自己体内，让她变成一具没头脑的空壳，她就一定会死亡。他紧盯着她的眼睛，慢慢展开能力，试图潜入她的灵魂深处，吞噬掉她所有微弱的想法，再进一步攫取更多。过来……来吧……你的思想正向我飘来……我要得到它，我要得到全部……砰！你的全部思想都是我的了！他的咒语并没有对她产生影响，她还在咯咯地笑着，同时挥舞着手臂。他只好加倍集中精力，牢牢锁定她的视线。她的笑容开始变得犹豫，慢慢消失了，眉头也皱成了一团。她知道他在攻击她吗？还是只是对他的表情感到好奇？过来……来吧……你的思想正在向我飘来……

有那么一瞬，他以为自己真的成功了。可紧接着，她狠狠地瞪了他一眼，眼神冷酷恶毒，带着令人胆寒的凶狠。看到这样可怕的眼神竟然来自一个婴儿，他吓得倒退几步，生怕会突遭反击。可是她随即又咯咯地笑了起来。她将他击败了。后来他继续憎恨着她，却再也没有试图伤害她。当她长大到明白“憎恨”的意思时，才发现自己早就已经从哥哥那里体悟到了这种感觉，于是她将同等的恨意原路奉还。事实证明，她的恨意可比他的更有效。哎，她在仇恨方面可真是个行家啊。

第十章

这篇的主题是《我的首次迷幻之旅》。

八年前，我第一次体验迷幻药，也是唯一的一次。其实服用迷幻药的人并不是我，而是托妮。药物从未进入我的消化道，我不过是搭了托妮的顺风车，而且从某种意义上讲，我至今仍旧坐在那辆车上。那是一次糟糕透顶的经历，让我把来龙去脉讲给你听。

那是1968年的夏天。那个夏天本身就算得上是一次差劲的迷幻之旅。你还记得1968年吗？正是在那一年，我们开始慢慢察觉到美国社会有分崩离析的态势，周围弥漫着腐朽和濒临崩溃的氛围，这种感觉是如此熟悉——我想这熟悉的一切都始于1968年。那时，周遭世界成了一个加速熵增过程的隐喻，同样的进程也早已在我们的灵魂里开启——至少在我的灵魂中已启动多时。

那年夏天,林登·贝恩斯·约翰逊[①]的总统位置岌岌可危,强撑到三月他才宣布放弃再次参选。博比·肯尼迪[②]和马丁·路德·金[③]双双挨了枪子儿,这些都在人们的意料之中,众人只是惊讶于刺杀竟然来得如此之晚。黑人走向街头,烧毁城市——他们烧的可是自己居住的社区,还记得吗?普通上班族穿起了奇装异服:满是铃铛的短袖和超短裙,连超过二十五岁的人都留起了长发。那年,男性中开始流行蓄鬓角,还有"水牛比尔"[④]的同款胡子。尤金·麦卡锡[⑤]在新闻发布会上朗诵诗歌,想获得民主党内的总统选举提名。这名参议员的老家是哪个州来着?明尼苏达?威斯康星?不过有一点可以确定,民主党在芝加哥召开代表大会时提名的却是休伯

---

① 林登·贝恩斯·约翰逊(Lyndon Baines Johson,1908—1973),于1963—1969年担任第36任美国总统。他主张美军积极介入越南战争,并于任期内推行各项福利法案、签署民权法案、消灭贫穷法案和减税法。

② 罗伯特·弗朗西斯·"博比"·肯尼迪(Robert Francis "Bobby" Kennedy,1925—1968),曾任美国司法部长、纽约州国会参议员,是第35任美国总统约翰·肯尼迪的弟弟。他支持非裔美国人民权运动,打击有组织犯罪和黑手党,曾参与1968年美国总统选举的民主党党内初选,于同年6月5日遭到刺杀。

③ 马丁·路德·金(Martin Luther King,Jr.,1929—1968),美国牧师、社会运动者、人权主义者和非裔美国人民权运动领袖,于1968年4月4日遭到刺杀。

④ 威廉·弗雷德里克·"水牛比尔"·科迪(William Frederick "Buffalo Bill" Cody,1846—1917),南北战争军人、陆军侦查队队长、边境拓垦人。

⑤ 尤金·麦卡锡(Eugene McCarthy,1916—2005),明尼苏达州国会议员,以坚定的反越战立场参加了1968年的美国总统大选,并直接导致积极主战的约翰逊总统退出总统选举。

特·霍拉特·汉弗莱[①]。(真是一次洋溢着美式爱国情怀的大会啊!)另一边的阵营里,洛克菲勒[②]和“狡猾的迪克”[③]针锋相对,但所有人都知道前者的结局。在一个叫比亚法拉[④]的地方(你大概不记得了),大批婴儿死于营养不良;另一边,俄国人正打着兄弟情的旗号向捷克斯洛伐克派遣军队。在一个叫越南的地方(估计你巴不得能把它忘干净),我们正以民主和平的名义到处投掷汽油弹。一名叫威廉·卡利的中尉刚刚在美莱村消灭了一百多个老人、妇女和儿童,只是我们那时仍被蒙在鼓里。所有人都在读《夫妇们》《迈拉·布雷金里奇》《奈特·杜纳的告白》和《金钱游戏》。我记不清那年最火的电影是哪一部了:《逍遥骑士》还没上映,《毕业生》是前一年的;也许是《罗斯玛丽的婴儿》[⑤]。没错,1968年确实

---

① 休伯特·霍拉特·汉弗莱(Hubert Horatio Humphrey, Jr.,1911—1978),第38任美国副总统(1965—1969)。支持约翰逊的越战政策。1968年提名民主党总统候选人,在竞选中败给共和党候选人理查德·尼克松。

② 纳尔逊·洛克菲勒(Nelson Aldrich Rockefeller,1908—1979),美国商人、政治家,共和党温和派领袖,第41届美国副总统(1974—1977)。在1968美国总统选举党内提名中意外输给了退出政坛已久的尼克松。

③ 理查德·米尔豪斯·尼克松(Richard Milhous Nixon,1913—1994)的绰号,美国政治家,第37任美国总统(1969—1974)。

④ 比亚法拉共和国(又译比夫拉共和国)是尼日利亚东南部一个由分离主义者建立的短命国家。于1967年5月30日成立,至1970年1月15日灭亡。其政权的军事首领于1月12日正式宣布有条件投降。该国得名于其南边濒临大西洋的比亚法拉海湾。

⑤ 由罗曼·波兰斯基执导,米娅·法罗、约翰·卡索维茨主演的恐怖电影,于1968年6月12日在美国上映。

是个恐怖的年份。也是在这一年,很多中产阶级的中年人聊起大麻时,开始悄悄用“叶子”和“草”来替代。除了谈论,他们中的一些人也会吸食。让我想想,还有什么?约翰逊总统提名了亚伯·方特斯,来取代厄尔·沃伦担任最高法院大法官一职。方特斯大法官,我们现在需要你,可你跑哪儿去了?信不信由你,就是在那个夏天,巴黎和平协约的谈判才刚刚开始。后来人们再聊起来,似乎认为这些会谈从创世之初就在进行了,就像大峡谷和共和党一样永恒不朽,但其实,1968年这些和谈才刚刚启动。在那个赛季,丹尼·麦克林狂揽三十一场比赛胜绩,我猜麦克林是唯一一个觉得1968年还不赖的人,虽然老虎队后来输掉了世界大赛[①]。(不对,是我记错了吧?老虎队赢了,四局三胜,但米奇·洛里奇是全场之星,不是麦克林。)以上就是那一年的基本情况。

噢,不说差点忘了,那年还有一段重要历史呢。1968年春天,哥伦比亚大学发生了一起抗议事件,激进的学生先是占领了校园(“柯克[②]下课!”),紧接着逼迫学校停课(“关闭学校!”),还取消了期末考试。每晚都有学生和警察发生冲突,许多本科生的脑袋被开了瓢,优等生的鲜血流进了下水道。说来奇怪,我刚刚历数了一大堆事件,只有这件事我是亲历者,我却把它忘了个精光。那时,

---

① 美国职业棒球大联盟每年10月举行的总冠军赛,是美国以及加拿大职业棒球最高等级的赛事。

② 格雷森·柯克,哥伦比亚大学时任校长。

我站在百老汇和第116街的交汇处,注视着一排排冷酷的条子冲向巴特勒图书馆。(“条子”是我们当时对警察的称呼,之后我们就开始叫他们“猪”了。)那时,我高举双手,比着代表和平的V字手势,和一群人高喊傻乎乎的口号。那时,我蜷缩在宿舍楼的门厅,看着夜间警察队横冲直撞。那时,我和一个不修边幅的SDS[①]领袖辩论战术,他最后在我脸上啐了一口,骂我是恶臭的自由主义者,是破坏行动的卑鄙小人。那时,我还亲眼看见可爱的巴纳德[②]女孩们扯开上衣,对气急败坏又色眯眯的警察抖动着裸露的胸部,从她们嘴里喊出的那些脏话,我上学那会儿的巴纳德女孩们可从来没听说过。那时,我看着一群蓬头垢面的哥大学生在一堆研究文献上撒尿,像在举行某种仪式,这些文献来自某位正在攻读博士学位的倒霉讲师的文件柜。也正是在那时,我意识到人类没救了,因为即使是我们中最优秀的人,也会打着爱、和平和为人类平权事业奋斗的旗号走向癫狂。在那些黑暗混乱的夜晚,我阅读了许多人的思想,发现里面只剩歇斯底里和疯狂。在经历了一场特别血腥的抗议之后,我绝望地意识到,自己生活的世界不过是两派疯子在互相争夺控制权。想到这些,我忍不住跑到河滨公园狂

---

① 哥伦比亚大学学生争取民主社会组织的简称。

② 巴纳德学院(Barnard College),美国纽约市的一所私立女子本科学院,创办于1889年,位于纽约曼哈顿晨边高地,占地面积约4英亩。该学院于1900年成为哥伦比亚大学的附属学院。

呕,却被一个手脚敏捷的十四岁黑人少年犯截了道(以我的能力竟然丝毫没有察觉!),他笑嘻嘻地从我的兜里顺走了二十二美元。

1968年,我住在哥大附近的一间肮脏宿舍里,房间位于114街,中等大小,有厨房、浴室,还附赠到处乱爬的蟑螂。1955至1956年间,也就是我本科的后两年,我都住在这里,当时这栋楼就已经每况愈下了。十二年后我再度拜访它时,这栋房子俨然成了一个令人作呕的地狱——院子里到处都是废弃的皮下注射器,和另一栋楼院子里满地的烟头一样多。不过,我有一个怪癖,也许是受虐心理作祟:不管过去的经历有多丑恶,我仍不愿把它们抛之脑后。所以,当我需要一个住处的时候,我还是选择了这个房间。此外,它还很便宜,每周房租仅14.5美元,而且我必须住在哥大附近,因为我还在为那本研究以色列的书查资料。你还能跟得上我的思路吗? 我正打算给你讲我的第一次迷幻之旅,或者严格来说,其实是托妮的体验。

我们在这个破旧的房间里住了将近七周——从五月底到七月中旬——历经热浪和暴雨,误会与和解,分享着彼此的一切。那是一段快乐的时光,或许是我一生中最幸福的日子。我爱她,觉得她也爱我。我这辈子没怎么被爱过,这么说并不是为了博取你的同情,而是对事实的客观陈述罢了。我的状况削弱了我去爱人和被爱的能力。一个像我这样的人,每个人的内心世界对他来说都是敞开的，真的体验不到太多的爱；他也不擅长给予爱，因为他不信任他的人类同胞：他知道他们太多肮脏的小秘密了，这扼杀了他对他们的感情。无法给予，自然也就无法获得。长期饱受孤立，再加上无法宽恕他人，他的灵魂变得坚硬和封闭，别人也不会轻易爱上他。这构成了一个完美的闭环，他被困其中，无法挣脱。话虽如此，我还是爱上了托妮，同时特别留神不将她看透，而且我深信我的爱意得到了她的回应。说到底，爱是由什么决定的呢？比起他人，我们更享受彼此的陪伴；我们用各种能想到的方式让彼此兴奋，从未对彼此心生厌倦。我们的身体也映照了这种灵魂上的亲密：我总能勃起，她总是很湿润，我们每次都能抵达高潮，我把这些视作衡量爱情的重要参数。

我们的同居生活就这样到了第七周。那个周五，托妮从办公室回到家，包里有两小张白色的方形吸墨纸，中央有一块淡蓝绿色的渍痕。我研究了一会儿，没搞懂这是什么。

“那个。”她最后开口说道。

“哪个？”

“你懂的，迷幻药。泰迪给我的。”

泰迪是她的老板，出版社的主编。没错，我知道这个东西，我在1957年读过赫胥黎写的一篇相关文章，读完我入迷了，忍不住也想尝试一番。多年来，我一直对迷幻药跃跃欲试，甚至还想参加哥大医学中心的相关志愿研究项目，可惜报名太晚，没能赶上。之后的几年，随着这种药物的风靡，各种可怕的案例开始涌现：自杀、罹患精神疾病、情绪低沉等。我深知自己的弱点，尽管仍对它感到好奇，我决定还是留给别人去尝试吧，这样想才明智。而现在，这两张吸墨纸正安静地躺在托妮的掌中。

“药劲应该不小，”她说道，“这些纯度特高，实验室级的品质。泰迪已经试过了，他说尝起来很醇厚，质地干净，没有掺杂快速丸这种垃圾货。我觉得我们可以明天试一点，然后用周天把药效睡过去。”

“我俩都要？”

“为什么不呢？”

“如果我们两个人一起疯掉，你觉得这样安全吗？”

她奇怪地看了我一眼，“你觉得它会让你发疯？”

“我不知道，但我听过很多可怕的故事。”

“你从来没试过？”

“没有。”我说道，“你试过吗？”

“我也没有，但我见过朋友们尝试。”一想象到她在遇到我之前的生活，我的心就一阵绞痛。“他们并没有发疯，戴维。有几次局面是有点混乱，人会陷入一个小时左右的极度亢奋。但基本上，进入兴奋状态的人只是坐在那里，像阿道司·赫胥黎一样平静清醒。你能想象赫胥黎发疯的样子吗？口角流涎、胡言乱语、把家具砸个粉碎？”

“可是有个家伙服用迷幻药后杀了岳母，这怎么说呢？还有那个打开窗户跳下去的女孩？”

托妮耸了耸肩。“他们情绪不稳定，”她高傲地说道，“也许杀人或自杀才是他们的真正目的，而迷幻药只是催化剂罢了。但这并不意味着你或我也会这样做。也许他们服用的剂量太大，或者和其他药物混在了一起，谁知道呢？你说的这些可是百万分之一的概率。我有朋友服用过至少五六十次了，从来没碰到过麻烦。”她听起来很不耐烦，是一种居高临下的说教语气。看到我像个老妇人一样踌躇不决，她对我的尊重明显有所减少。我们正处在大吵一架的边缘。“怎么回事，戴戴？你是害怕了吗？”

“我只是觉得两个人同时服用不太明智，尤其是我们现在还不能完全确定这东西的药效，就是这样。”

“可这是情侣能一起做的最浪漫的事情。”她说道。

“但这事风险很大，不能保证一定没事。听我说，如果你想，就能搞到更多，对不对？”

“是这样。”

“那好，我们一步一步来，不用着急。你明天先试，我在旁边观察；我周天再尝试，换你在旁边观察。如果我们都喜欢它带给大脑的感觉，下次我们就一起。好吗，托妮？这样可以吗？”

她听完并不乐意。我看到她张嘴想说话，同时酝酿着反驳我的观点；但也看到她在努力克制自己，重新考虑自己的立场，最后决定不要上纲上线。她思考的时候，我并没有接入她的思想，是她脸上的表情出卖了她。“那好吧，”她轻柔地说，“不值得为这事吵架。”

周六早上，托妮没吃早餐，因为她听说要空腹服用。我吃完早餐后，我们在厨房里坐了一会儿，中间的桌子上躺着那张天真无邪的吸墨纸，我们都假装没看见它。托妮的神色有些紧张，不知道是为我坚持让她独自服用而气恼，还是事到临头才开始对整件事感到不安。我们没怎么说话。烟灰缸里很快堆满了她抽了一半的烟头。她不时紧张地笑笑，我也时不时拉起她的手，冲她鼓励地微笑。

在这动人的一幕背后，与我们共享厨房的租户们一直在进进出出。先是埃洛伊丝，漂亮的黑人妓女；然后是西奥托基斯小姐，在圣路加医院工作的冷面护士；黄先生，神秘的中国胖子，总是穿着内裤走来走去；艾特肯，来自托莱多的同性恋学者，还有他的室友唐纳森，一个骨瘦如柴的瘾君子。一些人冲我们点点头，但什么都没说，连句“早上好”也没有。这是纽约人祖传的优良传统，在此地生活，最好假装你的左邻右舍都不存在。上午十点半左右，托妮突然说:“能给我倒杯橙汁吗?”我从冰箱里找出贴着我名字标签的瓶子,倒了一杯给她。她冲我眨了眨眼,假装勇敢地咧嘴一笑,把吸墨纸揉成团扔进嘴里,一口咽了下去,接着喝了一大口橙汁。

“多久会生效?”我问道。

“差不多一个半小时。”

实际上只用了五十分钟。我们回到房间,锁上门,便携式留声机里隐隐传来巴赫的交响乐,托妮和我都试着读书。她慢腾腾地翻着书页,突然抬头说道:“有感觉了。”

“什么感觉?”

“头晕,有点恶心,脖子后面有刺痛的感觉。”

“你想喝点什么吗? 水? 果汁?”

“不用,谢谢。我没事,真的。”她向我露出一个羞怯但十分真诚的微笑。她似乎有点忐忑,但完全没有害怕,对这次迷幻之旅满心期待。我放下书,留心观察着她的反应,内心升起了一股对她的保护欲,几乎在盼望出点岔子,我好为她做些什么。我当然并不希望她这次体验很糟,但又隐隐希望她能够需要我。

她不时向我汇报着药效进展,我做着笔记。没过多久,她又觉得铅笔在纸上的摩擦声很烦人,我只好停下了。幻觉开始出现,在她眼中,墙壁似乎凹了进去,墙上没抹平的灰泥印子摇身化作繁复的花纹,呈现出一种奇异的纹理。所有色彩开始变得异常明亮：脏兮兮的窗户成了一扇棱镜，阳光倾泻到地板上，泼洒出缤纷绚丽的光带。音乐也神奇地增强了。我在换碟机上放了一沓她最喜欢的唱片，她跟不上旋律，还觉得唱机转盘时断时续，但她仿佛能够触摸到声音本身了，这种难以描述的感觉令她着迷。她的耳朵里还有一种呼啸声，仿佛听到了拂过脸颊的气流。她提到一种弥漫全身的陌生感——"我在另一个星球上。"这句话她说了两次，看上去面色红润，表情兴奋又快乐。

我回想起听说的那些骇人故事，描述的都是吸食迷幻药后的地狱感受，还有《时代》和《生活》杂志的匿名记者为了迎合读者的恶趣味，写下的多篇瘾君子的悲惨遭遇。看到我的托妮即将安然度过她的迷幻之旅，我简直快要喜极而泣了。在此之前，我幻想过各种可怕的后果，但她现在状态很好：眼睛闭着，神色喜悦安详，呼吸沉着放松。我的托妮，迷失在神秘的超然国度中，几乎不与我交谈，隔几分钟才会从静默中浮出，喃喃自语一些模糊的字句。从她开始有奇怪感觉到此刻，已经过去了半个小时。

她的迷幻体验越来越深入，我对她的爱也越来越浓烈。她应付药物的能力证明了她性格中坚韧的一面，这让我很高兴，我欣赏有能力的女人。我已经在计划自己明天的体验了——挑选背景音乐，想象即将体验到的现实扭曲的奇妙感觉，期待着事后和托妮交换一下彼此的感受。我开始后悔自己之前的懦弱。

可是,现在是怎么回事? 我的脑袋怎么了? 为什么突然有一种喘不过气的感觉? 为什么心口怦怦直跳、喉头发紧? 墙壁弯曲着,空气迎面向我压来,右臂突然比左臂长了一英尺。这些都是托妮刚才感受到并描述给我的,可是为什么我现在也能感觉到? 我开始发抖,大腿上的肌肉在不受控制地跳动。这就是他们所说的吸二手药而产生的迷醉感吗? 我不过是在托妮兴奋时离她太近了点——她是不是对着我呼出了药物微粒? 还是我不小心吸入了空气中的某种东西,也产生了兴奋的感觉?

"塞利格,哥们儿,"我的扶手椅自鸣得意地说道,"你怎么会这么傻? 很明显,你是直接从她的脑子里感受到的啊!"

很明显? 真有这么明显吗? 我确实考虑过这种可能性,我真的有在不知不觉中读取托妮的想法吗? 很明显,我有。此前,我必须稍微刻意用点力气,才能细致地窥探到一个人的想法。现在看来,一定是药物增强了她的输送能力,让她的想法不请自来地涌入了我的大脑。还能有什么别的解释呢? 她在广播迷幻体验,而我不知怎么,正好调到了她的频道,尽管我曾郑重起誓,绝不再窥探她的隐私。而现在,药物带来的陌生感漫过了我的防线,也使我浸润其中。

我要从她的脑子里出来吗?

药效分散了我的注意力。我看看托妮,她似乎变了副模样,在她的脸颊下方、靠近嘴角处，一颗小黑痣正不断闪烁着耀眼的色彩：红、蓝、紫、绿。她的嘴唇太丰满，嘴巴太宽，牙齿一排一排又一排，像一条鲨鱼。为什么我之前从未注意到那张似要吞噬一切的嘴巴？她让我感到害怕。她的脖子拉长了，身子却缩小了，乳房像只不安分的猫，在那件熟悉的红毛衣下乱拱，连毛衣也染上了一层阴郁的淡紫。

为了逃离她的大脑，我朝窗外看去。脏兮兮的窗玻璃上有几道我此前从未注意过的裂痕。用不了一会儿，这扇快要碎掉的窗户肯定会从内部爆开，撒我们一头灼热的碎玻璃。街对面的建筑今天看上去又矮又宽，隐隐带着不祥。天花板也在向我袭来，我听到头顶传来闷闷的鼓声，想象着是食人族在准备晚餐(是楼上邻居的脚步声，我告诉自己)。这就是嗑药后兴奋的感觉吗？这就是我们国家的年轻人单纯为了好玩就心甘情愿、甚至迫不及待对自己做的事情吗？

我该把它关上，免得把自己吓个半死。我要出来。

方法很简单，我有关闭输送、拦截思维流入的办法，不过这一次它们丝毫没起作用。在迷幻药的力量面前，我束手无策。我试图把自己从这种陌生不安的感觉中抽离出来，但它们步步紧逼。我在源源不断接收着托妮的输送，越陷越深。这就是抵达兴奋的感觉，一次糟糕的体验，非常糟糕的体验。多么奇怪啊：托妮的体验很顺利,对不对?至少在旁观者看来如此。那么,为什么我只是意外搭上了她的车,却发现自己的迷幻之旅如此差劲?

托妮脑海中的事物一齐涌进了我的大脑。对我来说,接收他人的灵魂已经不是什么新鲜事了,但这次的传送对我来说是前所未有的。在药物的调节作用下,这些想法被扭曲了,我不情愿地旁观了托妮的灵魂,眼前看到的却是一场恶灵的盛宴。她的内心真的寄居了如此多的阴暗吗?在前两次的联结中,我都没有看到过这些东西:难道药物释放了来自她的内心最深处、那些我之前无法触及的梦魇?

她的过往在一一闪现,画面浓艳,沐浴着血红的光。恋人,交媾,可憎的行为。一股由经血组成的洪流,还是那条猩红的河里有更邪恶的东西?一团凝结成块的痛楚:这是什么,是对他人的残暴,还是对自己的残忍?看看她是怎么把自己献给那列可怕的男人的!他们机械地前进,脚步声隆隆,闪耀着可怕的红光,一个接一个。我看到了她体内流出的红光。他们都戴着面具,我不认识这些人。为什么我不是其中一员?我在哪里?我在哪里?啊,那里:在另一边,毫不起眼,无足轻重。那东西是我吗?她眼中的我就是这个样子?一只多毛的吸血蝙蝠,一条蜷缩在角落的水蛭?还是那不过是戴维·塞利格自己心中的自己,就像理发店里面对面的镜子一样,成像在我们之间无限反射?上帝呐,我是不是先把自己的糟糕体验输送到了她的内心，又从她那里接收，继而为并非由她制造的梦魇而怪罪她呢？

该怎样打破联结？

我趺趺撞撞地站起身，脚底打滑，直犯恶心。房间在旋转，门去哪了？门把手正从我手中溜走，我猛扑过去将它抓住。

“戴维？”她的声音在无休无止地回荡，“戴维——戴维——戴维——戴维——戴维——”

“去呼吸些新鲜空气，”我咕哝道，“就出去一会儿——”

出去也没用。噩梦般的画面穿过房门，对我穷追不舍。我靠在湿乎乎的墙上，手里紧紧握住一盏忽明忽暗的壁灯，一位邻居如幽灵般从我身边飘过。远远地，我听到电话铃响，冰箱门打开、关上、又打开，那个人又一次从同一方向走来。门把手从我手中溜走，宇宙从中间折叠，将我囚禁在一个不停循环的时刻中，熵在减少。绿色的血从绿色的墙壁上滴下。一个刺哑的声音响起：“塞利格？出什么事了？”是瘾君子唐纳森，他的脸如同骷髅，搭在我肩上的手只剩骨头。“你病了吗？”他问道。我摇摇头。他探过身子，空洞的眼窝离我的脸只有几英寸，久久研究着我，最后说道：“你是嗨了，哥们儿！对不对？听着，你如果吓坏了，就到大厅来，我们这儿有些东西能帮到你。”

“不用了，我没事。”

我蹒跚着回到房间。门突然有了弹性,怎么也关不上。我用双手猛推,把它紧紧按住,直到门闩发出咔嗒声。托妮还坐在原地,神情困惑,脸庞幻化成了一幅毕加索式的肖像画。我背过身去,感到伤心欲绝。

“戴维?”

她的声音破碎又刺耳,似乎同时发出了两个八度的音调,在最高音和最低音之间塞满了让人刺痒的毛线。我疯狂地挥舞着双手,叫她停止讲话,但她继续说着,关心着我,想知道发生了什么,为什么我一直在房间里跑进跑出。她发出的每一点声音对我来说都是一种折磨,画面仍在源源不断从她的大脑流入我的内心。那只满嘴獠牙的蝙蝠,长着一张我的脸,依旧潜伏在她脑内的角落。托妮,我还以为你爱我。托妮,我以为我让你很快乐。我跌跪在地,研究着眼前这块肮脏的地毯,它有一百万年的历史了,已经褪色变薄,是一块属于史前的织物。她向我走来,关切地弯下腰。兴奋的明明是她,可她却在照顾离奇地兴奋了的同伴。“我不明白,”她低语道,“你在哭呢,戴维,脸都肿了。是我说错话了吗?求你别哭了,戴维。我不明白怎么回事……”

蝙蝠。那只蝙蝠,张开虚弱的翅膀,龇出黄色的獠牙。

撕咬,吮吸,渴饮。

我挣扎着挤出几个字:“我——也——兴奋了。”

我趴在地毯上，灰尘的味道飘进干燥的鼻孔。我的脑内爬满三叶虫，而她的大脑里有一只蝙蝠。走廊里传来尖利的笑声。电话铃响了。冰箱门在砰，砰，砰！楼上的食人族在跳舞。天花板压在我的后背上。我饥渴的心灵洗劫着托妮的灵魂。偷窥者只见烦恼事。托妮在说话："你把另一张吸墨纸吃了吗？什么时候的事？"

"我没吃。"

"那你怎么会兴奋了？"

我没有回答。我蜷成一团，抱紧身体，不停地出汗、呻吟着。这就是堕入地狱的体验，赫胥黎警告过我。我不想分享托妮的兴奋，我并没有主动想感受这些。我的防线被摧毁了，她压垮了我，将我吞噬。

托妮问道："你是在读我的心吗，戴维？"

"是的。"我畏惧已久的坦白时刻终于来临了，"我在读你的心。"

"你说什么？"

"我说，我能读到你的内心。我能看到你的每一个想法，每一次经历。我看到了你眼中的我自己。哦，上帝啊，托妮，托妮，托妮，我在你眼中竟如此不堪！"

她用力地拽着我，想拉我站起来看她。最后，我终于站了起来，她的脸色苍白得可怕，眼神僵硬。她要求我解释清楚。这个所谓的读心术是怎么一回事？刚才真的是我在说话，还是她的大脑被迷惑，进而编造出了一个幻觉？真的是我在说话，我告诉她。你问我是不是在读你的心，我说是的，我确实在读你的心。

“我根本没问过这个问题。”她说道。

“我听到你问了。”

“但我没有——”我们俩都开始颤抖起来。她听起来很冷漠，“你想毁了我的兴奋，对不对，戴维？我不明白。你为什么想要伤害我？为什么骗我玩？这次体验本来很不错。”

“我可不觉得。”我说道。

“你又没体验到。”

“我体验了。”

她一头雾水地看了我一眼，从我身边走开，扑到床上抽泣起来。在她的脑海中，透过药效产生的怪诞画面，一阵阵原始的情绪袭来：恐惧、怨恨、痛苦、愤怒。她认为我是故意要伤害她。现在说什么都于事无补了，没有补救的办法。她鄙视我。对她来说，我是一个吸血鬼，一只水蛭，她了解了我的天赋的本质。我们的关系突破了我小心竖起的防线，之后，每当她想起我时，都会伴随着痛苦和羞耻，我也一样。我冲出房间，沿着走廊来到唐纳森和艾特肯的房间。

“体验很糟糕，”我嘀咕道，“抱歉打扰你们，但是——”

下午剩下的时间里，我一直和他们待在一起。他们给我注射了一支镇静剂，把我从悬崖边轻轻拉了回来。前半个小时左右，迷幻景象依旧在从托妮的脑中流入我的大脑，仿佛有一条斩不断的脐带穿过走廊，将我们联系在一起；令我如释重负的是，这种联结感在慢慢消退。

突然，随着脑海中咔嗒一声轻响，它终于彻底切断，完全消失了。

那些迷乱的幻象不再困扰我的灵魂，事物的颜色、尺寸和质地也恢复到了原本的样子。最后，我终于不再去想那个可怕的自我形象。一旦重新在自己的脑子里获得独处，我简直想痛哭一场，以庆祝解脱。但没有眼泪，我安静地坐在那里，喝着解酒药。时间悄然流逝，唐纳森、艾特肯和我以一种平和文雅、十分枯燥的方式聊着巴赫、中世纪艺术、理查德·M.尼克松、大麻和别的话题。我和这两个人几乎算不上认识，但他们却愿意牺牲自己的时间，只为减轻一个陌生人的痛苦。最后，我终于感觉好些了。快到六点的时候，我郑重地感谢了他们，回到了房间。

托妮不在。房间里似乎有了一些奇怪的变化：书架上的书不见了，墙上的画不见了；衣柜门开着，里面一半的东西也不见了。在迷迷糊糊、疲惫不堪的状态下，我花了几分钟才弄明白发生了什么。

起初,我还幻想是入室盗窃或者绑架;后来,我终于意识到了真相:她已经搬走了。

第十一章

今天的空气中有一丝冬季的寒意,冷风拍打在脸颊上,微微有些刺痛。十月转瞬即逝,天色阴沉,厚重、低垂的云层布满了天空。昨天下了一场雨,瘦弱的黄叶黏在学院路的人行道上,叶尖在寒风中瑟瑟发抖。路上到处都是水坑,我把今天的《哥大每日观察》的专栏部分铺在冰冷潮湿的石阶上,坐在巨大的智慧女神像下。二十多年前,我还是一个傻乎乎的大二学生,胸怀大志,梦想着从事新闻工作——一个会读心术的记者,多狡猾啊!在那时,这份报纸还是我生活的中心,现在它的存在似乎只是帮我的屁股保持干燥。

我坐定,准备开始办公,膝盖上放着一个用橡皮筋捆住的厚文件夹,里面装着五篇论文,每一篇都是打字机精心炮制的,上方夹着黄铜回形针。这些是我过去一周忙碌的成果:《论卡夫卡的小说》《作为悲剧家的萧伯纳》《先天综合判断的概念》《作为社会象征的奥德修斯》《埃斯库罗斯与亚里士多德的悲剧观》,全是老套的学术废话。这些聪明的年轻人兴高采烈地让一个老毕业生为他们写这些东西,足以证实这些论文全都是无用的垃圾。今天是交货的日子,说不定还能接到一些新活。差五分钟十一点,我的客户很快就会到达。正想着,我扫视着眼前走过的人群,学生们脚步匆匆,抱着成堆的书,头发在风中荡漾,胸部在晃动。在我眼里,即便是那些长胡子的学生,都年轻得吓人;不对,应该说,特别是那些长了胡子的,看起来更是年轻得让人骇然。你是否意识到了,每年世界上的年轻人都越来越多?他们的队伍在不断壮大,因为老家伙们正从人口曲线上滑落,而我则正在走向坟墓。

这年头,连教授在我眼里都显得年轻了,有些博士要比我年轻十五岁,一想到就觉得丧气。想想看,1950年出生的小孩都有博士学位了。1950年的我可是个健壮的青春期男孩,身高五英尺九英寸,雄心勃勃,胸中有丘壑,脑中有知识,也有个性;每周需要刮三回胡子,每周三和周六自慰。在1950年,现在的新科博士还是没牙的小屁孩呢。那时他们才刚出生,脸皱巴巴的,皮肤上沾满了羊水。那些婴儿怎么能这么快就拥有博士学位的?我还在沿着人生的轨道蹒跚前行,小屁孩们已经远远把我甩在身后了。

每当开始陷入自怜的情绪时，我就开始嫌恶自己。为了转移注意力，我试着接入路人的思想，学习我能够学到的东西。这是我擅长的游戏，也是我唯一会玩的游戏。塞利格是个偷窥狂，一个灵魂吸血鬼，他从无辜的陌生人身上盗取隐私，来刺激他冷冰冰的内心。可惜一无所获，今天我的脑子里塞满了棉花。有一些低沉的杂音，但都模糊不清、毫无意义，没有清晰的语言，没有闪现的自我意识，没有灵魂内核。今天是那种不走运的日子，所有输入都难以解读，每个零碎的信息都一模一样。这是熵的胜利。

我想起了福斯特笔下的莫尔夫人[1]。在能反射声音的马拉巴尔石窟里，她紧张地聆听着神谕，却只听到了同样的单调噪声，一个毫无意义的声音：嘣姆。人类奋斗的集合和本质：嘣姆。这些匆匆走在学院路上的大脑传递给我的是同一个噪声：嘣姆。也许这就是我应得的一切，爱、恐惧、信仰、胆怯、饥饿、自我满足，各种内心的独白，都以同一个声音向我涌来：嘣姆。我必须尽全力改变这一点，现在向熵开战还不算太晚。我流着汗，拼命挣扎着寻找牢固的支撑点，扩大思维触角的半径，企图哄骗我的感知发挥作用。来吧，来吧，活过来吧，打起精神来，你这个可悲的探子！把我的东西还给我！那股力量在我的内心深处涌动。思维的迷雾稍稍散去了一些，孤立但连贯的思想碎片涌入了我的脑海。神经兮兮的，但还

① E.M.福斯特小说《印度之行》中的主人公。

没有完全变成精神病。我要去见系主任，告诉他让他见鬼去吧。歌剧票，我必须去。性很有趣，性非常重要，但还有更多其他的事情。感觉就像站在一个很高的跳板上，随时准备向下一跃。这些刺耳的杂音并没有什么实质性的内容，顶多说明能力还没有完全死亡，但已经足够给我安慰了。在我的想象中，能力是一只缠在我大脑上的虫子，可怜又疲惫，皱巴巴地缩成一团，曾经光亮的皮肤业已溃烂，布满破旧剥落的斑痕。这个形象是我最近才想出来的，但即使在更快活的日子里，我也总是把这个天赋视作是与我自己完全不同的东西，一个侵入者、寄居者。它和我，我和它。我曾经和尼奎斯特讨论过这件事情（我有提过这个人吗？也许没有。汤姆·尼奎斯特是我从前的朋友，在他的头骨里也有一个类似的侵入者。）尼奎斯特不喜欢我的观点，“把自己和能力分这么开，你这是精神分裂，伙计。你的能力就是你，你就是你的能力，为什么要试图把你和你的大脑分开看待呢？”也许尼奎斯特是对的，但已经太晚了。在我心目中，只有我和它，直至死亡将我们分开。

我的客户来了，保罗·F.布鲁诺，那个大块头的中后卫。他的脸肿得发紫，脸上没有笑意，周六的英雄事迹好像还让他损失了几颗牙齿。我拨开橡皮筋，抽出《论卡夫卡的小说》递给他，说道：“六页。”他已经给了我十块的定金。“你还欠我十一块，想先看一眼吗?”

“这篇有多好?”

“绝对物有所值。”

“我相信你。”他勉强从嘴角挤出一丝微笑,掏出厚厚的钱包,把绿色的钞票放在我的手里。既然能力又恢复了,我迅速滑进他的脑海,想随便翻阅一下他的表层思想:*踢比赛时摔了一跤,牙齿松了;周六晚上,在兄弟会的房子里来一次甜蜜的口交作为补偿;下周六比赛后,制订了一个上床的模糊计划*,全都是诸如此类的想法。对于眼下的交易,我感受到了他的内疚、尴尬,还有对自己竟然需要我帮助的恼火。哦,好吧,还有一丝对陌生人的感激之情。我把钱装进口袋,他客气地点点头,把《论卡夫卡的小说》夹在壮硕的前臂下,羞愧地快步走下台阶,向汉密尔顿大厅的方向走去。我注视着他健壮的背影渐行渐远,哈德逊河上的冷风突然朝东边刮了过来,带来一阵彻骨的寒意。

布鲁纳在日晷前停下,被一个身高接近七英尺的黑人学生拦住了去路。很明显,那是个篮球运动员。黑人穿着一件蓝色的校队夹克,一双绿色运动鞋和黄色紧身休闲裤,光是他的腿似乎就有五英尺长。他和布鲁诺交谈了一会儿,布鲁诺朝我的方向指了指,黑人点点头。我意识到,有新客户要上门了。布鲁诺走开了,黑人迈着轻盈的脚步穿过步道,迈上了台阶。他的皮肤黑得发紫,但五官却有高加索人的锐利：颧骨锋利，高鹰钩鼻，冷峻的薄嘴唇。他很英俊，有种偶像气质，宛如一座行走的雕像。也许他的基因根本不是黑人，可能他来自埃塞俄比亚，抑或是来自尼罗河沼泽地里的某个部落？他把一大堆缠结的黑发梳成了一个巨大的蓬蓬头，直径足足有一英尺，也许还要更大，边缘修剪得很仔细。我毫不惊讶地看到他的脸颊上有疤痕，鼻梁好像也断过。他走近了，我的大脑几乎不用打开，就捕捉到了他身上散发的个性。一切特征都在我的预料之内，甚至有些符合刻板印象：我预测他的性格就该是易怒、狂妄、防备和敌对的，而呈现在我面前的还有强烈的种族自豪感、对自己外貌的无比自信，以及对他人——特别是白人的全然不信任。好吧，都是熟悉的模式。

太阳穿透云层，他拉长的身影突然挡在了我眼前。他双脚交替地踢着球，问道："你叫塞利格？"我点点头。"叶海亚·卢蒙巴。"他说道。

"请再说一遍？"

"叶海亚·卢蒙巴。"清澈的紫色眼睛闪烁着愤怒的光芒。从他不耐烦的语气中判断，他是在告诉我他的名字，或者是他喜欢别人这么称呼他。他的语气还表示，他认为这个名字对校园里的每个人来说都该如雷贯耳。好吧，我对大学篮球明星又了解多少呢？就算他能在一场篮球赛中连得五十分，我还是从来没有听说过他。他继续说道："听说你写学期论文，伙计。"

"没错。"

"我的好哥们儿布鲁诺对你的评价很高，你怎么收费？"

"打印版，双倍行距，每页三块五。"

他思索着，咧嘴一笑，"这他妈是敲诈吧？"

"这是我谋生的手段，卢蒙巴先生。"我真恨自己这副谄媚、懦弱的姿态，"一篇中等篇幅的论文才二十块。质量高，相应花费的时间也多，对不对？"

"行吧，行吧。"他装模作样地耸了耸肩，"好吧，我没骗你，伙计，我确实需要你帮忙。你了解欧若派得斯吗？"

"欧里庇得斯？"

"我就是这么说的，"他故意用这种浮夸的黑鬼腔来激怒我，"那个写戏剧的希腊家伙。"

"我知道你说的是谁。你需要什么样的论文，卢蒙巴先生？"

他从胸前的口袋里掏出一张从笔记本上撕下来的纸片，动作夸张地查看着，"教授让我们对比欧若派得斯和索福克勒斯戏剧中的'恋父情结'主题，还有一个埃斯——埃斯克——"

"埃斯库罗斯？"

"没错，就是他。五到十页，十一月十日之前要交，你能写吗？"

"可以，"我边说边掏出笔，"应该没什么问题。"我的素材库里有一篇我自己在1952年写的论文，正好就是这个非常老旧的文学主题。“我需要一些你的信息，包括你名字的拼写，教授的名字，课程编号——”他开始告诉我这些。我边记边打开大脑，习惯性地扫描着客户的大脑内部，给论文的语言风格找一些灵感。我能够成功伪造出一篇叶海亚·卢蒙巴可能会交上去的那种论文吗？如果必须用黑人讲话的语气来写，模仿那种酷酷的、带点爵士风格的语言，让每一行文字都像在嘲笑教授的胖脸，这可是个不小的写作挑战。我应该可以做到，但是卢蒙巴希望我这样写吗？如果我采用狂放不羁的风格进行写作，似乎有种冒充他耍弄教授的意味，他会不会认为我是在借机嘲笑他？我必须先去他脑子里把这些问题搞清楚。

我操纵思想触手顺着他毛茸茸的头皮蜿蜒直下，滑向藏在头盖骨下的灰色果冻状大脑。*你好，大块头黑人。*进入他的大脑后，我发现这里的形象比他对外展示的笼统形象更直接和鲜活：爆棚的黑人自豪感，对陌生白人的不信任，对大长腿、瘦高身材的暗自得意。但这些仅仅是表层的心态，是他头脑中的标配。我还没有触摸到他此刻的所思所感，还没有深入到叶海亚·卢蒙巴的思想核心，挖掘出他独特的个人风格。我继续向更深处潜行，一股热流从他的思想深层源源不断涌出，温度之高，只有地下五英里的矿工向地心岩浆采掘时才能感受到这种炽热。我这才意识到，卢蒙巴的内心一直在沸腾，他动荡不安的灵魂辐射出的光芒警告我要谨慎行事，但我还没有获得我所寻求的信息，所以我决定继续向内挖掘。猛然间，他的心流熔化了，狂乱的思潮一并向我奔涌而来。

该死的犹太佬上帝啊奸诈的秃头竟然敢收我一页三块五我该给他点颜色看看打得他满地找牙剥削者压迫者他肯定不会收犹太人这么多钱我敢打赌他肯定给黑鬼涨价了我该揍他一顿没错打掉他的牙把他扔进垃圾桶如果我自己写这篇论文呢证明给他看但我写不出来我不会写这就是他妈的问题所在妈妈我写不出来……欧若派得斯……索福克勒斯……埃斯库罗斯，谁知道他们都写了些什么鬼我还惦记着别的事呢对罗格斯的比赛球场一对一把球给我你这个蠢货就这样卢蒙巴灌篮得分了！等等伙计们他在投篮时被犯规了现在他上了罚球线自信满满身高六英尺十英寸哥大所有得分记录的保持者拍了两下球“唰！”卢蒙巴今晚又要大杀四方了！欧若派得斯……索福克勒斯……埃斯库罗斯我他妈为什么要了解他们还要分析他们的作品这对黑人有什么好处那些入土的希腊老混蛋怎么会与黑人的经历有关与我无关只与犹太人有关他们有什么用他们知道四百年的奴隶制吗？我们还有别的事要思考他们知道什么尤其是面前这个混蛋我得付他二十块钱来做我自己都做不好的事谁说我必须这样做这有什么好处为什么为什么为什么为什么。

他的思想是一个熊熊燃烧的火炉,散发出的高温令我几欲窒息。此前,我不是没有接触过特别激烈的思想,有的甚至比卢蒙巴的更加激烈,但那是在我年轻的时候了,我那时更强壮,适应力也更强。现在的我压根儿没法承受这种剧烈的爆发。他需要我的帮助,这个事实给他带来了巨大的羞耻,也使他对我的蔑视更强烈了。

仇恨灌满了他的身心,重压下,我衰弱的能力濒临崩溃。我的大脑突然启动了某种自动安全装置,思想接收器暂时关机了,来保护我不经受情感过载带来的痛苦。这对我来说是一种新的体验,思绪流入大幅减少,这种感觉真奇怪,仿佛四肢正在逐渐脱落——耳朵、蛋蛋,任何可有可无的部分都没了——只剩下一个光滑的躯干。输入消失了,我无法再进入叶海亚·卢蒙巴的大脑。我发现自己在不由自主地抗拒来自卢蒙巴的思想,连最表层的灵场都探测不到了,只有从他体内渗出的灰色思维尘埃证明着他的存在。一切都变得模糊,万籁俱寂,嘣唔,又回到了那个状态。我的耳朵里响起了一个声音,是寂静的产物,雷鸣般的寂静。正在衰弱的能力又进入了一个新阶段,从他人的思维中滑落,我从未像这样完全失控过。我抬起头,茫然无措,挫败不堪。叶海亚·卢蒙巴紧紧地抿着薄嘴唇,厌恶地盯着我,对眼下发生的一切毫不知情。我勉强开口说道:“你需要付十块钱定金,剩下的在拿到论文后付清。”他冷冷地表示他今天没钱,奖学金支票要到下个月初才能拿到。“你只能相信我,”他说道,“要么接受,要么走人,伙计。”“那你能先付五块吗?”我问道,“作为一个意向金。光靠口头承诺是不够的,我也有开支。”他瞪着我,高高地矗立在我面前,似乎有九英尺或十英尺高。他一言不发地从钱包里抽出一张五美元的钞票,把它揉成一团,轻蔑地扔到我的腿上,转身大步离开了。“十一月九日早上在这儿见面。”我在他身后叫道。欧若派得斯,索福克勒斯,埃斯基鲁斯。我目瞪口呆地坐在那里,听着耳边一声声似在低吼的沉默,浑身发抖。嘣姆,嘣姆,嘣姆。

第十二章

在喜欢故作深沉的张扬年纪里，戴维·塞利格更愿意把他的这项能力视作一种诅咒，是对他犯下的某个可怕罪行的严酷惩罚，或许就像该隐的标记一样。诚然，他的特殊能力给他带来了很多麻烦，但在他比较理智的时候，他知道称它为诅咒纯粹是无病呻吟的废话。这能力是一个神赐的礼物，带来了他人无法企及的愉悦。没有它，他不过是一个籍籍无名的小人物；有了它，他就成了神一样的存在。这能是诅咒吗？有那么可怕吗？精子与卵子相遇时，神奇的事情发生了，命运在呼喊：到这儿来，塞利格，成为一个神吧！你会拒绝吗？你会唾弃它吗？八十八岁那年，索福克勒斯终于摆脱了身体欲望的支配。智慧又快乐的索福克勒斯有言，我终于从一个暴虐的主人那里解放出来了。那么，我们是否可以假设，如果宙斯给他一个机会，让他可以重写整个人生轨迹，索福克勒斯会选择终生禁欲呢？别自欺欺人了，戴戴，不管会读心这事儿把你搞得多惨，你一秒都离不开它，因为这股力量会带来一种狂喜和最高程度的愉悦，这就是对整个复杂事件的一句话总结。凡人生于苦泪的谷地，于是他们选择及时行乐，有些人为了找点乐子，只好被迫转向性、毒品、酒精、电视、电影、扑克牌、股市、赛马场、赌场轮盘、皮鞭和铁链、初版书收藏、加勒比海游轮、中国鼻烟壶、英文诗歌、橡胶服装、职业足球赛，等等。这些他统统不需要，被诅咒的戴维·塞利格只需安静坐着，把思维旋钮调到最大，就能低头啜饮微风中飘来的思想波束。就这样，他用最轻松的方式过着一百个他者的生活，在宝库里囤积了上千个灵魂。话说回来，这种快感也已经消失很久了。

十四到二十五岁是他的花样年华。年纪再小一些的时候，他太天真，不成熟，无法充分理解获得的思想数据；二十五岁之后，他越发郁郁寡欢，酸楚的孤独抑制了他感受快乐的能力。十四到二十五岁，生命中的黄金岁月啊！

那时，能力展现的图景仍很生动，生命就像一个刚刚醒来的梦境。他的世界里没有高墙，可以尽情把自己浸泡在丰润的感知中，随心所欲地丈量思想的每一寸角落，观察每一个存在。年过四十，塞利格才意识到，原来这么多年来他已经丧失了大部分描摹精细思维的能力。他三十多岁时才感觉到明显的衰减，但在他整个成年时期，能力一定已经开始日益衰退了，只不过这种变化很微小，他一时没有察觉。变化是绝对的，是定性而不是定量的。即使在现在这种相对舒适的日子里，他接收到的思维信号也远没有青少年时期的清晰强烈。在悠远的过往岁月中，这股力量不仅给他带来了别人脑中的只言片语和灵魂的碎片，还带领他进入了一个色彩、质地、气味都如此华美密实的宇宙。他通过无限的感官摄入感知这个世界，在他脑海中的透明球幕上，世间一切得以被拍摄和放映，折射出细碎的喜悦光芒。

举个例子。八月一个炎热的午后，他躺在扎人的干草堆上，仿佛置身于一幅平静的乡村图景中。这是1950年，他刚年过十五。配乐大师，请加点音效：背景里轻柔地奏响了贝多芬的第六交响曲，甜美的长笛和俏皮的短笛交替浮现。天空万里无云，太阳挂在空中，微风轻拂玉米田边的柳树，玉米穗在风中微微摆动。溪水潺潺，一只椋鸟盘旋在天际。耳畔传来蟋蟀的低鸣和蚊子的嗡嗡声，他平静地观察着蚊子在他光滑、汗湿的胸膛上着陆。他光着脚，只穿一条褪色的紧身牛仔裤。一个体验乡下生活的城里男孩。

农场位于埃伦维尔市以北十二英里处的卡茨基尔市，农场的主人是席勒一家，德裔，出产鸡蛋和各种蔬菜作物。每年夏天，他们会把客房租给到乡村寻求慰藉的城市家庭,赚取一些额外收入。今年的客人是来自纽约布鲁克林的山姆和安妮特·斯坦恩,还有他们的女儿芭芭拉。斯坦恩夫妇邀请了密友保罗和玛莎·塞利格带上儿子戴维和女儿朱迪丝在农场共度一周。(山姆·斯坦恩和保罗·塞利格正商量着投点钱做电视机零件批发生意。可惜了,这个计划注定会让他们血本无归,还会破坏两个家庭之间的友谊。保罗·塞利格永远都在尝试亏本的商业投资。)今天是度假的第三天,下午,戴维发现自己突然有了独处的机会。他的父亲和山姆·斯坦恩去了附近宁静的小山,打算花一整天时间远足,顺便策划一下投资的细节;他们的妻子开车带着五岁的朱迪丝去了埃伦维尔的古董店。屋子里只剩下了寡言的席勒夫妇在安静地做着家务,还有十六岁的芭芭拉·斯坦恩,她和戴维从三年级到高中一直是同学。机缘巧合,戴维和芭芭拉要一起度过一整天了。斯坦恩夫妇和塞利格夫妇显然有一些未宣于口的期望,悄悄盼望着他们的孩子之间能开出浪漫的花朵,可惜他们的想法实在太天真。芭芭拉是一个相当漂亮的女孩,黑发,皮肤光洁,双腿修长,成熟稳重。她比戴维年长六个月,在为人处事方面却要领先他三四年。她其实并不讨厌他,但觉得他是一个与周遭格格不入的怪人,令人心生排斥。她并不知道他的特殊天赋——他敢保证没人知道——但她有七年的时间近距离观察他,知道在他身上有些不对头的地方。她是一个传统的女孩，注定要早婚(嫁给某个医生、律师，或者保险经理)，还会生一堆孩子。戴维很清楚，她和他这种内心阴暗古怪的人之间擦出火花的概率实在微小。回到这天上午，戴维看到芭芭拉准备开溜时，一点儿也不感到惊讶，甚至都没感到沮丧。“要是有人问起，”她嘱咐他道，还带了一本诗歌选集作为掩饰，“就告诉他们我去树林里散步了。”戴维可没有被她的小伎俩骗到，他内心清楚得很，只要一有机会，她就会和十九岁的汉斯·席勒鬼混。

又剩下他一个人了，不过没关系，他有很多自娱自乐的办法。他在农场转悠了一圈，研究了一下鸡笼和联合收割机，然后在农田里找到一个僻静的角落，一屁股坐了下来。思想电影的放映时间到，他懒洋洋地撒下能力之网，寻找着猎物。今天看点什么呢？啊，接触的感觉。他捕获到了一个微弱但热切的小思想，嗡嗡叫着，原来是一只蜜蜂。戴维不只能读到人类的心思。当然，这只蜜蜂没有语言，也没有任何概念性的输出；即使它有想法，戴维也无法探测到，但他确实进入了蜜蜂的大脑，强烈地体验到了成为微小、袖珍的生物是什么感觉，长着翅膀、浑身毛茸茸的是什么滋味。蜜蜂的世界是多么无趣啊，一切都是那么干涸。他翱翔、俯冲，躲避着一只迎面飞来的鸟儿。这鸟就像一头长着翅膀的大象一样可怖。他一头扎进满是花粉的花蕊，接着又向高空飞去。透过蜜蜂的眼睛，戴维重新打量着这个世界：所有事物都被分解成了无数个碎片，如同透过一片碎玻璃向外张望。一切都带着一种灰调，而边边角角又呈现出怪异的光彩，轮廓发出的蓝色和猩红色光线也不符合他的人类认知，二十年后的他大概会用“像吃了迷幻药一样”来描述这种视觉效果吧。

蜜蜂的大脑容量很有限，戴维很快就厌倦了，他冷不丁地离开蜜蜂，将感知延展开来，进入了一只母鸡的思维。它在下蛋呢！一阵有节奏的收缩，愉悦夹杂着痛苦，像在努力排出一个巨大的粪球。母鸡发了狂般的咯咯哒的叫声混杂着鸡舍的气味，尖锐又刺耳。到处都是稻草，在这只鸡看来，世界是黑暗的、乏味的。用力，用力！哦！一阵兴奋，鸡蛋滑了下来，安全着陆。母鸡恢复了平静，筋疲力尽又心满意足。戴维在这个狂喜的时刻离开了它。

他游荡到附近的小树林深处，找到了一个人类的思想，钻了进去。与同物种的交融是多么的丰富和强烈啊！他不再是自己了，变成了他的思维寄主——芭芭拉·斯坦恩。她正躺在厚厚的落叶上，一丝不挂，和汉斯·席勒翻云覆雨。她双眼紧闭，腿张开着，皮肤浸泡在汗水中。汉斯扣着她圆润柔软的肩头，粗糙的金色胡茬擦痛了她的脸颊。他重重地压在她上方，挤出了肺内的空气，一次又一次缓慢地进入。一股股悸动从她的腹部向外扩散开来。随着距离的增加，戴维感受到的激烈程度有所削减。通过她的思想，戴维捕捉到了撞击，听到了她紊乱的心跳和用鞋跟敲打汉斯的小腿发出的声响。他能感受到滑腻的体液正顺着她的臀部和大腿滴落。此刻,戴维感觉到了她的第一次痉挛,挣扎着想要留在她的脑子里,但也知道努力不会奏效。想要牢牢钳住一个即将高潮的人的意识,就如同试图驯服一匹野马一样徒劳。她摇动着髋部,指甲用力地嵌入爱人的后背,头扭向一侧,大口喘息着。在那一刻,她使了一个猛劲,把戴维从没绑马鞍的脑子里颠了出来。

他顺势跌入了汉斯·席勒冷淡的灵魂。汉斯不知不觉给这个还是雏儿的偷窥者直播了给芭芭拉·斯坦恩开苞的全过程。伴随着一次次冲刺,她的肌肉在不断收缩,然后,几乎是同一时间也传来了汉斯的酥麻感。戴维使出浑身解数,好让自己尽可能长地停留,想好好体验一下这种满足感。但是他的意识却被扔了出来,在空中不停地翻滚,失去了控制。世界变成了一团令人眩晕的五彩条纹,从他身旁咻咻飞过,直到“咔嗒”一声——他进入了一个全新的圣殿,这里的一切都很平静。他轻盈地滑行在一片黑暗和寒冷中,身体修长且敏捷。他的脑袋里近似一片空白,只有微弱的对寒意的低阶感知。原来他已经进入了一条鱼的意识。这大概是一条溪鱼,他在湍急的溪流中摆动着身体,欢快地感受着自己流畅的动作,品尝着流过鱼鳍的甘美又纯净的冰水。他的视野很狭窄,也几乎嗅不到气味,只能通过鳞片的细微颤动来获取外界的信息。他轻松地接收着这些信息,时而扭动身子避开锋利的石块,时而甩动鱼鳍潜入湍急的暗流。整个过程很迷人，但鳟鱼的大脑实在是太沉闷无趣。戴维只在它的大脑里停留了两三分钟，就跳脱出来，进入附近一个更复杂的头脑之中。

头脑的主人是汉斯的父亲，老乔治·席勒正在玉米田偏远的一隅耕作。这是戴维第一次进入老席勒的头脑。老人年过六十，总是阴沉着脸，令人心生畏惧。他不爱说话，只是日复一日安静地做着农活，冰冷的皱纹镌刻在饱经风霜的脸庞上。尽管戴维已经知道席勒一家1935年就来到美国了，但他还是偶尔会好奇地想老席勒会不会是集中营的幸存者。这个农夫散发出的灵场令人不悦，戴维此前一直远远地躲开他，但此刻他厌烦了鳟鱼的大脑，于是溜进了老席勒的思想，拨开密密麻麻一长串晦涩的德语，落在了他的思想最深处，那里藏着他的本我。让戴维大为惊讶的是，老席勒竟然是一名潜修者。这是一个虔诚的佛教徒的思想，脑袋里没有一丝暮气，也不掺杂路德教的怨毒。老席勒站在自家田间的沃土中，靠着锄头，双脚坚实地踏在大地上，和宇宙合而为一。神充盈着他的灵魂，天空、树木、大地、太阳、植物、小溪、昆虫、鸟类——自然界的万物浑然一体，而老席勒身处其中，他的存在是如此谐美。一个如此阴晦疏离的老头却拥有一颗丰盈喜悦的内心，这怎么可能呢？感受一下他的幸福吧！鸟鸣，阳光，花香，新翻泥土的清新，绿油油的玉米叶发出的沙沙轻响，汗水顺着晒得发红、满是皱纹的脖颈蜿蜒而下，大地的高低起伏，满月的婀娜轮廓——这个男人浸润在无数种喜乐中。戴维跪倒在他的脑海中，分享着他的幸福，心中充满虔诚和敬畏。世界是一首伟大的赞美诗。老席勒从静止的状态中恢复了过来，挥动锄头又重重落下。他浑身肌肉紧绷，金属被刨进土里，一切都在按照神的计划有条不紊地进行。老席勒就是这样度日的吗？这种纯粹的幸福真的有存在的可能吗？戴维惊讶地发现，自己的双眼早已在不知不觉间盈满了泪水。这个简朴的老人，看似狭隘，却过着如此高贵的生活。

一股愠怒和嫉妒涌上戴维的心头。戴维切断了连接，控制思维盘旋着回到小树林，再次进入了芭芭拉·斯坦恩的大脑。此刻她正精疲力竭地躺在地上，全身汗津津的。通过她的鼻子，戴维嗅到了变酸的气味。她正懒懒地伸手摘掉沾在身上的零星叶片和草屑。此时，她的思维缓慢、迟钝，几乎和鳟鱼的大脑一样空虚，刚刚的运动似乎已经榨干了她的个性。

戴维又到汉斯的大脑里打探了一番，发现他的思维同样空虚。他懒散地躺在芭芭拉身边，呼吸仍然很急促。他所有的欲望已经散去；他睡眼惺忪地打量着身边的女孩，只注意到了她的乱发和身上的体味。在他大脑的浅层悬浮着一个英语夹杂德语的淘气念头，原来他在想邻近农场的一个女孩，周六晚上他就要去见她，而她会对他做一些芭芭拉刚才拒绝做的事情。可怜的芭芭拉，戴维心想，如果她能知晓汉斯此刻的念头，会说些什么呢。闲来无事，他试图在他们两个人的思想之间建立一个通道。他同时进入汉斯和芭芭拉的大脑，期望想法能从一个人流向另一个人，但他计算错了时间，发现自己又回到了老席勒的脑子里，陷入他的喜乐之中，同时还保持着和汉斯的感应。这对父子，一老一少，一个堪比神父，一个却是渎神者。戴维颤抖着，在这对截然相反的灵魂里流连、往返，对生命的完整有了全新的顿悟。

那些逝去的岁月都是如此：思维之旅无穷无尽，华美绚烂。但能力在衰败，时间让所有美好的愿望都褪去了光彩，世界变得愈发灰暗。熵将我们击垮，一切都会消逝，一切都会隐没，一切终将走向死亡。

第十三章

朱迪丝的公寓阴暗杂乱，充满了刺鼻的气味。我听到她在厨房里忙活，往锅里加调料：辣椒、牛至、龙蒿、丁香、大蒜、芥末粉、香油、咖喱粉，天知道锅里还有什么，釜中沸沫已成澜[1]。朱迪丝在煮她最拿手的意大利面辣酱，融合了多种神秘配方：墨西哥式、四川式、马德拉斯[2]式，还有纯粹的朱迪丝式。我这个总是闷闷不乐的妹妹其实并不擅长做家务，但却能做几道拿手名菜。她做的意大利面在三大洲都很有名；我合理怀疑，有些男人和她上床只是为了能吃到她做的饭。

我意外早到了，比约定的时间早半个小时，搞得朱迪丝措手

① 摘自莎士比亚的剧作《麦克白》，此处选用朱生豪译文。

② 印度一港口城市。

不及，衣服都没来得及换。她忙活晚餐时，我只好自己待着。“你自己去倒杯酒。”她指挥我。我到餐柜前倒了一杯黑朗姆，又去厨房拿冰块。朱迪丝正焦头烂额，穿着家居服，戴着束发带，在厨房脚不沾地，飞速地选着调料。“十分钟后就好，”她喘着粗气，伸手去够胡椒研磨器，“孩子有没有给你添麻烦？”

她指的是我的侄子。他叫保罗，名字是为了纪念我们已故的父亲。但她从不这么称呼他，只叫他“宝宝”和“孩子”。保罗四岁了，生活在父母离婚的阴影里，长大后注定会和他的母亲一样神经兮兮的。“完全没有。”我让她放心，转身回到了客厅。

这套公寓是西区特有的老旧房型，空间大，天花板高。有太多批评家、诗人、剧作家和舞蹈家曾住在这个街区类似的公寓里，让它染上了一种知识分子特有的氛围。宽敞的客厅里有很多扇窗户，可以俯瞰西区大道。此外，还有正式的餐厅、大厨房、主卧室、儿童房、用人房和两个卫生间，全部由朱迪丝和她的孩子两人独享。公寓的租金高昂，但朱迪丝负担得起。除了每个月能从前夫那里得到一千多美元，她还有编辑和翻译的收入，虽不算多，但也足够生活。此外，她还用从我们父母那儿继承来的丰厚得惊人的遗产投资了几支股票，是几年前在华尔街工作的一个情人为她精挑细选的。（我的那份遗产全部用来偿还各种债务，转眼间就像六月的积雪，消失得无影无踪了。）

公寓里的装饰一半是1960年的格林威治村风格——黑色高杆灯、灰色藤椅、红砖书柜、廉价的装饰画和改成烛台的基安蒂酒瓶；一半是1970年的都市优雅风格——皮沙发、霍皮陶器、迷幻的丝网印刷品、玻璃咖啡桌和巨大的仙人掌盆栽。昂贵的音响中传出悠扬的巴赫羽管键琴奏鸣曲。乌木地板光亮如镜，在厚实的地毯间闪闪发光。一面墙上摆满了书脊破损的平装书，另一面墙边放着两个未开封的木箱，里面是酒商刚送来的红酒。我妹妹的小日子过得很滋润。滋润但可悲。

那孩子狐疑地打量着我。他坐在二十英尺外的窗边，摆弄着几个复杂的塑料玩具，一直在仔细观察我。他肤色黝黑，体格纤长，像他母亲一样紧张、冷漠、疏离。我们之间没有感情，我已经读取了他的大脑，知道他对我的看法。在他看来，我不过是他母亲的众多男人中的一个，与那些来过夜的替身叔叔们没什么不同。我猜他是把我当成了她母亲的某个情人，只不过比其他男人出现得更频繁罢了，他理解错了也情有可原。他恨其他人，因为他们与他争夺她的爱；他敌视我，却是因为他认为我给他的母亲带来了痛苦，他是为了她而讨厌我。这个机灵的小子！一眼就看出了我和朱迪丝几十年来的敌意和紧张，这也是我们关系的根本特征。在他眼里，我是一个敌人，如果他有能力，一定会把我大卸八块。

我啜着酒，欣赏着巴赫，冲孩子露齿一笑，一边深深地呼吸着意大利面酱的香气。能力几乎陷入了沉寂，我尽量不在这里使用它，况且它今天的接收效果相当微弱。过了一会儿，朱迪丝从厨房出来了，她快步走过客厅，嘴里说道："戴戴，过来跟我说会话，我顺便换身衣服。"我跟着她来到她的卧室，坐在床上。她把衣服拿到与卧室相连的浴室，掩上门，留了道一两英寸的缝隙。我上次看到她没穿衣服时，她还只有七岁。她对我说道："我很高兴你今天来了。"

"我也是。"

"你瘦了好多。"

"我只是饿了，朱迪。"

"再给我五分钟，晚饭马上就好。"她又说了些什么，声音被水流声淹没了。我懒懒地环顾着卧室：一件男士白衬衫被随意地搭在门把手上，朱迪丝穿太大了；床头柜上放着两本厚厚的教科书：《分析神经内分泌学》和《体温调节的生理研究》，肯定不是朱迪丝会读的书，也许是有人让她把这些书翻译成法语。我发现这两本书都是崭新的，尽管一本出版于1964年，另一本出版于1969年。是同一作者的作品：K.F.斯特里博士。

"你开始读医学院啦？"我问道。

"你说这些书吗？是卡尔的。"

卡尔？ 一个新名字。卡尔·F.斯特里博士。我轻轻触碰了一下她的思维，提取出了卡尔的形象：一个高大魁梧、面容严肃的男人，肩膀宽阔，下巴坚毅，灰发飘逸。我猜他大概五十岁，朱迪丝喜欢老男人。我对她的大脑突击检查了一番，发现这个她现在的“朋友”、孩子的新“叔叔”是哥伦比亚医院的头儿，人体方面的权威，研究领域估计也包括她的身体。他刚刚结束二十五年的婚姻，三周前，通过他们的共同好友—— 一个精神分析学家——认识了朱迪丝。嗯哼，果然，她喜欢在男人处于疗伤期时钓他们。他们只约会过四五次，他总是很忙，有各种医院座谈会、研讨会和坐诊。不久前，朱迪丝还对我说，她在男人之间周旋，正在考虑完全恢复单身，显然不是实话，她想读他写的书，说明她对这段感情认真了。这些书在我看来十分晦涩，全是各种图表和统计表，还有佶屈聱牙的拉丁文术语。

她从浴室出来，换上了一套时髦的紫色套装，耳朵上戴着我在她二十九岁生日时送她的水晶耳环。每次我去看她，她总想找一些带有情感价值的小物件来拉近我们的距离，今晚她选的就是这对耳环。最近，我们的友谊多了一种疗愈的性质。我们小心翼翼地穿过埋藏着旧日憎恨的地雷阵，轻轻拥抱。这是一个兄妹间的拥抱。我闻到了一股清新的香水味。“嗨，”她说道，“真抱歉，你进家的时候，我简直乱成一团。”

“都怪我来得太早，你看上去一点也不乱。”

她优雅地领我走回客厅。朱迪丝是个美丽的女人，身材高挑，长相颇具异国情调，黑发，肤色黝黑，颧骨锋利，是风情万种的类型。我觉得她算得上性感，除了那张薄嘴唇，还有那双棕眼里不时闪过的冷酷。离婚加上多年对生活的不满让这种冷酷越来越犀利，叫人望而却步。她有过至少一打情人，却没有多少真正的爱情。老妹，咱俩可真是一个模子里刻出来的啊。

她摆好桌子，我给她倒了杯酒，还是加冰的茴香酒。谢天谢地，那孩子已经吃过了，我讨厌看到他出现在餐桌上，摆弄着塑料玩具，偶尔没好气地瞪我几眼。我们不自然地碰杯，她冷淡地笑了笑。“干杯。”我们对彼此说道。干杯。

“你为什么不搬回下城呢？”她问道，“我们可以多见面。”

“上城的房租更便宜。再说，我们真的想多见面吗？”

“除了彼此，我们还拥有谁？”

“你拥有卡尔。”

“我不拥有他，也不拥有任何人，只有我的孩子和我的哥哥。”

我记起想把她谋杀在摇篮里的往事，还好她不知情。“我们真的是朋友吗，朱迪？”

“至少我们现在终于是了。”

“这些年来，我们从来都没有真正喜欢过对方。”

“人是会变的，戴戴，人是会长大的。我以前真够蠢的，把自己严严实实地封闭起来，给身边人的只有恨意。现在我已经变了。如果你不相信，进我的脑子里看看就知道了。”

“你不会想让我到里面打探的。”

“来吧，”她说道，“进来好好看看，看看我对你的态度到底有没有变化。”

“不了，我宁愿不看。”我又给自己倒了两盎司朗姆酒，手在微微打颤，“你不去看看酱吗？说不定都沸锅了。”

“让它沸吧，我还没喝完酒。戴戴，你遇到麻烦了吗？我是说，你的能力是不是出问题了？”

“嗯，还在减弱，比以前更严重了。”

“你觉得是什么原因？”

我耸耸肩，还是满不在乎的老样子，“我正在失去它，就是这么回事。我猜这能力就像头发，年轻时有很多，之后越来越少，直到消失。去它的，反正它也没给我带来什么好处。”

“这话不是真心的。”

“那你倒是说说，它给我带来过什么好处，朱迪？”

“它让你变得与众不同，让你变得独一无二。生活中其他事情不顺利的时候，你总能依靠这个能力。你可以进入大脑，看到别人看不见的东西，你可以触碰人们的灵魂，这是上帝送给你的礼物。”

“一个毫无用处的礼物,除非我加入马戏团。”

“它使你成为一个更丰富的人,更复杂、更有趣。如果没有它,你可能只是一个普通人。”

“有了它,我也变成了一个普通人。一个无名小卒,谁都不是。如果没它,我可能会成为一个快乐的普通人,而不是一个悲惨的普通人。”

“你总是在自怜自艾,戴戴。”

“我有很多值得自怜的事情。再来点茴香酒吗,朱迪?”

“谢谢,不用了,我去厨房看看。你把餐酒倒上,好吗?”

她转身进了厨房。我倒上酒,把沙拉碗端上桌。在我身后,那孩子用他那成熟到古怪的男中音嘟囔着一些讥讽的话。即使能力已经很弱了,我还是能感受到这孩子冷酷的仇恨用力压迫着我的后脑勺。朱迪丝回来了,端着一个满满当当的托盘,全是意大利面、大蒜面包和奶酪。我们坐下后,她露出一个热情的微笑,看上去很真诚。我们碰了碰酒杯,开始默默吃饭,我赞美了意大利面。终于,她张口说道:“我可以揣测一下你的心思吗,戴维?”

“悉听尊便。”

“你说发现能力消失很高兴。这话是在骗我,还是骗你自己呢?因为你一定是在言不由衷。你特别想留住它,对不对?”

“有一点吧。”

“明明是特别想，戴戴。”

“好吧，是挺想的。我正两边摇摆：一方面希望它能完全消失。老天，真希望我从未拥有过它；但是，如果我失去它了，我又是谁？我的个性又是什么？我是读心者塞利格，记得吗？神秘读心人。所以如果我不再是他了——你懂这种感觉吗，朱迪？”

“我懂了，你的脸上写满了痛苦。我很抱歉，戴戴。”

“为什么抱歉？”

“因为你在失去它。”

“你之前可是痛恨我把它用在你身上，对不对？”

“那不一样，那是很久以前的事了，现在我明白了你在经历的痛苦。你知道它为什么在消失吗？”

“不知道，我猜是衰老的缘故。”

“有什么办法可以阻止它消失吗？”

“恐怕没有，朱迪。我甚至不知道一开始是怎么拥有的这种天赋，更不用说现在该如何发展它了。我不知道它是如何运作的，它只是在我的脑子里，是遗传的侥幸，就像雀斑，是一种与生俱来的东西。如果你的雀斑开始褪色，你能想出办法让它停止吗？”

“你从来没让别人研究一下自己？”

“从来没有。”

“为什么不呢?”

“我比你更讨厌有人在脑袋里到处打探,”我柔声说道,“我可不想成为一个病理案例。我一直都很低调,如果世界发现了我的情况,我肯定会被世人唾弃,说不定还会被处以私刑。你知道我一共对几个人提起过这个秘密吗? 从出生到现在?”

“十几个吧。”

“三个。”我说,“而且都不是我主动说的。”

“才三个?”

“一个是你,我猜你一直都有怀疑,但直到十六岁才确定,还记得吗? 第二个是汤姆·尼奎斯特,我早就和他没联系了。还有一个叫凯蒂的女孩,我也没再见过她。”

“那个黑头发的高个儿女孩呢?”

“托妮吗? 我从来没有明明白白地跟她讲过,本想瞒着她的,结果被她无意间发现了。很多人可能也是无意间发现的,但我只明确告诉了三个人,我不想让大家觉得我是个怪胎。就让它消失吧,死掉吧,拜拜了您呐。”

“不过,你还是想留着它。”

“想留着,又想摆脱掉。”

“这互相矛盾。”

“我自相矛盾吗？很好，我就是在自相矛盾。我很复杂，我有各种人格。我该说什么呢，朱迪？说什么才能让你相信这是真的？”

“你痛苦吗？”

“又有谁不痛苦呢？”

她说道：“失去能力有点像不举，不是吗，戴戴？接触到一个脑子，却发现你无法连接？你说过，这种体验曾经带给你一种狂喜，信息流的涌入就像高潮，而现在你几乎感受不到了，你的大脑无法得到它。你是不是也觉得这像一个性的隐喻？”

“偶尔吧。”我又给她倒了些酒。有几分钟，我们只是静静地坐着，吃着意大利面，不时交换着试探性的微笑。我差不多快对她产生了一种温情，原谅了她曾把我当成马戏团的怪物。你这个鬼鬼祟祟的家伙，戴戴，离我的脑子远点，不然我就杀了你！你这个偷窥狂，你这个变态。离我远点，再远点。她不想让我见她的未婚夫，大概是害怕我把她的那些前男友的事情告诉他。我希望有一天能发现你死在阴沟里，戴戴，揣着我所有的秘密烂掉。这些都是很久之前了。也许现在我们有点爱对方了，朱迪。只有一点点爱意，不过，你对我的爱比我对你的更多。

“我不再能够享受欢愉了。”她突然说，“之前几乎每次都很顺利，我总能享受到。但大约五年前，也就是我的婚姻第一次出现问题的时候,情况变了,我像短路了一样。开始五次里才有一次顺利的,后来慢慢成了十次才有一次。我感觉身体回应快感的能力正悄悄溜走,只能躺在那里,等着它到来,但是每次都不起作用。后来,我根本就不享受了,现在还是,三年来都是这样。离婚后,我可能已经和一百个男人上过床了,有些壮得像公牛,但没有一个成功,这也是卡尔在帮我的。所以我知道那是什么感觉,戴戴,失去与他人接触的最佳方式,慢慢失去与自己的联结,成为自己的脑子中的一个陌生人。"她笑了,"你知道我的这些情况吗?我在床上遇到的困难?"

我犹豫了一下,她投来的冰冷目光出卖了她,依旧咄咄逼人,充满怨恨。即使她试图表现出爱意,她也忍不住在恨我。我们的关系是多么的脆弱!我们就像一对精疲力竭的夫妇,双双被禁锢在一段被勉强缝补起来的婚姻中。管他呢。"是的,"我对她说道,"我知道这事。"

"我猜也是,你一直都在偷看我的脑子。"现在她的笑容充满了仇恨的喜悦,她很高兴我正在失去能力,感到松了一口气。"我在你面前从来没有秘密可言,戴戴。"

"别担心,你很快就有了。"哦,你这个施虐狂!你这个漂亮的讨厌鬼!你是我的全部。"再来点意大利面,朱迪?"我的小妹,小妹,小妹。

第十四章

叶海亚·卢蒙巴

人文系2A,卡茨博士

1976年11月10日

埃斯库罗斯、索福克勒斯和欧里庇得斯作品中的“恋父情结”

埃斯库罗斯、索福克勒斯和欧里庇得斯作品中的“恋父情结”主题体现了三者对不同戏剧方法的探索。在埃斯库罗斯的《奠酒人》以及索福克勒斯和欧里庇得斯的《厄勒克特拉》中,故事情节基本相同:阿伽门农被谋杀后,其流亡在外的儿子奥瑞斯忒斯回到了故乡迈锡尼,遇到了姐姐厄勒克特拉。她劝说他为阿伽门农复仇,杀死凶手克吕泰涅斯特拉和埃吉斯托斯。然而，三位戏剧家对这一情节的具体处理却迥然不同。

与另外两位戏剧家不同，埃斯库罗斯的侧重点是奥瑞斯忒斯的罪行在伦理和宗教方面的因素。《奠酒人》中的人物塑造和动机都很简单，甚至让读者觉得有些荒谬——事实上，在构思更为成熟的《厄勒克特拉》中，读到“姐弟相认”这一情节时，读者能看到欧里庇得斯对埃斯库罗斯的揶揄。

在埃斯库罗斯的《厄勒克特拉》中，奥瑞斯忒斯和朋友皮拉德斯一同上场。他在阿伽门农的墓前放下祭品：一绺头发。他们离开后，哀伤的厄勒克特拉来到墓前。她看到了这绺头发，认为它“和父亲的孩子们的头发一样”，觉得奥瑞斯忒斯把它放到墓前是为了表示哀悼。随后，奥瑞斯忒斯再次出现，并向厄勒克特拉表明了自己的身份。欧里庇得斯在自己的作品中模仿了这种不靠谱的姐弟相认的方式。

奥瑞斯忒斯声称，阿波罗的神谕指示他要为阿伽门农之死报仇。厄勒克特拉用一段长长的诗句坚定了奥瑞斯忒斯的勇气，于是他准备杀死克吕泰涅斯特拉和埃吉斯托斯。他乔装打扮后溜进皇宫，对母亲吕泰涅斯特拉假装自己是来自遥远的福喀斯的信使，带来了奥瑞斯忒斯死亡的消息。一进皇宫，他就杀死了埃吉斯托斯。随后，面对母亲，他指责她是凶手，也杀死了她。

在这部剧的结尾，奥瑞斯忒斯被自己犯下的罪行吓坏了。复仇女神来追杀他，他跑进了阿波罗的神庙里避难。在寓言式的续集《福灵》中，奥瑞斯忒斯被赦免，获得了赎罪的机会。

简而言之，埃斯库罗斯不太注重塑造剧中人物行为，从而增强其可信度。他的《奥瑞斯提亚》三部曲的主旨是神学意义上的：探讨众神对一个家族施加的诅咒。这种诅咒起源于谋杀，却导致了更多起谋杀的发生。他的哲学基调也许用一句话就可以概括："只有宙斯掌握通向智慧的道路。他统治众生，众生需通过苦难的教育来学习智慧。"埃斯库罗斯牺牲了戏剧技巧，或者至少把它置于次要地位，从而能够更详尽地从宗教和心理层面分析弑母行为。

欧里庇得斯的《厄勒克特拉》与埃斯库罗斯作品中的理念几乎处于完全相反的两极。尽管欧里庇得斯选用了相同的故事，但他进行了全新的阐释和创新，让情节更加丰满了。在欧里庇得斯笔下，厄勒克特拉和奥瑞斯忒斯的形象非常突出。厄勒克特拉成了一个濒临疯狂的女人，被逐出宫廷后嫁给了一个农民，一心渴望着复仇；奥瑞斯忒斯则变成了一个懦夫，偷偷溜进迈锡尼，从背后刺杀了埃吉斯托斯，又用诡计引诱克吕泰涅斯特拉走向死亡。欧里庇得斯重视戏剧的可信度，而埃斯库罗斯则不然。书中有一幕在模仿埃斯库罗斯的"姐弟相认"场景，然而，奥瑞斯忒斯没有用头发或脚的大小来让厄勒克特拉认出自己，而是用——

哦，上帝，哦，该死，该死，该死，这写的什么玩意儿？根本就他妈的是一团糟。叶海亚·卢蒙巴会写这些垃圾吗？从第一个字开始就那么假。叶海亚·卢蒙巴为什么会对希腊悲剧感兴趣？我又为什么也要感兴趣呢？赫库芭对他有什么意义？他对赫库芭又有什么意义？他为什么要为她哀痛？我得把这篇撕掉，重新开始写。我要把它写得生动活泼，伙计，我会赋予它黑人说话的律动感，让我能够用黑人的思维思考吧。但我做不到，我不能，我不能。天啊，我真想吐出来。我想我要发烧了。等等，也许来根大麻会有用。行，先嗨起来，再重写一次。一小根大麻，注入一些灵魂，伙计，自作聪明的白种犹太混蛋，写得要有灵魂，听见了吗？好了，现在重写。从前，有个叫阿伽门农的伙计，他是一个挺重要的混蛋，他是主人公，但最后还是死翘翘了。他老婆克吕泰涅斯特拉和老相好埃吉斯托斯鬼混，有一天，她对他说，亲爱的，我们把老阿给做了吧，换你当国王，咱们就能好好耍了。老阿去打仗了，回到家后想找点乐子，结果不小心挂了。还有一个疯娘们儿厄勒克特拉，她是老阿的女儿。他们把他老爸做掉之后，她就开始神经兮兮的。一天，她对弟弟奥瑞斯忒斯说，听着，奥瑞斯忒斯，我要你把那两个老杂种干掉，为咱们老爹复仇。这个叫奥瑞斯忒斯的伙计已经离开家好几年了，他不知道内情，但……

没错,就这么写!你真是文思泉涌!现在,继续写写欧里庇得斯的作品中对“机械降神”的使用和索福克勒斯现实主义戏剧技巧的涤净特点。你真是个蠢货,塞利格,又蠢又笨。

第十五章

我曾经尝试过对朱迪丝好一点,尝试去关心她,爱护她,但我们之间的仇恨却从未消散。我对自己说,她是我的小妹妹,我唯一的手足,我必须爱她。但是你不能凭空捏造爱,只有心怀善意,爱才会萌发,可惜我的心里没有多少善意。从一开始,我就把她视为竞争对手。我是头胎,是惹祸精,是那个始终不合群的孩子。我本应是一切的中心,这是我与上帝签订的合约:我必须受苦,因为我与众不同;但作为补偿,整个宇宙会围着我转。被带回家的女婴不过是一个辅助治疗工具,帮我学会与人类相处。当初说好了的:她不应该有独立的人格,不应该有自己的需求,也不能提出要求或无尽地索取他们的爱。她只是一个东西,一件家具,但我知道实情并非如此。他们收养她时,我才十岁,还记得吗?你们的儿子十岁了，他不是傻瓜。我明白，父母不再觉得他们有义务全身心关爱阴郁又爱惹麻烦的儿子，而是如释重负地迅速把关爱转移到这个可爱、头脑简单的婴儿身上。她将取代我成为全家的中心，我将成为一个古怪过时的物件。

我忍不住对此感到愤恨。你会怪我想把她杀死在摇篮里吗？同样，你也就理解了她为什么一直在恨我。事到如今，我不愿辩解什么，毕竟是我开启了仇恨的循环。是我先恨你的，朱迪，是我，是我，是我。如果你想的话，你本可以用爱来打破它，但你并不想。

1961年5月，一个周六下午，我去了父母家。那几年，从我住的地方回家只需坐二十分钟地铁，但我偶尔才回去。我独立于家庭圈子之外，逍遥自在，完全没有回归家庭的打算。我对父母有长久的敌意：是他们让我带上了这奇怪的基因。还有就是朱迪丝，她对我的蔑视也让我不安。我干吗还要自讨没趣呢？于是，我开始躲着他们，连续几周甚至几个月都不回去。直到担忧的母亲不停地打电话过来，让我难以招架。最终，愧疚感压倒了我对回家的排斥。

到家后，我高兴地发现朱迪丝正在卧室睡觉。下午三点还睡？嗯，我母亲说道，她昨晚出去约会到很晚。朱迪丝十六岁，我想象她和某个瘦小子去看高中篮球赛，之后两个人喝了点儿奶昔。睡个好觉，妹妹，多睡会儿。她不在，我只好直面憔悴麻木的父母。我的母亲，温和而暗淡；我的父亲，疲惫而苦闷。我逐渐长大，他们却在逐渐缩小，现在他们看上去更渺小了，似乎要随时消失的样子。

我从来没有在这套公寓里居住过。多年来，保罗和玛莎一直在努力负担一套超出他们经济能力的三居室，因为朱迪丝过了幼儿期之后，我就不能和她同住一间卧室了。而自从我离家去上大学、住在了校园附近的房间，他们就找了一套更小、更便宜的公寓。

门厅的右边是他们的卧室。穿过长厅，经过厨房，左手边是朱迪丝的卧室。正前方是客厅，我父亲正坐在沙发上，心不在焉地翻看着《纽约时报》。尽管他的思想曾经比较活跃，他现在也只翻翻报纸，别的什么也不看了。他身上散发着一种沉闷又疲惫的气息。他最近其实赚了不少钱，这在他的一生中还是头一次。晚年的他手头也会比较富裕，然而他已经养成了穷人的心态：*可怜的保罗，你是个可怜的失败者，你本应过上更好的生活。*

他翻着报纸，我滑进他的脑子，也跟着读了起来。昨天，艾伦·谢泼德完成了划时代的亚轨道飞行，这是美国第一次载人太空冒险。新闻大标题写着“美国宇航员飞行高度达115英里，谢泼德在舱通过广播汇报了长达15分钟的飞行情况”。我试探着与父亲交流。“你对这次太空航行怎么看？”我问道，“听广播了吗？”他耸耸肩,“谁在乎呢？都是些疯子,骗局,浪费大家的时间和金钱。”伊丽莎白在梵蒂冈访问教皇。肥胖的教皇约翰,看上去像一个吃撑了的拉比。

约翰逊将就美国的用兵问题与亚洲领导人会晤。他撇了撇嘴,翻了几页。金伯格被要求提供资金援助以研究火箭。肯尼迪签署工资法案。他对这些新闻都没什么兴趣,甚至看到“肯尼迪主张减免个人所得税”也没反应。他读了一会儿体育版,产生了一丝兴趣。今日第87届肯塔基州德比,泥泞让卡雷尔队更具优势。洋基队在三场系列赛的首场对阵天使队,21 000名观众到场观赛。“你喜欢德比比赛里的哪个球员？”我问道。他摇了摇头:“我哪里懂赛马德比？”我意识到,这是个行将就木的男人了,尽管他的心脏还会再跳动十年,他已经没有劲头了。世界已然将他击败。

我留他继续沉思,和母亲礼貌地交谈了几句。她的哈达萨读书会下周四要讨论《杀死一只知更鸟》,问我有没有读过这本书。没读过。最近在做什么呢？看过什么好电影吗？《奇遇》,我回答。是法国片吗？她问道。是意大利片,我回答道。她让我讲一讲电影情节。她耐心地听着,但看起来很烦恼,没怎么听进去。“你和谁一起去看的？”她问道,“最近有没有和女孩约会？”她儿子单身太久了,都二十六岁了,连婚都没订。我用长久磨炼出的经验和耐心巧妙回避了这个令人厌烦的问题。对不起,玛莎。我不会给你生一个你期盼已久的孙子,你只能把希望寄托在朱迪丝身上了,她不会让你久等的。

“我去给烤鸡刷油。”说完,她转身走开了。我和父亲坐了一会儿,直到再也受不了了,就顺着门厅走到卫生间,旁边就是朱迪丝的卧室。卧室门虚掩着,我往里看了一眼,灯关着,百叶窗紧闭,但我滑进了她的脑子,发现她已经醒了,正打算起床。好吧,那就摆个姿态,友好一点,戴戴,打个招呼又不会掉块肉。我轻轻敲了敲门。“嗨,是我,”我说道,“我可以进来吗?”

她坐了起来,深蓝色的睡衣外面穿着一件打褶的白色浴袍,边打着哈欠,伸着懒腰。她的脸平时很紧实,但现在因为睡得太多而显得浮肿。出于习惯,我进入了她的脑海,在那里看到了一些新的内容,让我大吃一惊。我妹妹的初夜盛典就发生在前一夜,我看到了全过程:在停好的车里手忙脚乱,不断上升的兴奋,突然意识到这次不会止于互相爱抚,脱下的衣服,尴尬地试图调整姿势,手忙脚乱地摸索着避孕套,犹豫不决最终被心甘情愿所取代,笨拙的润滑,小心翼翼又笨手笨脚的挺进,发现没有疼痛的喜悦,紧贴的躯体,男孩的快速释放,脏兮兮的事后,混杂着愧疚、困惑和失望,朱迪丝仍未被完全满足。开车回到家,两人沉默不语、羞愧难当。蹑手蹑脚溜进家门,哑着嗓子和警觉又清醒的父母打了招呼。半夜洗澡,检查和清洗。不安的睡眠,时不时惊醒,醒着仔细思索了一番昨晚发生的事情。终于成为女人,她既高兴又松了一口气,但又觉得害怕。不想起床面对新的一天,更不想面对保罗和玛莎。朱迪丝,你的秘密对我来说已经不是秘密了。

“你怎么样?”我问道。

她磕磕绊绊地答道:“很困,昨晚在外面待到很晚。你在这儿干什么?”

“总要回来看望一下家人吧。”

“很高兴看到你来访。”

“你的语气并不友好,朱迪。我在你心中就这么讨厌吗?”

“你为什么要来烦我,戴戴?”

“我说了,我想对你友善点,你是我唯一的小妹,我就这一个妹妹,我觉得应该探进卧室,和你打个招呼。”

“你已经做完了。还有呢?”

“你可以跟我说说,自从上次见面之后你都做了些什么。”

“你在乎吗?”

“如果我不在乎,干吗还要问?”

“哼,”她说道,“你才不关心我在做什么呢。你只关心戴维·塞利格,除此之外你对任何人都不屑一顾。为什么要假装在乎呢?你不必对我嘘寒问暖,从你嘴里说出来一点也不自然。”

“嘿，打住！”可别这么快就剑拔弩张啊，小妹，“你怎么会这么想——”

“你会连续一周都想着我吗？我对你来说就像一件家具，那个拖着鼻涕的小不点，碍事的鬼丫头。你曾经和我聊过天吗？哪怕一次也好？你连我上哪所学校都不知道，我对你来说就是个彻头彻尾的陌生人。”

“不，你不是。”

“那你对我了解多少？”

“我知道很多。”

“比如说？”

“别闹了，朱迪。”

“有本事举一个例子出来，说一件关于我的事，比如——”

“你非要我说？行，比如，我知道你昨晚和人睡了。”

这话一出口，我们都吃了一惊。我缄口站在那里，不敢相信自己竟然会让这句话脱口而出。朱迪丝像被电击了一样，抽搐了一下，身体变得僵硬，眼里闪烁着诧异的光芒。我不知道我们像这样僵持了多久，相对无言。

“什么？”终于，她开口说道，“你说什么，戴戴？”

“你听到了。”

“我听到了，但我一定是在做梦。再说一遍。”

“不。”

“为什么?”

“别烦我了,朱迪。”

“谁告诉你的?”

“求你别问了,朱迪——”

“到底是谁告诉你的?”

“没人。”我嘀咕道。

她的笑容带着胜利的喜悦,令我心生恐惧。“你知道吗? 我相信你,我真的相信你。确实没人告诉过你,是你自己从我脑子里看到的,对不对,戴戴?”

“我希望我从来没进屋。”

“承认吧,你为什么不愿意承认? 你能看穿人们的思想,对不对,戴戴? 你就是马戏团的怪物。我已经怀疑很久了,你那些所谓的小预感最后总是被证明是正确的。而你每次‘蒙对’后,又会装模作样地为自己掩饰,大谈特谈你不过是‘运气好’! 可不是嘛,全靠运气! 我知道这真正是怎么一回事。我告诉自己,这个混蛋在读我的心。但我转念一想,这太疯狂了,世界上压根儿不存在这种人,一定不可能。结果我是对的,是不是? 你不是靠猜测,你在阅读。我们对你来说毫无秘密,你像读书一样阅读我们,时刻监视着我们。我说得对不对?”

身后突然传来动静,我吓得跳了起来。原来是玛莎探头进来,笑容有点恍惚,“早上好,朱迪丝,不如说下午好。聊得开心吗,孩子们？我真高兴。别忘了吃早餐,朱迪丝。”说完,她轻飘飘地离开了。

朱迪丝尖刻地说道:“你为什么不告诉她？原原本本对她描述一下,我昨晚和谁在一起,我和他做了什么,感觉如何——”

“别说了,朱迪。”

“你还没有回答我的另一个问题。你确实有这种奇怪的能力,是吗？是不是?”

“是的。”

“而且你一直都在偷窥别人。”

“是的。”

“我就知道。我之前不了解,但一直有预感。很多事情突然能解释得清了。为什么小时候只要你在我旁边,我总有种撒谎被抓个现行的感觉。为什么我觉得自己做过的所有事情都可能会出现在明天的报纸上。我从来没有隐私,即使一个人关在浴室里,我也没有私密感。”她打了个冷战,“我希望你从我的生活中消失,戴戴。现在我知道你是个什么东西了,我希望从来没有见过你。从今以后,如果被我抓到你在我的脑子里瞎看,我就把你的蛋蛋割下来。听明白了吗？我会把你的蛋蛋割下来。现在给我出去,我要穿衣服了。”

我跌跌撞撞地走出房间，走进浴室，抓着冰冷的洗手台边缘，凑近镜子，研究镜子里自己那张通红、慌乱的脸。我看上去呆若木鸡、五官僵硬，仿佛中风了一样。*我知道你昨天晚上和人睡了*。我为什么要告诉她这个？说漏嘴了？是因为她步步相逼、害我把谨慎抛之脑后了吗？我之前可从来没被人逼到泄露真相的地步。弗洛伊德说过，不存在无心之言，从某种程度上讲，一切话语都是有意为之。我告诉朱迪丝我一直在读她的思维，大概是希望她知道关于我的真相。但是为什么？为什么选了她？我已经告诉了尼奎斯特，这不会带来什么风险。但我从未向其他任何人承认过自己的能力。我一直都在费尽心机隐瞒它，对不对，穆勒小姐？而现在，朱迪丝知道了。我给了她一件武器，她可以用它来摧毁我。

我给了她一件武器，奇怪的是，她却从来没有使用过。

第十六章

尼奎斯特说道："塞利格，你真正的问题在于，你是一个非常虔诚的人，但信仰的碰巧不是上帝。"尼奎斯特总爱讲这种云里雾里的话，而塞利格永远分不清他是真心的，还是在玩文字游戏。无论再怎么深入尼奎斯特的灵魂，塞利格还是没有完全了解他。尼奎斯特太狡猾、太难以捉摸了。

于是，安全起见，塞利格什么都没说。他背对尼奎斯特站着，凝视着窗外。雪花在静静飘落，狭窄的街道上盖着厚厚一层雪，连铲雪车都无法通过。周遭充斥着一种怪异的宁静，大风吹着雪堆，汽车消失在了白色的毯子下面，几个公寓看门人正奋力把它们从雪堆中挖出来。这场雪已经断断续续下了三天了，整个东北部地区都在下雪。雪落在每一个肮脏的城市，落在干旱的城外，轻轻落在阿巴拉契亚山脉上，再往东，落在大西洋汹涌澎湃的黑浪之中。纽约市一片寂静。

一切都被关闭了：办公大楼、学校、音乐厅、剧院。铁路停运，高速公路封锁，机场陷入停滞，连麦迪逊广场的篮球比赛也取消了。塞利格没法去上班，只好在尼奎斯特的公寓里等待暴风雪停息。和尼奎斯特在一起的时间越久，塞利格越发觉得他的存在带来了一种令人窒息的压迫感，起初他身上的风趣迷人，如今已变成粗暴狡诈。慢慢地，尼奎斯特身上淡淡的自信演变成了一种自鸣得意。他随意探查着塞利格的思维，但这不再是亲密的表现，而是刻意的入侵。他还总是大声重复塞利格的想法，丝毫没有停止的意愿，让人越来越恼火。这不，他又开始了，从塞利格的脑子里摘取一段话，用略带讥讽的语气大声朗诵了出来："啊，真动人。'他听着雪花隐隐飘落，慢慢地睡着了，雪花穿过宇宙静静地落下，就像他们的结局似的，落到所有生者和死者身上。'我喜欢这段话，出自哪里，戴维？"

"詹姆斯·乔伊斯，"塞利格冷冷地答道，"《都柏林人》的'死者'一章。我昨天叫你以后别再这么做了。"

"我真嫉妒你们文化的广度和深度，也喜欢从你这里学一些风花雪月。"

"好吧，可是你非要对着我重播一遍吗？"

看到塞利格转身从窗前走开，尼奎斯特夸张地做了个手势，略带谦恭地一摊手掌，“很抱歉，我忘了你不喜欢了。”

“你才不会忘了呢，汤姆，你做事从来都是故意的。”说完，他又为刚才的怨气感到内疚，“老天，这雪下起来真是没完没了！”

“下雪是常事，”尼奎斯特说道，“不会停的。我们今天做点什么？”

“和昨天还有前天一样，坐看雪花飘落，听着唱片，喝个烂醉。”

“上个床如何？”

“我可不认为你是我喜欢的类型。”塞利格说道。

尼奎斯特的脸上闪过一丝空洞的笑意，“真幽默。我是说，我们去找一对儿也困在这栋楼里的女郎，再邀请她们参加个小聚会。你是觉得在这栋楼里找不到两位合适的女士吗？”

“我想我们可以试试看，”塞利格说道，耸了耸肩，“还有波旁威士忌吗？”

“我去拿。”尼奎斯特说道。

尼奎斯特拿着瓶子回来了。他的动作奇慢，像在黏稠的水银中移动，塞利格还从没有见过他举止匆忙的样子。他重而不胖，肩膀厚实，脖子粗大，方脑袋上长满了黄发，鼻子扁平宽大，总带着一抹悠闲的笑容。典型的雅利安人长相。他来自斯堪的纳维亚，可能是瑞典人，但在芬兰长大，十岁时移民到了美国，讲话仍带一点难懂的口音。他说自己二十八岁，不过，在刚满二十三岁的塞利格看来，他本人长得要更显老一些。

那是1958年2月，塞利格还幻想着能在成人世界里大展宏图。当时，美国总统还是艾森豪威尔，股市跌得一塌糊涂。尽管美国刚刚成功发射了第一颗太空卫星，但后斯普特尼克时代的低迷情绪仍笼罩着每一个人。当年的流行女装是宽松连衣裙。塞利格住在布鲁克林高地的皮尔庞特街，每周有几天要去第五大道尽头的一家出版公司工作。他在这家公司做自由编辑，时薪三美元。尼奎斯特和塞利格住在同一栋楼里，比他高四层。

他是塞利格认识的唯一一个拥有这种能力的人。不仅如此，能力一点儿也没有拖他的后腿，尼奎斯特运用它就像使用眼睛或腿一样简单自如。他大概是塞利格见过的神志最正常的人，熟稔地运用能力为自己谋取利益，没有任何愧歉和内疚。他是一个掠夺者，通过掠夺他人的思想来获取收入；但是，如同每一只丛林猫一样，他只有在饥饿时才会主动捕猎，从来没有纯粹为了取乐而出击。他只拿自己需要的，从不质疑赋予他这项天赋的上苍。他从不攫取需求之外的东西，而且他的需求也并不过分。他不上班，很明显也从来没工作过。每当需要钱的时候，他会坐十分钟地铁，直达华尔街，漫步在金融区晦暗的思想峡谷中，随意检阅着华丽会议室里的大财阀们的所思所想。每一天,总有一些会对市场产生巨大影响的决策正在孵化——企业兼并、股票拆分、新发现的矿产、良好的收益报告——尼奎斯特总能轻而易举掌握这些事件的细节。很快,他就以丰厚但合理的价格把情报卖给十二或十五个私人投资者。他们在大量获利后,会欣喜地发现尼奎斯特是一个可靠的信源。在五十年代的牛市中,有许多投资信息被不明不白地泄露了出去,一些人因此迅速发了大财,这都是尼奎斯特的功劳。他靠这种方法维持安逸的生活,足以按照他的品位悠闲度日。他的公寓虽小,却很舒适——黑色的人造皮座椅,蒂凡尼台灯,毕加索墙纸,一个收藏丰富的酒柜,一套昂贵的音乐系统里汩汩流出蒙特威尔第、帕莱斯特里纳、巴托克和斯特拉文斯基的音乐。他过着优雅的单身汉生活,经常外出前往小众的异域风格餐厅就餐——日式、巴基斯坦式、叙利亚式、希腊式。他的朋友圈子私密高雅:主要是画家、作家、音乐家和诗人。他身边不乏女伴,塞利格每次看到他时,他身边几乎都有不同的女人陪着。

和塞利格一样,尼奎斯特只能接收思想,无法传送。不过,自己的思想被别人探查时,他能够感知到。这就是他们偶然相遇的原因。塞利格刚搬进这栋楼就沉浸在了自己的爱好里,驱使意识在各层楼之间自由漫游,用这种办法来熟悉他的邻居们。他的意识随意溜达着,看看这儿,看看那儿,并未发现什么特别有趣的思想，突然间：

——说出你的位置。

一行透明的文字在一个坚定、高傲的大脑表层闪烁着，传递了一条明确的信息。塞利格很快意识到，这行文字不是被主动传递过来的，而是在被动地等待他的回复。他迅速答复道：

——皮尔庞特街35号。

——我知道，我是说，你在这栋楼里具体什么地方？

——四楼。

——我在八楼。你叫什么名字？

——塞利格。

——尼奎斯特。

他们之间的精神接触亲密得可怕，几乎带了些性的意味，仿佛他是在滑入一具身体，而不是一个思想。他因与一个男性化的灵魂产生如此深刻的共鸣而感到羞耻，认为和一个男人发展出如此亲密的关系是一种禁忌，但他并没有立即撤出来。在一片思想的黑暗中，能和一个人通过这种方式进行快速的交流，这种体验太诱人、太珍贵了，他委实无法拒绝。一瞬间，塞利格产生了一种错觉，以为自己的能力得到了延展，以为自己学会了输送和召唤思想。但他知道，这只是他的错觉，他没能把思想发送出去，尼奎斯特也没有。他和尼奎斯特只是从对方的脑海中提取着信息。

一个人先在脑海中写下语句，另一个人再进来阅读。从动态情景的角度来看，这与互相发送信息还是有区别的，不过，这个差别很细微：两个全开的接收器并列，产生的总效果与一个高效的收发电路相同，性能像电话一样稳定。这是真正的心灵之间的结合，中间没有任何阻碍。塞利格试探地滑入尼奎斯特意识的深层，寻找着此人的想法和传递的信息。他这么做的同时，也隐约感到一阵自己意识深处的不安，大概是尼奎斯特也在对他做同样的事。在漫长的几分钟里，他们探索着彼此，宛如恋人在第一次爱抚时相互交缠着身体。然而，尼奎斯特的触摸没有爱意，反而带着公式化的冷酷。尽管如此，塞利格还是禁不住颤抖了起来，觉得自己仿佛立于深渊的边缘。最后，他轻轻撤了出来，尼奎斯特也照做了。接着，出现了一条新消息：

——上楼来吧，我在电梯口等你。

他的块头比塞利格预想中要大，已经是个成熟男人了。他的蓝眼睛冷冰冰的，笑容拘谨。他待人冷淡，但实际上并不冷漠。他们一同步入他的公寓。公寓内灯光柔和，背景播放着陌生的音乐，屋子散发着一种低调的优雅。尼奎斯特给他倒了杯酒，他们聊了起来，努力回避着对方的思想。这是一次低调的见面，两个人都没有动感情，也没有同类终于相认的喜悦。尼奎斯特很友好，却不易亲近。他很高兴认识了塞利格，但对于偶遇另一个同类怪胎这件事却一点都不兴奋,大概是因为他以前也发现过几个同类。"还有其他人,"他说道,"你是我来美国后遇到的第三个还是第四个,不对,是第五个了。我想想:芝加哥有一个,旧金山有一个,迈阿密有一个,在明尼阿波利斯还有一个,你是第五个。一共两个女人,三个男人。"

"你和其他人还有联系吗?"

"没有了。"

"发生了什么?"

"渐渐疏远了,"尼奎斯特说道,"你觉得会是什么样?我们会结成一个帮派?我们在一起也就聊聊天,探索一番彼此的思想,了解一下对方。一段时间后,我们就彼此腻味了。我估计他们中有两个现在已经死了,我不介意被孤立于同类之外,也不认为自己属于某个群体。"

"我之前从来没见过像我一样的人,"塞利格说道,"今天是第一次。"

"这并不重要,重要的是学会过你的生活。发现自己有这个能力时,你几岁?"

"我不知道,大概五六岁吧。你呢?"

"我直到十一岁才意识到自己的特别之处。此前,我还以为所有人都能做到,直到我来到美国,听到人们用不同的语言思考,才意识到我的思维的奇特之处。”

“你是做什么工作的?”塞利格问他。

“我尽量不工作。”说完,尼奎斯特咧嘴一笑,粗暴地把他的思维感知器插入到塞利格的脑子里,似乎在邀请塞利格进来看看。塞利格接受了,展开思维触角,开始在尼奎斯特的意识中漫游,很快就找到了他在华尔街出没的画面。他看到了尼奎斯特安定、规律、低调的生活,对他冷静、和谐、干净的心态感到惊奇。尼奎斯特的灵魂是多么清澈！多么完好无损啊！

可是,他把他的痛苦藏在了哪里?他把孤独、恐惧和不安藏到哪儿了?尼奎斯特从塞利格的脑子里抽了出来,说道:“你为什么为自己感到难过?”

“我有吗?”

“你满脑子里都是。出了什么事,塞利格?我探究过你,但没有找到症结,只有痛苦。”

“症结在于,我觉得被孤立于人类之外。”

“被孤立?你?你可以直接进入人们的大脑,能做到99.999%的人类做不到的事情。别人只能通过文字和猜测与他人勉强实现交流,而你却能直抵意义的核心。你怎么能说自己被孤立了呢?”

“我得到的信息全是无用的,”塞利格说道,“我不能利用这些信息去做事情,还不如读不到呢。”

“为什么?”

“因为我的所作所为是偷窥,我在窥探他们。”

“你是因此而内疚吗?”

“你没有同感吗?”

“我没有主动要求得到这项天赋,”尼奎斯特说道,“只是碰巧拥有了它。既然已经拥有了,就要好好使用。我喜欢它,喜欢现在的生活,也喜欢我自己。塞利格,你为什么不喜欢自己呢?”

“你倒是说说看。”

但尼奎斯特什么也没说。塞利格喝完酒就下楼了,回到自己的公寓后,他觉得一切看起来都很古怪,于是花了几分钟梳理几样熟悉的东西:父母的照片,他收藏的几封青春期情书,多年前精神病医生给他的塑料玩具。尼奎斯特的思想继续在他的脑海中嗡嗡作响——不过是拜访的残留物,仅此而已。塞利格确信,尼奎斯特此时没有在探究他的脑子。

他震动于他们的相遇,觉得自己被入侵了,于是下决心再也不去见他。事实上,他要尽快搬走,到曼哈顿、到费城、到洛杉矶,到任何一个尼奎斯特鞭长莫及的地方。终其一生,他都在渴望遇到一个与他拥有相同天赋的人类。如今,他终于遇到了一个,却生出了一种被威胁的感觉。尼奎斯特操纵着他的生活,已经到了让他感到恐惧的程度。他会羞辱我,塞利格心想,将我吞噬。但恐慌在渐渐退去。

两天后，尼奎斯特约他出去吃饭。他们在附近一家墨西哥餐厅用了餐，又灌了不少白朗姆酒，喝了个酩酊大醉。在塞利格看来，尼奎斯特仍然在玩弄他，与他若即若离，时不时要弄着他；但尼奎斯特做这一切时却显得那么的亲切友好，让塞利格没有办法对他产生反感。尼奎斯特的魅力令人无法抗拒，他强大的意志力也值得塞利格把他视作模仿的榜样。尼奎斯特就像一位兄长，先塞利格一步堕入了相同的创伤低谷，并安然无恙地返回了。现在，他正拿塞利格打趣，让塞利格接受这种天赋。尼奎斯特称之为“超人状态”。

他们成了亲密的好友，每周总会一同出门吃饭，或者喝酒。在塞利格一直以来的幻想中，和另一个同类的友谊会是独一无二、充满张力的，但事实却并非如此。第一周的相处过后，他们就对身上的天赋习以为常了，几乎不讨论共同拥有的能力，也从未庆祝彼此缔结了一个可以对抗周遭平庸的世界的联盟。他们有时通过语言交流，有时直接进行心灵接触，形成了一种轻松、愉快的关系，只有当塞利格陷入惯常的忧郁情绪、而尼奎斯特嘲笑他这是在自作多情时，他们之间的气氛才略微有些紧张。即便如此，他们的相处也还算和谐，直到暴风雪的几天，他们同处一室的时间太长，所有的矛盾都升级了。

“杯子拿过来。”尼奎斯特说道。

他给塞利格斟满一杯琥珀色的波旁威士忌。塞利格坐下来品着酒，尼奎斯特则开始着手寻找女孩。才过了五分钟，他就发现了目标。他检索了整栋大楼，发现五楼有一对室友。“你来看看。”他对塞利格说道。

塞利格进入了尼奎斯特的思想，尼奎斯特把自己的思想和其中一个女孩的思想调到相同的频率，女孩的思想懒懒的，像一只困倦的小猫。他们透过她的视角观察着另一个女孩，是一个高挑苍白的金发女郎。即便经过了双重折射，女孩头脑中的精神图像还是异常清晰：金发女郎有一种模特般的妖娆。“那个是我的，”尼奎斯特说道，“现在，看看你是否喜欢你的。”他的思维跃动起来，塞利格紧随其后，他们一齐跳进了金头发的脑海里。没错，她是一个模特，比另一个女孩更聪明，而且冷酷、自私、富有激情。透过尼奎斯特，塞利格从她的脑海里看到了她的室友的形象。她的室友穿着粉红色的睡衣，仰躺在沙发上：一个矮小丰满的红发女孩，脸圆圆的。“可以，”塞利格说道，“干吗不呢？”尼奎斯特在她们的脑海中翻找着，立刻找到了女孩的电话号码，打了电话，施展了一下他的魅力，她们果然上楼来喝酒了。“这暴风雪真可怕，”金发女郎说道，打了个寒战，“雪下得人都快疯掉了。”伴着轻快的爵士乐——明格斯、现代爵士四重奏、奇科·汉密尔顿五重奏，他们四个一起喝了很多酒。

红头发比塞利格预想中要好看，没有太丰满或粗俗——肯定是双重折射造成了一些扭曲——但她咯咯笑个没完。他发现自己其实很不喜欢她，不过，已经无路可退了。终于，在夜半时分，他们分成了两对，尼奎斯特和金头发在卧室，塞利格和红头发在客厅。在他们终于独处时，塞利格忍不住朝她咧嘴一笑。他一直没学会该如何抑制住这种孩子气的笑容，知道这个笑容一定会暴露他笨拙的期待和恐惧的骤然减少。“你好。”他说道。他们接吻，他的手伸向她，她毫无顾忌地扑倒在他身上。她似乎要比他大几岁，但在他看来，大多数女人都是如此。他们脱掉了衣服。她说道：“我喜欢瘦男人。”一边捏着他疏松的肌肉，一边又咯咯笑了起来。她的乳房像只粉色的鸟一样慢慢腾空，他胆怯地爱抚着她。在过去的几个月，尼奎斯特偶尔会把自己不稀罕的女人丢给塞利格，但他已经有几个星期没有和任何人上过床了，他担心禁欲会让他陷入一场尴尬的灾难。还好没有：酒精恰好冷却了他的狂热，他控制住自己，缓缓进行着，丝毫不担心会太快。

就在他发现红头发已经醉得不能再醉的时候，塞利格突然觉得头骨里有一种瘙痒的感觉。尼奎斯特在窥探他！对于一直都十分谨慎的尼奎斯特来说，这种突然的好奇心和偷窥欲实在很古怪。窥探是我的拿手好戏，塞利格心想。有那么一瞬间，他被尼奎斯特的举动分散了注意力，动作不由得松弛了下来。经过一番努力，他又重新动了起来。这没什么大不了的，他对自己说道，尼奎斯特毫无道德心，他总是喜欢做什么就做什么，不讲礼貌，四处偷看，而我为什么要被他的偷看打扰到？回过神来后，他向尼奎斯特伸出思维触角，回应了他的窥探。尼奎斯特迎接了他：

——你那边如何，戴维？

——还行，不错。

——我这个可饥渴了，你来看看。

塞利格羡慕尼奎斯特的冷静和疏离。他的心中没有羞愧，没有内疚，没有任何执念，没有一丝炫耀式的骄傲，也没有窥视过后的念念不忘：对他来说，在这种时刻互换接触似乎很自然。不过，塞利格还是忍不住感到一阵恶心，因为他一闭上眼睛，看到的都是尼奎斯特在金发女郎身上忙碌的画面，又看到尼奎斯特同样在回看他，他们平行交合的画面在塞利格的脑海中回荡，令他一阵眩晕。尼奎斯特停顿了一会儿，探测到了塞利格的不安，轻轻嘲弄着他。你在担心这事会有某种潜在的同性倾向，尼奎斯特告诉他，但我认为真正让你害怕的其实是接触，任何形式的接触，对不对？不对，塞利格说道，但他意识到尼奎斯特其实早已戳中了他的要害。又过了五分钟，他们互相监视着对方的思想，直到尼奎斯特的神经系统发出了一阵剧烈的震颤，像往常一样把塞利格从他的意识中甩了出去。不久，塞利格也厌倦了大汗淋漓的红头发，浑身颤抖着，颓然向后倒下，感到疲惫不堪。

半小时后，尼奎斯特和金头发一起回到了客厅，两人都赤身裸体。尼奎斯特甚至懒得敲门，这让红头发有点吃惊；塞利格不知道该怎么告诉她，其实尼奎斯特早就知道他们已经结束了。尼奎斯特放了一些音乐，他们静静地坐着，塞利格和红发女郎喝波旁威士忌，尼奎斯特和金发女郎喝苏格兰威士忌。黎明时分，雪没有那么大了，塞利格试探地提议再来一轮。“不了，”红发女郎说道，“我已经很醉了，想去睡觉。改天再说，好吗？”她摸索着穿上衣服。走到门口，她摇摇晃晃、醉醺醺地向他们告别，忍不住酒后吐了真言：“我一直觉得你们两个家伙有些古怪，”她说道，“你们该不会是一对同性恋吧？”

第十七章

我安详地躺在死亡的中心，一动不动，像一个被固定在岸边的锚。不，这只是谎言，起码是无害的错误论述，某个错误的隐喻。我在消退，潮水正在退去，我被扔在一个光秃秃的岩岸上，浑身僵硬，身下肮脏的棕色海草顺着退潮的方向摇动，周围爬满绿色的螃蟹。是的，我消退了，衰减了。可是你知道吗？现在的我对能力的消退反而很平静，当然，我的情绪有波动，但

我

现在

相当平静。

从我最初察觉到能力的衰退算起，今年已经是第三个年头了。我还记得，一切始于1974年的春天。在那之前，能力一直无

懈可击，只要我召唤，它就一定会出现，总是那么可靠，任劳任怨，满足我所有下流的需求。然而，突然某一天，没有征兆，没有理由，它开始消亡。起初只是精神输入的小故障，心灵委顿的插曲，我把这些征兆比作早春，那时街道上仍然残留着黑色的积雪。不是1975年，也不可能是1973年，那年我正准备从家里搬出去。当时，我正自鸣得意地在某个人的脑子里翻看着被仔细存档的丑闻，一瞬间，一切都变得模糊不清了，就像正读着《泰晤士报》，一行行文字突然变成了乔伊斯式的梦呓，总统调查委员会直白沉闷的调查报告变成了一份云山雾罩的关于老伊厄威克[①]咕咕作响的肚子的报告。每次遇到这种时刻，我都会战栗着在恐惧中抽出知觉的触手。当你以为自己在和心上人同床共枕，醒来后却发现自己是在同海星做爱，你会怎么做？但最糟糕的部分还不是这些扭曲和模糊，思维信号的错乱颠倒才是。比方说，思维辐射出的明明是冰冷的恨，我接收到的却是闪光的爱意；反之亦然。每当这种情况发生，我只想狠命地捶打墙壁，想确认周遭的一切是现实还是幻觉。一天，我从朱迪丝那里接收到了一股强烈的性冲动，这种乱伦的渴望让我的胃一阵翻江倒海，害我痛失一顿丰盛的晚餐。后来发现这些都是错觉和假象；她把仇恨的矛头对准了我，而我却把它们误认成了丘比特之箭，我才是更傻的那个。好吧，在那次之后，我只

① 爱尔兰作家乔伊斯《芬尼根守夜人》中的人物。

能接收到大片空白，思维接触过程一次次都失败了。此后还有同时接入两个大脑的情况，心流交织在一起，使我难以区分。有一段时间，我对颜色的感知完全消失了，尽管之后它又回来了。还有一些别的损耗，虽然微小，但后遗症在渐渐累积。我正在写下自己曾经能做到但现在已经做不到的所有事情，这是一张关于消逝的清单。

我就像一个瘫痪在床的垂死之人，虽无法动弹，但感官依旧敏锐，只能眼睁睁地看着亲属洗劫自己的物品。这天，电视不见了；这天，萨克雷的初版书不见了；这天，勺子不见了。现在他们拿走了我的《皮拉内西》，明天就会拿锅碗瓢盆、百叶窗、领带和裤子。到了下周，他们会拿走我的脚趾、肠子、角膜、睾丸、肺和鼻孔。他们会用我的鼻孔做什么？曾经的我挖空心思尝试各种不靠谱的方法来补救：长距离散步、冷水浴、打网球、大把大把服用维生素A，最近还尝试了禁食和冥想，但这些方法收效甚微，甚至还带有一些渎神的意味。我尽量让自己愉快地接受失去，这取得了一些成效。埃斯库罗斯警告我不要自讨苦吃，欧里庇得斯和品达[①]大概也这么想。如果我去查一下《新约》，里面应该也有类似的说法。于是，我选择服从，即使陷入了忍无可忍的境地，我也不会反击，而是照单全收。你看到我在逐渐变得认命了吗？不要误

① 古希腊抒情诗人。

会，我是真的这么想。至少在今早，秋日的金色阳光洒满房间，照射着我破碎的灵魂，我还在学着接受命运。我躺在那里，练习着那些能力消逝后能让我重新振作起来的方法，搜寻着深埋的乐趣。“和我一起变老吧/好日子还在后头/生命的结尾/也是新阶段的初始”你相信这话吗？我是相信的。我现在变得越来越轻信了，有时，还没到早饭时间，我就已经相信了六件匪夷所思的事情。好个老勃朗宁[①]！他的诗句多么宽慰人啊：

惠存每一次反击，
让光滑的大地变得粗糙。
每一次刺痛，让我们既不能坐下，
也不能站立不动，
而要迈步前行！
让欢欣掺杂三分苦楚！
奋力向前，不惜代价。

没错，说得好，他大概还要在后面加上一句：让我们的苦楚掺杂三分欢欣，就像今天早上这样。而这一切都在从我身上消失，像海水退潮般，正在从全身的每一个毛孔中流走。

寂静将我笼罩。它消失之后，我将缄口不言，也无人肯与我交谈。

---

① 罗伯特·勃朗宁(Robert Browning，1812—1889)，英国诗人，剧作家。

我端着碗，耐心地虚掷着能力。我对发生的事情感到悲哀，还有些许遗憾，我感到——别兜圈子废话了——我感到愤怒、沮丧和绝望；奇怪的是，我同时还感到羞愧。我的双颊发烫，不愿抬头和他人对视。我几乎无法面对我的人类同胞们，因为这是属于我的耻辱。仿佛有什么珍贵的东西被托付给我，而我却没有做到悉心保管。我必须对世界说，我浪费了优势，挥霍了传承的财产，我让它溜走了，现在的我破产了。也许这种把事情搞糟后产生的尴尬感是一种家族特性，我们塞利格家的人喜欢告诉全世界我们过着秩序井然的生活，我们是自己灵魂的舵手，而当外部事物让我们失望时，我们会感到羞愧。还记得我的父母曾经买过一辆1948年的深绿色雪佛兰，在1950年以超低价格购入的。一次，我们正在皇后区的某处行驶，好像是准备去给我的祖母扫墓，一辆车从盲道上冲了出来，撞上了我们，车里是一个醉得迷迷糊糊的德国人。没有人受伤，但车前的挡泥板被撞得稀烂，格栅被撞坏了，1948车型独有的T形杆也松动了。虽然这次事故绝不是他的错，我父亲的脸却涨得通红，尴尬得要命，仿佛在为自己的车被撞这样的随机事件向全宇宙道歉。他还不停地向肇事司机道歉！我那严肃尖刻的父亲啊！没事的，没事的，谁都会碰上意外，你不要为此感到难过，看啊，我们都没受伤！看看俺的车，伙计，看看俺的车啊！肇事司机嘟囔个没完，显然很清楚这回碰上了个软柿子。我开始担心父亲会给他钱让他去修车，母亲大概也这么想，于是干脆没让他下车。一周过去了，他仍然为那次事故感到很尴尬。有一次，他正在和一个朋友聊天，我闯进了他的脑海，发现他竟然假装当时是我母亲在开车，这太荒唐了，因为她压根儿没有驾照，轮到我替他感到尴尬了。朱迪丝也是如此，每次婚姻破裂或者暂时从一个麻烦的局面中脱身后，她总会对一个丢人的事实感到羞愤异常：像朱迪丝·汉娜·塞利格这样一个生活中如此高效、目标坚定的人竟然会一次次踏入一地鸡毛的婚姻，最后双方还得被迫对簿公堂。自大，自大，还是自大。本人，神秘的读心者，如今能力进入了一个莫名的衰退期，我为我的粗心大意道歉，我把天赋用错了地方，你会宽恕我吗？

宽恕，是好的；

最好的，是忘记！

活着时，我们焦躁苦恼；

濒死时，我们终尝生命甘甜。

塞利格先生，写一封假想的信吧。咳咳，凯蒂·霍斯坦小姐，纽约市西街六十几号，写好再查地址，不用管邮政编码了。

亲爱的凯蒂：

我知道你已经很久没有我的消息，但我觉得现在是时候和你恢复联系了。十三年过去，我们俩大概都变得更成熟了，成熟到足以抚平旧伤，重续前缘。尽管我们之间有过不睦，但我对你的爱从未消退。在我的脑海中，你依然是那么耀眼。

说起我的脑海，有件事我应该告诉你，我没法得心应手地利用它做事了，我说的“做事”是指精神上的，就是读心。当然了，我自始至终都没法读你的心，但它塑造了我与世界上其他人的关系。现在，这项能力似乎正在从我手中溜走。你还记得吗？它曾经给我们带来了那么多的痛苦，造成了我们的分手。我在上一封信里试图向你解释这一点，但你从未回信。再过一年左右——谁知道呢，也许是六个月、一个月，甚至一个星期——它将完全消失，我会成为一个普通人。我将不再是一个怪胎，也许到那时，我们会有机会恢复1963年中断的感情，并以更现实的方法重建它。

我当年做了不少混账事，无情地逼迫你，拒绝接受你的本性，并试图在你的身上创造一些畸形的东西，一些像我的东西。我当时认为理论上我有充分的理由这么做，但我做的事情都是错的，而我从未意识到这一点，直到一切都太晚了。对你来说，我似乎专横霸道，独断专行——我，温和自卑的我！只因为我试图改造你，而最终却让你厌烦。当然了，你那时非常年轻，那时的你——这样说合适吗——肤浅，心智尚未成熟。那时的你拒绝了我，但现在，我们都是成年人了，也许可以从头再来一次。我对一个没有读心能力的普通人的生活茫然无知，现在，我正奋力寻找着自我的定义，寻找着生活的架构。我在认真考虑皈依罗马天主教会（上帝啊，我真的有吗？真是新鲜事！圣烛的臭气，牧师的低吟，这些真的是我想要的吗？）或者圣公会，我也不知道，我在试着让自己隶属于人类这个群体。除此之外，我还想再次坠入爱河，想成为另一个人生命中的一部分。我已经开始试着和我妹妹朱迪丝恢复往来了。经过一整年的冷战，我们第一次开始把对方视作可以依靠的家人，这对我来说是个鼓励。但是我需要更多：一个我可以爱的女人，不仅仅是性这方面。在我的一生中，只有过两次这样的体验，一次是和你，一次是差不多五年后和一个叫托妮的女孩。她和你不太一样，但这仅有的两次亲密体验也都被我的能力毁掉了：一次离得太近，一次却又不够接近。不过，也许等这个能力从我的身上消失后，我们将终于有机会去建立一段平常的恋情，就是普通人一直都有的那种，因为我会变得非常普通。

我想知道你的情况，我记得你今年应该是三十五岁了，听起来年纪很大了，尽管我已经四十一岁了。（可是四十一岁听起来却并不老，不知为什么！）在我心中，你依旧是二十二岁，你看起来甚至比当年更年轻：阳光、开朗、天真。当然，那些都是我的幻想；除了表层的东西，我一无所知，也无法像往常一样研究你的心理，于是我编造了一个可能和真实的凯蒂完全相反的人。总之，你已经三十五岁了，我想象你青春依旧。你结婚了吗？当然结了。婚姻幸福吗？有很多孩子？没有离婚吧？你婚后的夫姓是什么，住在哪里，我怎么才能找到你？如果你结婚了，你能不能见我？我不认为你会是一个完全忠贞的妻子——这么说会冒犯到你吗——所以你的生活中应该有足以容纳我的一席之地，作为朋友，又或者是情人。你后来又见过汤姆·尼奎斯特吗？我们分手后，你还继续和他交往了很久吗？你是否因为我在那封信中告诉你的关于他的事情对我怀恨在心？如果你的婚姻已经破裂，又或者如果你从未结婚，你现在会和我一起生活吗？不是作为妻子，只是作为伴侣，帮助我度过这最后的时期？我非常需要帮助，也需要爱。我知道这个求复合的方式很差劲，更不用说求婚了。我只想说，请帮助我，抚慰我，和我在一起。我宁愿在强大的时候靠近你，而不是在虚弱的时候，但现在我很虚弱。寂静像一个大球，正在我的脑海中不断膨胀，不断扩大，直到填满整个头骨，形成一片巨大的空洞。现实像沙漏一样，正从我的脑袋里不断流出。

我只能描摹事物的状貌，但看不到它们的本质，现在连形状也变得模糊不清了。哦，上帝，凯蒂，我需要你，凯蒂，我怎么才能找到你？凯蒂，我对你的了解太少了，凯蒂，凯蒂——

哐，铿锵的和弦；嗡，琴弦断裂的声音；咚，走音的七弦琴。

哐,嗡,咚。

主的孩子们,今天,我的晨祷将非常简短,只期望你们能默默思考一番汤姆·艾略特的诗集中几句话的深层含义。在混乱时期,他的诗句能引导心灵。吾爱,我带你们读一读他在《四个四重奏》里写下的那句自相矛盾的诗句:“在我的开始中是我的结束”。在随后的几页,他又着重强调了一遍:“我们称作开始的往往就是结束/而结束也就是开始。”孩子们,我们中的一些人现在正在走向结束;也就是说,曾经在他们的生活中占据核心的东西正在逐步终结,这是一个结束还是一个开始呢?一件事的结束会不会是另一件事的开始?我想是这样的,吾爱。我认为,一扇门的关闭也意味着另一扇门的开启。当然,在我们对门后的事物茫然未知的时候,穿过那扇全新的门是需要勇气的。但我们坚信,我们的主为拯救人类而死,作为一个心怀信仰的人,我们完全无须害怕。我们的生活是通往主的朝圣。我们每天都在经历微小的死亡,但我们会从死亡中重生,直到进入黑暗,进入辽阔的星瀚,主会在那里等待我们。既然主在那里,我们为什么要恐惧呢?

在那一刻来临之前,让我们过好我们的生活,不要沉湎于自嗟自叹。请永远记住,世界依旧充满了神迹,总会有新的征程在等待。所谓终点并不是终结,不过是过渡,是旅程的短暂一站,那么我们为什么还要哀悼呢?尽管生命在日益减少,可我们何必耽于悲伤？如果失去了一样东西，是否也意味着同时失去了另一样？人失明了，爱也会随之消失吗？如果感官在退化，我们是否可以找回曾经的感觉，并从中获得些许安慰？许多痛苦仅仅是庸人自扰罢了。

因此，吾爱，在这个主的节日里，你们要打起精神，不要自甘堕落，沉浸在自怨自艾这桩罪行中，也不要混淆结束和开始。请继续前进，不断求索，向着新的喜乐，向着新的交融，迈入新世界。不要让恐惧在灵魂中占据一席之地，把自己交给基督，静待那终将到来的事物。以圣父、圣子和圣灵的名义，阿门。

黑暗分界点的来临恰逢其时。惨白的月亮像一个破旧的头骨，闪着莹莹微光。落叶凋零，篝火熄灭，倦鸽飞向大地，黑暗蔓延。一切都消失了，紫血在细细的血管里涌动，寒意攥紧瑟缩的心；灵魂在委顿，连双脚也不再牢靠。言语失去了意义，我们的向导承认他们迷路了。原本坚牢的东西变得脆弱，万物在消逝，色彩褪去了绚丽。这是一个灰色的时代，我担忧总有一天它会变得更灰暗。房子的住户，在干旱季节里干枯头脑的思索。[1]

① 摘自T.S.艾略特的诗歌《小老头》。

第十八章

托妮搬走后，我苦等了两天才采取行动。我本以为她冷静下来就会回来呢，甚至还幻想她从朋友家打来电话忏悔，说她受到了惊吓，向我道歉，让我打车去接她。而且，那两天里，我本来也没法采取任何行动，迷幻药的副作用还未消退：就像有人抓着我的脑袋用力拉扯，像揪橡皮筋一样拽我的脖子，再"砰"一声让它弹回去。那两天我一直躺在床上，脑子越发昏昏沉沉，大部分时间在打瞌睡，偶尔看看书，一听到电话铃响，就发疯一般冲进门厅去接电话。

但她没有回来，连个电话都没打。迷幻之旅后的星期二，我开始到处找她。我先给她的办公室打了电话。她的老板泰迪是一个平淡温和的学者型男人，非常温柔，听上去很像同性恋。没有，她这周没来上班。不，她根本就没联系过我。有急事吗？能把她的家庭电话号码给我吗?“我就是在用她的家庭电话给你打,”我说道,“她不在家,我不知道她去了哪里。泰迪,我是戴维·塞利格。”“哦,”他轻声说道,语气饱含同情。“哦。”我说道,“如果她碰巧打电话过来,你能让她和我联系吗?”接下来,我开始给她的朋友们打电话:爱丽丝、多丽丝、海伦、帕姆、格雷斯。我知道,他们中的大多数人都不喜欢我,不需要读心也能看出来。他们认为她和我在一起纯属浪费生命,一个没有事业、没有前途、没有钱、没有规划、没有才华,还没有长相的人。他们都声称没有她的消息,多丽丝、海伦和帕姆听上去很真诚,另外两个在我看来是在撒谎。我打车去了爱丽丝在格林威治村的住处,在她的脑子里打探了一番,一直潜入最深处。在她的脑子里,我了解了很多关于她的事情,但我并不感兴趣,也没发现托妮的踪迹。我对这种刺探感到羞愧,就没有再去找格蕾丝。我又打电话给我的老板,那个托妮正在编辑他的书的作家,问他是否看见过她。他冷冷地告诉我,已经好几周没见过她了。又一条死胡同,这条线索也断了。

到了星期三,我还是犹豫不决,不知所措,最后戏精上身,给警察局打了电话,对一个百无聊赖的接线警长描述了托妮的体貌特征:高瘦,黑色长发,棕色眼睛。最近在中央公园有没有发现尸体?地铁垃圾桶里呢?阿姆斯特丹大道租户的地下室呢?没有,没有,都没有。听着,伙计,如果有消息会让你知道的,但我觉得这事不算严重。警察这边到此为止。我烦躁不安,但也无可奈何,只好走去大上海餐馆,勉强吃了点晚饭。可惜只吃进去一半,美食全被我浪费了(欧洲的孩子们正在挨饿呢,戴戴,吃吧,都吃掉)。吃完后,我盯着眼前这些残羹剩饭,感到了一种深深的哀恸。我用自己一直鄙视的方法开始泡妞。

餐厅里坐着很多单身女孩,我挨个审视了一遍,想找到一个孤独、受挫、脆弱、开放、迫切需要树立自信的女孩。如果你有一套鉴别方法,能看出哪个女孩可以睡,就不需要什么技巧了。但这次不费吹灰之力,得到她简直手到擒来,她是一个二十多岁的已婚女人,没有孩子,丈夫在哥大教书,对他的博士论文显然比对她更感兴趣。他每晚都把自己埋在巴特勒图书馆的书堆里做研究,很晚才回家。到家后疲惫烦躁,没有性致。我把她带回我的房间,没能勃起——这让她很烦恼,觉得自己被拒绝了。随后,我花了两个小时听她絮絮叨叨讲她的人生。后来我试着和她做爱,但这次表现不好。她的家在110街和河滨大道,我把她送回家,回到自己的公寓。电话响了,是帕姆,"我有托妮的消息。"听到这话,我突然对自己肮脏的不忠深感羞耻,"她和鲍勃·拉金住在东83街。"

嫉妒,绝望,屈辱,痛楚。

"哪个鲍勃?"

"拉金,就是那个她总提起的高级室内设计师。"

“我可没听她提起过。”

“他是托妮的一个老朋友，他们非常亲密，我记得托妮高中的时候还和他约会来着。”长长的停顿，接着帕姆大笑起来，打破了生硬的沉默，“哎呀，放松，放松，戴维！他是同性恋！她把他当作人生导师，遇到麻烦的时候就去找他开导。”

“我明白了。”

“你们俩已经分手了，是吗？”

“我不确定，可能是吧，不清楚。”

“我能帮点什么吗？”这话居然出自帕姆。她可是一直认为我会毁掉托妮，总是劝她离我远点啊。

“把他的电话号码给我。”我说道。

我打了过去，铃声响了许久，最后，鲍勃·拉金接了电话。甜美的男高音，说话有点咬舌，好吧，果然是同性恋，与泰迪的声音没什么不同。是谁教他们同性恋口音的？我问他：“托妮在吗？”对面的回复带着警惕，“请问是谁打来的？”我告诉了他。他让我稍等，手盖住话筒，花了一分钟和她小声商议了一阵，最后他回到通话中，告诉我托妮在这里，是的，但她非常累，正在休息，现在不想和我说话。“是急事，”我说道，“请告诉她这事很紧急。”又悄声商量了一会儿，还是同样的答复，他含糊地建议我过两天再打过来。我开始软硬兼施，威逼利诱，最后换成了苦苦乞求。正当我进行各种掉价的表演时,拿听筒的突然换了个人,是托妮:“你为什么要打来?”

“还不明显吗? 我希望你回来。”

“我不能。”

她没说我不愿意,她说我不能。

我问她道:“那你愿意告诉我原因吗?”

“不太想。”

“你连张字条都没留,一个字也没解释,就从家里跑出来了。”

“我很抱歉,戴维。”

“就因为你在服用迷幻药的时候,在我身上看到了些什么,对不对?”

“别再提了,”她说,“已经结束了。”

“我不想它结束。”

“我想。”

这话像一扇厚重的大门“哐当”一声关上后发出的声音,但我仍不想让她给门彻底落锁上栓。我告诉她,她在我的房间里落下了一些书和衣服。这是一个谎言,她临走前明明清理得很干净。但我在被逼无奈下说的话很让人信服,她也开始认为也许真落下了什么。我提出现在就把东西送过去,她不愿意我来,说宁愿再也不见,不见面所有的痛苦就会减少。但她的声音里缺乏说服力:音调比她讲真心话时要高得多,鼻音也重。我知道她或多或少还爱着我，即便经历过森林大火，一些烧毁的树枝仍然可以存活，并长出绿色的新芽。所以我暗暗告诉自己，你可真是个傻瓜，无论如何，她不可能完全拒绝你，就像她忍不住会接电话一样，现在她也发现无法完全拒绝我接近她。我故意说得飞快，软磨硬泡让她屈服了。“好吧，”她说，“那你过来吧，但你是在浪费时间。”

时间已近午夜，夏夜的空气黏稠潮湿，带着一丝雨气，天空暗淡无星。我匆匆穿越市区，胸口堵满了都市的潮气和我那破碎爱情的苦汁，几欲窒息。拉金的公寓坐落在约克大道，在一栋宏伟的白砖楼的第十九层。他打开门，露出了一个温和、怜悯的微笑，似乎在说，你这个可怜的家伙，你已经遍体鳞伤，现在伤口又要被撕开来折磨一番了。他约莫三十岁，身材魁梧，长着一张孩子气的脸和一头乱糟糟的棕色长卷发，牙齿大而不齐，浑身散发着温暖、同情和善良的气息，我可以理解为什么托妮在这种时候会跑去找他。“她在客厅里，”他说道，“左转。”

拉金的住所十分宽敞、无可挑剔。装饰略有些古怪，墙上飞舞着高低错落的彩条，聚光灯下摆着哥伦布到达美洲前的文物，怪异的非洲面具、铬钢的家具——是《星期日泰晤士报》家居板块上刊登的那种可笑的公寓照片。客厅位于这幅奇景的中心，有一片巨大的白墙和长长的弧形窗户。站在窗前，能将东河对面皇后区的美景尽收眼底。

在客厅的一角，靠近窗户的地方，托妮坐在一张棱角分明的沙发上，沙发是深蓝色的，点缀着金色。她穿着一件被虫蛀过的红毛衣，有些寒酸，我觉得很难看；一条傻里傻气的黑色短裙，还有深色的长筒袜，与富丽堂皇的房间形成了鲜明对比。她闷闷不乐地倚在沙发上，撑着胳膊肘，笨拙地伸直了双腿，这个姿势使她看起来既瘦弱又不雅观。她的手里夹着一根烟，身旁的烟灰缸里塞着一大堆烟头。托妮眼神黯淡，长发纠结在一起，看到我走近仍一动不动。她身上散发的敌意实在太强烈，叫我在二十英尺外就不由停下了脚步。

“你要给我的东西呢?”她问道。

“没拿。我这么说只是为了找借口来见你。”

“我猜到了。”

“到底出了什么问题，托妮?”

“别问了，别问，”她的声音降到了最低，苦涩又沙哑，“你根本就不应该来。”

“如果你能告诉我，我做错了什么——”

“你当时打算伤害我，”她说道，“打算毁了我的迷幻体验。”她掐灭手中的烟头，马上又点燃了一根。她的眼神阴沉晦暗，拒绝与我对视，“我终于意识到，你是我的敌人，我必须逃离你。所以我收拾行李，离开了。”

“你的敌人？你知道这不是真的。”

“很奇怪，”她说道，“我不明白当时发生了什么，问了一些经常吃迷幻药的人，他们也不懂。戴维，就好像我们的思想在无形中被联结了起来，出现了一条心灵感应通道。各种各样的东西都从你的脑子里涌向了我，仇恨的思想，有毒的念头。我所想的其实是你的想法，看到了你眼中的我。记得吗，尽管你什么都没吃，你也说自己产生了迷幻的感觉。你又告诉我，你在读我的心，把我吓坏了。我们的思想似乎模糊在了一起，彼此重叠，渐渐融为了一体。我从来不知道迷幻药会对人产生这样的影响。”

我本应接过她的话茬，告诉她那不仅仅是迷幻药的作用，也不是吸食带来的幻觉，她所感受到的是我与生俱来的一种特殊能力，一个天赋，一个诅咒，一种自然界的畸变。但话到嘴边，我又咽了回去，这些话在我自己听来都觉得甚是疯狂，我怎么会承认呢？于是，我什么都没说，只是勉强说道：“好吧，确实有点古怪，我们当时有点失去理智了。但药效已经过去了，你现在不用再躲着我了。回家吧，托妮。”

“不。”

“那就过几天再回去？”

“不。”

“我不明白。”

“一切都变了，”她说道，“我不可能再和你住在一起了，你让我恐惧。药效的确是过去了，但我看着你，只看到了一个恶魔。我看到某种半人半蝙蝠的东西，长着大大的翅膀和长长的黄色獠牙，还有——哦，上帝，戴维，我没法不去想这些！我觉得我们的思想好像变得相通了，一些东西从你的脑子爬进了我脑子里。我就不应该碰那些药。”她不小心捏碎了手中的烟，又找了一根，“你让我很不舒服，我希望你能离开，光是离你这么近，我就开始头疼。求你走吧，求你了，我很抱歉，戴维。”

我没敢进入她的思想，害怕在那里发现的东西会令我暴怒和痛苦。但在那些日子里，我的能力仍比较强大，无论有意还是无意，都会从身边每个人的心中捕捉到一段低频的精神辐射，而我从托妮心中捕捉到的念头也证实了她所说的。

她并没有停止对我的爱。尽管迷幻药不是硫酸，但它打开了横亘在我们之间的那道可怕的心门，给我们的关系留下了腐蚀般的伤痕。对她来说，和我同处一室成了一种折磨。我思索半天，也没找到解决的方法。我考虑了各种策略，想和她讲道理，用柔和恳切的话语来治愈她。可惜丝毫没有作用，一点办法都没有。我在脑子里模拟了十几场对话，全部以托妮央求我离开她而告终。看来，这段感情真的到头了。她坐在那里一动不动，目光低垂，脸色阴沉，嘴唇因痛苦颤抖着，灿烂的笑容熄灭了，似乎一瞬间老了二十岁。她身上那股沙漠公主般奇异的美感已经完全消失了。突然间,沉浸在痛苦中的她在我眼里却比以前更加真实了,因痛苦而鲜活,而我却没办法接近她。“好吧,”我轻声说道,“我也很抱歉。”结束了,结束了,迅疾,突然,毫无警告,子弹从空中呼啸而过,手榴弹滚入帐篷,铁砧从平静的天空落下。结束了,我又是独自一人,眼泪都流不出来了。哭?又该为什么而哭呢?

我们低声谈话的空当,鲍勃·拉金一直得体地站在长长的门厅里,门厅四壁贴着令人眼花缭乱的黑白视错觉图。看到我走出客厅,他又一次露出了温和又忧伤的微笑。

“这么晚还打扰你,谢谢。”我说道。

“没关系,你和托妮的事太糟糕了。”

我点了点头,“确实,太糟了。”

我们迟疑地相互打量着,他向我走来,轻轻触碰了我的手臂,无声地劝我振作起来,重寻自我。他待人是那么的坦诚,让我毫无防备地坠进了他的想法里,看到了他的朴素和善良,正直和悲哀。

从他的脑子里,我看到了一幅画面,是一个清晰的记忆:前天晚上,他和抽泣的托妮一起赤裸地躺在他那张漂亮的圆床上。托妮的头靠在他的胸膛上,他抚摸着苍白的她。她的身体因渴求而颤抖着,他急迫地想给予她安慰。

他和自己温和的想法互搏，心中充满了对她的爱和怜惜，又对她身上柔美的女性特征感到别扭。你不用非得这么做，鲍勃，她一直在说，你不必这样做，真的不用。但他告诉她，他想这样做，我们认识这么多年，是时候做了，这会让你高兴起来，托妮，男人也需要一点变化，不是吗？他的心越来越贴近她的心，但身体却在抗拒。他们的交媾既匆忙又可悲，只是两具不情愿的身体在相互碰撞，结束时只剩泪水、颤抖和痛苦。最后他们大笑了起来，向痛苦宣告自己的胜利。他吻掉了她的泪水，她也真诚地感谢了他做出的努力，他们一同进入了梦乡。多么礼貌，多么温柔。我可怜的托妮。再见，再见了。

“我很高兴她来了你这里。”我对他说道。他送我到电梯口，而我又为什么而哭呢？“等她振作起来，我一定会让她给你打电话的。”他告诉我。我用手轻轻碰了碰他的手臂，就像他对我做的一样，用尽全力挤出一个大大的笑容，再见了。

第十九章

百老汇街和第228街的交叉口，大理石山住宅区的十二楼，是属于我的小天地。这片楼房最早是政府专为中产们建造的，现在则聚集了各类阶级底层的社会渣滓。两个房间加浴室，还有一个小厨房和走廊，就是一间屋子的全部。很久以前，你必须是已婚已育的状态才能申请搬进这里；如今，很多单身汉以穷困潦倒为借口也混了进来。随着城市的衰败，事态在发生变化，规则也随之瓦解。现在，楼里的住户大多数是波多黎各人，还有少数爱尔兰人和意大利人。

在这个挤满天主教徒的公寓里，戴维·塞利格的存在异常突兀。有时他认为他该每天为邻居们高歌一曲《听，以色列啊》，但他不知道歌词。也许该唱《希伯来祷歌》，或者《卡迪什圣歌》。这是我们的祖先在埃及吃的困苦饼，他很幸运，能被引领走出埃及，来到应许之地。

想在导游的引领下参观戴维·塞利格的窝吗？好的，这边走，请不要碰任何东西，也不要把口香糖粘在家具上。这位敏感、聪明、和蔼可亲、神经兮兮的男人是您的导游，他就是戴维·塞利格本人，不收小费。欢迎，大伙儿，欢迎来到鄙人的陋室。我们从浴室开始参观。看，这是浴缸——他搬进来时，上面的黄色污渍就已经在那里了。这是厕所，这是药箱。塞利格花了大量时间待在这个房间里；要想深入理解他的生活方式，这个房间是一个很重要的切入点。比方说，有时他一天要洗两到三次澡。那么在你看来，他想洗掉的是什么呢？别动那把牙刷，小家伙。好了，大家跟我来。

看到走廊里挂的这些海报了吗？都是20世纪60年代的老古董。这张上面是诗人艾伦·金斯堡打扮成了山姆大叔，这张是在粗俗地模仿荷兰版画家M.C.埃舍尔提出的抽象的拓扑学悖论，这张展示的是一对在太平洋的浪花中赤裸欢爱的年轻情侣。差不多十年前，成千上万的年轻人都用这样的海报装饰他们的房间。当时的塞利格已经不算年轻了，但他也贴了同样的海报。他总是热衷于追赶潮流，试图更牢固地把自己和当代文化联结在一起。我猜这些海报现在都挺值钱的，他带着它们辗转于多个廉租房。

这个房间是他的卧室，黑暗狭窄，天花板很低，是典型的几十年前市政住房的建筑风格。我从来不开窗户，这样一来，附近高架列车在深夜呼啸而过的声音就不会吵醒我。即使周遭很安静，要想睡个好觉也不算容易。这是他的床，他躺在上面做了许多不安稳的梦，偶尔——甚至就在此刻——无意中读取着邻居们的大脑，把他们的想法融入他自己的幻想中。在他住在这里的两年半内，在这张床上，他差不多曾和十五个女人同床共枕，每个都有一次或两次，偶尔三次。不要脸红，年轻的女士！性是人类的健康活动，即便塞利格业已中年，这也仍旧是他生活中的一个重要部分。在未来岁月里，它的重要性可能还会增加，因为性毕竟属于一种与人类建立沟通的方式，而对他来说，其他与人类沟通的渠道似乎正在徐徐关闭。这些女孩是谁？有些已经不是女孩了，是生活中遇到的女人，他用自己谦逊的气质吸引她们，说服她们与他共享一小时的快乐。他很少邀请她们中的任何一个再回来一次，而那些他再次邀请的女性通常也会拒绝，但这也没什么。他的需求已经得到了满足。怎么了？两年半内有过十五个女孩，这对一个单身汉来说不算多？你又有什么资格评判？他觉得已经足够多了，我向你保证，他已经很知足了。请不要坐在他的床上。这张床是在哈林区救世军经营的地下商店里买的二手货。当时我刚从圣尼古拉斯大街的一间带家具的房间搬出来，需要置办一些家具，花了几块钱买了这张床。在那之前，1971年、1972年左右，我睡一张水床（又一个当年的我爱赶时髦的证据），但一直不习惯床里面汩汩的流水声。后来，我把它送给了一位最想要这张床的年轻姑娘。卧室里还有什么？恐怕没什么有趣的东西了。一个装着普通衣服的柜子，一双破旧的拖鞋，一面裂开的镜子：你迷信吗？一个倾斜的书柜，里面堆满了塞利格再也不会翻开的旧杂志——《党派评论》《长青》《巴黎评论》《纽约书评》《邂逅》，还有一堆当时很流行的文学书、一些精神分析和精神病学的杂志。塞利格偶尔会翻阅一下，想增加对自我的了解，但最后总是一无所获，他会无聊又失望地把它们扔到一边。我们出去吧，这个房间一定让你感到很压抑。我们经过小小的厨房——四个火头的灶台、小冰箱、小餐桌——他在这里做一些非常简易的早餐和午餐（晚餐他通常在外面吃）。接着，我们进入公寓的主要区域—— 一面蓝色的“L”形墙、拥挤的客厅兼书房。

在这里，你能看到戴维·塞利格的品位是如何不断提升的。这些是他的唱片收藏，大约有一百张破旧的唱片，其中一些是他在1951年就购入的（古老的单声道唱片！）。这些唱片几乎都是古典乐，但你会留意到两个不和谐的音乐风格：五六张1959年的爵士乐唱片和1969年的摇滚乐唱片，这些唱片都是他在探索拓展自己的音乐品位时期购入的，但这些探索都以失败告终。除此之外，他的收藏以严肃曲目为主，门槛比较高：勋伯格、晚期的贝多芬、马勒、贝尔格、巴托克四重奏、巴赫的帕萨卡里亚，都不是你听完会吹口哨的那类音乐。他对音乐知之甚少，但很清楚自己喜欢什么，你不会有太多兴趣的。

这些是他的书。从十岁起，他就开始一点点积累，每次搬家都会爱惜地把它们从一个地方搬到另一个地方。对他的阅读历程进行分层和断代是一件很容易的事：儒勒·凡尔纳、H.G.威尔斯、马克·吐温、达希尔·哈米特等人的书位于底部。拉斐尔·萨巴蒂尼、鲁德亚德·吉卜林、沃尔特·司各特、威廉·房龙的《人类的故事》、韦里尔·米格尔斯的《伟大的南美洲和中美洲征服者》，都是一个清醒、孤僻又认真的小男孩会读的书。随着青春期的到来，他的阅读水平突然发生了质的飞跃：奥威尔、菲茨杰拉德、海明威、哈代、比较易读的福克纳。看啊！这些20世纪40年代和50年代初的稀有平装书，尺寸奇特，封面是塑封的！在当时，只需花上二十五美分，就能买到一本这种插图下流、字体花哨的大部头！这些科幻书也是那个年代的。我如饥似渴地阅读着，渴望能从布拉德伯里、海因莱因、阿西莫夫、斯特金、克拉克的科幻作品中找到一些线索，来弄懂我身上错位的能力。看，这里有本斯特普尔顿的《神奇的约翰》，还有贝尔斯福德的《汉普顿郡奇异事件》。这儿有本叫《局外人：奇迹之子》的书，写的都是拥有奇异能力的超级小孩的故事。我在这本书的最后一篇写了很多批注，表达了对这些作者观点的不赞同。局外人？尽管那些作家很有才华，但他们才是真正的局外人，他们在试图想象他们从未拥有过的能力；而我是局内人，是年少轻狂的思想收割者（这本书的出版日期是1954年），有胆量挑他们的刺。这些作家强调了身为特异功能者的痛苦，却忽略了狂喜的体验。当然了，现在的我回过头来再去思考痛苦和狂喜的界限，不得不承认他们当初的话很有道理。伙计们，现在的我已经没什么骨气了。这里是阴沟老鼠住的地方，在这儿，心死的人会慢慢委顿。

上大学后，塞利格读的书变得越来越晦涩：乔伊斯、普鲁斯特、托马斯·曼、艾略特、庞德，都是老派的先锋文学家。他还读了很多法国作家：左拉、巴尔扎克、蒙田、塞利纳、兰波、波德莱尔。这套厚厚的陀思妥耶夫斯基占据了半个书架，还有劳伦斯、伍尔夫。研究神秘主义的时期：奥古斯丁、阿奎那、《道德经》《奥义书》《薄伽梵歌》。沉迷心理学的时期：弗洛伊德、荣格、阿德勒、赖希、雷克。他的阅读还经历了哲学时期、马克思主义时期，还有这些库斯勒的书。回到文学阅读：康拉德、福斯特、贝克特。接下来是分裂的六十年代：贝娄、品钦、马拉穆德、梅勒、伯勒斯、巴特、《第二十二条军规》和《经验的政治学》。没错，女士们，先生们，在你们面前的是一位饱学之士！

这些是他的档案，一个承载私人物品的宝库，等待着传记作者的发掘。学校反馈卡的“课堂行为”一栏总是最低分(“戴维对功课缺乏兴趣,经常扰乱课堂”)。给父母的潦草蜡笔画生日贺卡,还有一些老照片:这个有雀斑的胖男孩会是现在站在你面前的这个憔悴男人吗?这个高额头、笑容僵硬的男人就是已故的保罗·塞利格,档案人的父亲,于1971年8月11日死于溃疡穿孔手术后的并发症;这个白发苍苍、因患甲亢而眼球凸出的妇女是已故的玛莎·塞利格,保罗的妻子,戴维的母亲,于1973年3月15日死于莫名的脏器腐烂,很可能是癌症。这个面色冷峻的年轻女性是朱迪丝·汉娜·塞利格,保罗和玛莎的养女,戴维对这个妹妹没有感情。照片背后标有日期:1963年7月。那年朱迪丝十八岁,对我的恨意达到了顶峰。这张照片里的她和托妮是多么相像啊!我以前从未注意到她们长相上的相似。她们都有深色皮肤和黑色长发,但托妮的眼神总是温暖的,除了最后分手的时刻,她的眼里始终充满爱意;而朱迪的眼睛里只有冰、冰、冥王星上的寒冰,从来没有给过我别的眼神。我们来继续翻阅戴维·塞利格的私人物品。这是他大学时期的论文集。(“卡鲁是一位宫廷式的优雅诗人,他的作品既体现了琼森古典主义的影响,也反映了多恩玄学派诗歌的精妙——有趣的综合体。他的诗歌结构工整、用词敏锐;在诸如《不要再问我朱庇特赐福何处》这样的诗中,他完美地把握住了琼森和谐质朴的风格;而在其他诗中,如《拒绝平淡的爱》或《警告忘恩负义的美人》,机智的语言又与多恩相似。")塞利格先生保存了所有这些文学废话,他可真幸运!在未来的几年里,这些论文成了他赖以生存的资本,因为你们都知道本次被调查人物当前的谋生手段。我们从这些档案里还能发现什么?

不计其数的信件复印件,其中一些是公函。亲爱的艾森豪威尔总统,亲爱的约翰教皇,亲爱的哈马舍尔德秘书长。曾几何时,他需要把这些信寄到遥远的地方,但近年来不用了。他单方面试图同一个闭耳塞听的世界产生联结,凭一己之力恢复这个因熵增走向灭亡的宇宙的内部秩序,但这些尝试最终都是徒劳的。可以看看这些文件吗?你们问道。洛克菲勒州长,"随着核武器数量的增加,国家安全取决于我们的核威慑的可信程度。身为公职人员和公民,我们的重任是拯救生命和保护人民安全。我们不能再以'核战争是悲剧、保卫和平必须用高尚的方式'为借口,拖延民防的发展。"请允许我提出反对意见,州长,你的防空洞计划说明你缺乏道德感。我认为,把精力和资源从寻求长久和平转移到这个沙漠鸵鸟项目上,是一项愚蠢又危险的政策……州长回信感谢了塞利格,还附上了塞利格反对的那篇演讲稿。人民还能期待什么?尼克松先生,你全程竞选的基调都是声称在艾森豪威尔总统的领导下,美国从来没有这么好过,所以让我们再过四年同样的日子吧。我觉得你听起来就像浮士德,向着逝去的时光呼喊:请停一停吧,你是如此美丽!(副总统先生,你是不是觉得我太喜欢咬文嚼字了?)这句话是魔鬼来取他浮士德的灵魂时他说的,还记得吗?老实说,你是否觉得这一刻的历史是如此美好,听听下岗工人家里饿肚子的孩子的哭声,这都是共和党制造的经济衰退导致的,听听……亲爱的海明威夫人:请允许我加入致哀的人群,对您丈夫的去世表示哀悼。在面对令人无法忍受的生活时,他表现出了非凡的勇敢,确实是我们所有人的榜样……亲爱的布伯博士……亲爱的汤因比教授……亲爱的尼赫鲁总统……亲爱的庞德先生:看到您终于摆脱了残酷的囚禁,整个文明世界都欢欣鼓舞……亲爱的罗素勋爵……亲爱的赫鲁晓夫主席。亲爱的M.马尔罗,亲爱的……亲爱的……亲爱的……不得不说,这个通信集里的信件都很出色,得到的回复也不错。看,这封回信写道,你可能是对的。这封写:我很感谢你的关心。这一封写的是:时间有限,无法一一回复收到的信件,但请放心,我们会认真考虑你的想法。这封写的是:给这个混蛋寄点臭虫过去。

遗憾的是,我们未收录那些只存在他的脑海中、从未寄出的信件。亲爱的克尔凯郭尔先生:我完全同意您的著名论断,即把“荒诞”视为“在上帝手里一切皆有可能”。您还论述道:“荒诞并非我们理解范围内能够区分清楚的要素:它与奇异、未知和不可预见均不等同。”在我自己对荒诞的体验中……亲爱的莎士比亚先生：您曾说过："倘若遭逢更改时即刻更改，或屈就于分别而离开，那就不算是真爱。"这话是多么恰当啊。然而，您的十四行诗提出了一个问题：如果爱不是爱，那么它又是什么呢？既然一件荒唐的小事就能轻易将其摧毁，这种亲密感又是什么？如果您能提出一种新的和他人相处的模式，那么……这些脑海中的信件转瞬即逝，都是心血来潮的产物，而且往往无法解读，我们无从获取，塞利格有时一小时能写数百封这样的信。亲爱的霍姆斯大法官：在南太平洋公司诉詹森案（卷宗编号：244 U.S. 205, 221 [1917]）中，您裁定："我坚信法官可以立法，也必须立法，但他们的作用是填补法律的漏洞，他们的立法权应当被限制在摩尔运动和分子运动之间。"我必须承认，这个比喻固然精妙，但我没太看懂，而且……

亲爱的塞利格先生：

当前的世界以及人们生活的现状都已病入膏肓。如果我是一名医生，我会给出如下建议：创造寂静。

你真诚的，

索伦·克尔凯郭尔（1813—1855）

这里有三个米色的厚文件夹，里面装有大量的私人信件，不对外开放。根据我们与戴维·塞利格基金会的协议条款，我不能引用信件的内容，但可以转述。这些是他写给他爱过的或想要追求的女孩们的信，偶尔也有几封她们的回信。最早的一封日期是1950

年，信纸上方有大大的红色字迹：从未寄出。这封信以“亲爱的贝弗利”开头，正文全都是尴尬的性爱描写。塞利格，对于这个贝弗利，你能告诉我们些什么？好吧，她在生物课上坐在我前面，身材矮小，有雀斑，大胸，性格阳光，很可爱。她的双胞胎妹妹埃斯特是个怪胎，总是紧皱眉头。大概是发生了某种遗传上的意外，她的平胸程度和贝弗利的丰满程度一样，也许这就是她经常皱眉的原因。埃斯特用她特有的阴郁暗恋着我，我猜她最后大概会和我上床。这倒是对十五岁的我的自尊有利，但我讨厌她，她看起来就像一个拙劣的贝弗利仿品。我爱的是贝弗利，而不是她。有一次上课，穆勒老师在滔滔不绝地讲着有丝分裂和染色体，而我则畅游在贝弗利的脑海中。她刚把初夜给了维克多·施利茨，一个坐在她旁边、红发碧眼的大块头男孩。我从她那里间接学到了很多性知识，但是有十二个小时的时间差，因为她每天早上来上课的时候脑袋里都是前一晚她和维克多的“大冒险”。我并不妒忌他，他很英俊，很自信，配得上她，而我当时太害羞了，丝毫没有安全感，不敢和任何女孩发生关系。我只好偷偷潜伏在他们的恋情记忆里，幻想着和贝弗利做那些香艳事情的人是我。一次，我再也受不了了，迫切想要亲自进入她，但我对她大脑的探索告诉我，对她来说，我只是一个滑稽的小屁孩，一个怪人，一个小丑。既然如此，我该如何俘获她的芳心呢？我给她写了这封信，生动地描述了她和维克多所做的一切，最后加了一句，难道你不好奇我是如何知道这一切的吗？我在暗示她，我是某种超人，拥有看破女生内心小秘密的超能力。我当时的想法是，看到这封信后，她会对我崇拜有加，投入我的怀抱；但转念一想，看完她要么觉得我疯了，要么会把我当成偷窥狂。无论哪种，她都会完全拒绝我，所以我没有把信交给她，而是悄悄收了起来。

一天晚上，我的母亲发现了这封信。她对性这个话题很避讳，不敢和我交流，只是把它放回到了我的笔记本里。那天晚上，我进入她的脑海，发现她偷偷看了一眼信。她有觉得震惊和不安吗？是的，她确实有这种心情，但同时也感到非常自豪，她的儿子终于成为一个男人，会给漂亮女孩写下流的信了。我的儿子长成了情色作家。

大部分信件写于1954到1968年之间，最近的一封写于1974年秋天。在那之后，塞利格感到自己与人类的联结越来越微弱，于是，除了在脑海里自言自语，他不再写信了。我不知道他给几个女孩写过信，但肯定有不少。大部分都是肤浅的调情，如你所知，塞利格从未结婚，也没有和女性认真交往过。他和深爱的姑娘之间通常没有发展出任何实质性的关系，就像他对贝弗利一样，但是会假装自己爱上了某位随意搭讪的姑娘。在他二十五岁那年，他会故意用自己的特殊能力钓姑娘上床，但他对那时的做法并不感到骄傲。你们这些肮脏的偷窥者难道不想读一读这些信吗？但那是不可能的，我可不会让你们的脏爪子碰这些信。我为什么要邀请你们进来呢？让你们随意检阅我的藏书、照片、没洗的盘子和污迹斑斑的浴缸？一定是我的不断消减的自我意识。孤立使我倍感压抑。窗户依旧是关着的，但我至少打开了门。我需要你观察我的生活，把我的一部分纳入你自己的生活体验中，来发觉我的真实，我的存在，我的苦难，认识到即使我没有未来，但也有着过往，用这种方式来增强我对现实的把控。这样，你离开这里后就可以说，是的，我认识戴维·塞利格。事实上，不光认识，我还很了解他。但这并不意味着我必须向你袒露一切。

这儿有一封写给艾米的信！1953年的春天，是艾米给了我第一次。难道你不想听这个故事吗？每个人的第一次都有种神奇的魅力。好吧，去你的，我不想讲这件事，反正也没什么好讲的。我进入她的身体，我很享受，而她没有，就是这样。如果你想知道其他的细节，比如她是谁，我是怎么勾引到她的，不如自己编造一些吧。现在艾米在何处？她已经死了。你觉得如何？她是塞利格的第一个女伴，但他已经活得比她久了。她二十三岁那年在一场车祸中丧生。她的丈夫听说过我，看在我曾是她的朋友的分上，打电话告诉了我这个消息。警察让他去现场辨认尸体，看到她支离破碎的身体后，他深受打击。他告诉我，她先是穿过挡风玻璃，之后又撞到了一棵树，她的样子好像来自另一个星球。我告诉他："艾米是第一个和我上床的女孩。"他开始安慰我。他，亡者的丈夫，反过来安慰我，而我只是想尝尝施虐的快感。

时光流逝，艾米死了，而我敢打赌，贝弗利肯定也成了一个胖乎乎的中年主妇。这里有封信是写给给杰姬·纽豪斯的，告诉她我日夜在思念着她。谁是杰姬·纽豪斯？哦，想起来了。身高五英尺二英寸，那对乳房会让玛丽莲·梦露都觉得头重脚轻。甜美，笨拙，厚厚的嘴唇，湛蓝的眼睛。除了胸，杰奎琳什么都没有，但这对十七岁的我来说已经足够了。天知道为什么，那时的我对乳房很着迷，我爱她的乳房，它们在她最喜欢穿的白色紧身衬衫里是那么的圆润和惹眼。1952年的夏天，她喜欢弗兰克·辛纳屈和佩里·科莫，用口红在牛仔裤的左边大腿上写"弗兰克"，右边写"佩里"。她还喜欢她的历史老师，我记得他的名字好像是莱昂·西辛格，或者是泽平格之类的，于是她的牛仔裤的臀部上也写着一个大大的"莱昂"。我们接吻过两次，但仅此而已。她比我还害羞，生怕男生狰狞的大手会玷污那对大胸的纯洁。她走到哪儿我就跟到哪儿，但尽量不进入她的大脑。看到她的大脑内部竟然如此空虚，我会很郁闷。

结局怎么样了？哦，想起来了：她的弟弟阿尼跟我讲了他是怎么在家偷看到她的裸体的。我迫不及待想看到她的胸部，于是一头扎进了他的头骨，瞥到了一些二手画面。看到他脑海中的杰姬后，我才意识到胸罩的重要性。没有了胸罩的支撑，乳房在她丰满的小腹上方晃晃荡荡，成了两堆悬空的肉。这个画面终止了我对乳房的痴迷。过去这么久了，现在回忆起来是多么不真实啊，杰姬。

看啊，信都在这里了，窥探我吧，来审视信中狂热的爱，把它们都读完，我还在乎什么呢？唐娜，艾尔西，玛格达，莫娜，苏，洛伊丝，凯伦。你还认为我没有性经历吗？以为我差劲的青春期导致我莽莽撞撞地长成了一个找不到女人的男人吗？我在她们的双腿间寻觅生命。

亲爱的康妮，那是一个多么狂野的夜晚啊！亲爱的奇吉塔，你的香水味仍在空气中萦绕。亲爱的伊莱恩，我今早醒来时，你的味道就在我的嘴唇上。亲爱的凯蒂，我——

哦，上帝，凯蒂，亲爱的凯蒂，我有很多事情想向你解释，但不知道从何说起。你从来都不理解我，我也从来都不理解你，我对你的爱注定了我们迟早会分手，也就是我们现在的结局了。沟通上的失败给我们的关系造成了全方位的打击，只因你与我认识的任何一个人都不同，你和他们有着本质的区别。我把你置于我的幻想的中心，拒不接受真实的你，坚持不懈地试图锻造你，改变你，直到——噢，上帝，这封信读起来太痛苦了。你为什么偷看别人的信件？你就没有一点礼貌吗？我不能给你看这封信。游览到此结束，从我的家里出去！

出去！所有人都走开！看在上帝的分上，滚出去！

第二十章

戴维知道自己必须随时保持警惕,他的能力时刻都有被发现的风险。这是一个猎巫的时代,每一个离经叛道的人都会被揪出来,烧死在火刑柱上。到处都是间谍,他们打探着小塞利格的秘密,企图挖出隐藏在他体内的可怕真相,连他的生物老师穆勒小姐也是其中一员。她是个胖墩墩的矮个女人,四十岁上下,不苟言笑,眼眶下挂着浓重的黑眼圈。她活得像个隐士,头发短得出奇,脖子后面露着新剃过的发茬,每天上课都穿一套灰色的实验服。穆勒小姐对超感和灵异现象的研究有些"鬼迷心窍"。当然,1949年那会儿,戴维·塞利格还在她的班上,那时的人们是不会用"鬼迷心窍"这样的词语去形容一位老师的,但这个词用在穆勒小姐身上也还算恰当。她遥遥领先于所处的时代,是个早生了几十年的嬉皮士，所有未知的、不属于理性范畴的事物都能让她如痴如醉。高中生物那点知识对她来说小菜一碟，她的教学风格也天马行空，如同梦游。真正让她兴奋的是心灵感应、透视力、心灵传输、占星术这类超心理理论。只需接收到一点点刺激，她就会立刻扔下当天的教学任务，不再去研究新陈代谢或循环系统之类的内容，转而专注于她的个人爱好。她是周围的人中最先拥有《易经》的，还跑到“生命蓄能箱”里躺过一段时间。她坚信胡夫大金字塔的存在是神祇给人类的启示。她还钻研禅宗、普通语义学、贝茨视力疗法和埃德加·凯西的预言，来寻求生命的奥义（我的存在能轻而易举地拓宽她的研究范围！她肯定还接着研究了戴尼提[1]、韦利科夫斯基[2]、布里迪·墨菲和蒂莫西·利里[3]。晚年的她隐居在洛杉矶的某个城堡里，成了一个神神道道的大仙，一门心思捣鼓迷幻药和佩奥特掌[4]。愚蠢又可怜的老婊子，那么容易就上当了）。

自然而然，她也密切关注着J.B.莱茵当时在杜克大学开展的超感研究。每次她提起研究进展，戴维都感到一阵恐慌，担心她会

① 戴尼提（Dianetics）是一套关于精神、心灵和身体之间关系的伪科学理论，由美国科幻小说作家L.罗恩·贺伯特所提出。

② 伊曼纽尔·韦利科夫斯基（Immanuel Velikovsky，1895—1979），俄裔美籍学者，精神科医生，心理分析家。

③ 蒂莫西·利里（Timothy Francis Leary，1920—1996），美国著名心理学家、作家，以其晚年主张研究迷幻药在受控制环境下的治疗潜力而知名。

④ 蓝绿色小仙人掌，具有致幻作用。

忍不住在课堂上做几个莱茵的实验,把他的秘密昭告天下。他自己也读过莱茵的著作,《心灵边界》和《心灵前沿》,甚至还懵懂地翻阅过《超心理学期刊》,希望能从里面找到自身能力之谜的答案,但那些文章里只有无聊的统计数据和模糊的猜想。好吧,只要莱茵只在北卡罗来纳瞎搞他的实验,他就不会威胁到戴维。但走火入魔的穆勒小姐可能会把他扒光,直接送往莱茵的火刑场。

事态正一步步走向灾难。这周生物课的主题突然变成了大脑的结构和功能。看,这是大脑,这是小脑,这是布满突触的延髓。胖乎乎的诺曼·海姆利希最擅长煽风点火了,他举了手:"穆勒小姐,你认为人真的能读懂别人脑子里的想法吗?不是通过心理暗示或别的方法,而是运用真正的心灵感应?"哦,真是正中穆勒小姐下怀的问题!看把她高兴的,整张脸都变得神采奕奕了。她以诺曼的问题为由头,开始大讲特讲超感现象、超心理学、未解之谜、超自然交流和感知、莱茵的研究等杂七杂八的话题。戴维真想钻到桌子下面藏起来,"心灵感应"这个词让他感到一阵恐慌,他之前就怀疑班上有一半同学都意识到他的不同了,被穆勒小姐闹了这一出之后越发疑神疑鬼。他们是在看我吗?他们是不是在盯着我,边点头边对我指指点点?其实戴维的恐惧毫无根据,在打发无聊时间的自娱自乐中,他早已反复检阅了班上每一位同学的想法。他知道,自己的秘密是安全的,他的同学都是在布鲁克林长大的无趣小孩，绝不会想到自己的身边潜伏着一个超人。他们是觉得他怪怪的，但他的“怪”远超出他们的想象。不过，穆勒小姐会揭穿他吗？她说要在课堂上进行超心理学实验，以证明人类大脑具备这种潜在的能力。哎，我能躲到哪儿呢？

无路可逃。第二天，她带来了一副牌。“这是齐纳牌。”她郑重地解释道，把手里的牌高高举起，不停地扇动着，就像野牛比尔·希克[①]发同花顺的动作。戴维之前没见过齐纳牌，但对他来说，这副牌就像他父母常玩的凯纳斯特牌中使用的纸牌一样熟悉。“二十五年前，杜克大学的卡尔·E.齐纳博士和J.B.莱茵博士共同设计了这副牌，它还有一个名字叫‘ESP牌’。谁知道‘ESP’是什么意思？”

诺曼·海姆利希的胖手在空中卖力地挥舞，“是超感能力，穆勒小姐！”

“很好，诺曼。”穆勒小姐心不在焉地洗着牌，她的眼神平时没有太多情绪，此刻却辐射着赌徒特有的狂热。她对全班说道：“这副牌有二十五张，五张一组，上面分别标有星星、圆圈、方块、波浪和加号的图案，其余和普通扑克牌一模一样。”她把这副牌递给她的另一个宠儿芭芭拉·斯坦恩，让她把这五个符号画到黑板上。“测试步骤是让被试依次看着每一张牌的背面，并试着说出牌正面的符号。这个测试有很多不同的方法，比如有时实验者会先简单扫

① 比尔·希克（Bill Hickok，1837—1876），美国旧西部的民间英雄、律师、赌徒。

一眼每张牌,如果被试有超感能力的话,他就有机会从实验者的脑海中获取正确答案。有时实验对象和考官事先都不看牌。有些情况下,被试可以在猜测前先触摸一下牌。有时他会被全程蒙住双眼,只有在查看牌背面的时候才能去掉眼罩。不过,无论采用什么方法,该试验的基本目的都是让被试在看不到牌面的情况下运用超感能力说出图案。埃斯特,假设被试根本没有超感能力,只是单纯靠猜测,那么二十五张牌,他能猜对多少张?”

埃斯特被问了个猝不及防,涨红了脸,大声说道:“呃——十二张半?”

穆勒小姐讥讽地轻笑了一声,转身点了双胞胎里更活泼的那个,“贝弗利,你来回答。”

“五张,穆勒小姐?”

“正确。你总是有五分之一的概率猜到正确的牌面,所以正常概率就是二十五张命中五张。当然了,每次结果不会那么一致。第一轮你可能命中四张,下一轮六张,然后是五张,也可能是七张,再来一轮可能只有三张,但多次实验的平均值就是五张,这是完全从概率方面考虑的情况。然而,莱茵在实验中发现,一些受试者多次试验的平均命中率是六次半或者七次。莱茵认为,这种高于平均水平的表现只能被解释为超感能力的作用。一些受试者的表现尤为突出,曾有一个人连续两天命中了九张牌,在几天后的测试中他甚至能连对十五张,正确率非常惊人。你们有多少人认为这纯粹是运气使然?”

全班大约有三分之一的同学举了手。其中一些纯粹是呆子,他们还没有认识到对老师的小爱好表达支持其实也是课堂生存法则之一;有些同学则是彻头彻尾的怀疑论者,他们不屑于顺从老师的操纵。戴维也举手了,而他只是想把自己伪装起来。

穆勒小姐接着说道:“这节课我们来做几个测试。维克多,你愿意做第一只小白鼠吗?到教室前面来。”

维克多·施利茨紧张地笑了笑,拖着步子向前走去。他僵硬地站在穆勒小姐的桌子旁,看着她切了两次牌。然后,她瞥了一眼最上面的牌,把它推给他,问道:“你觉得是什么符号?”

“圆圈?”

“到底对不对呢?其他同学不要讲话。”她把这张牌递给芭芭拉·斯坦恩,让她在黑板上正确的图案下方打个钩。芭芭拉在圆圈下面画了对钩。穆勒小姐瞟了眼下一张牌。星星,戴维心想。

“波浪。”维克多说道,芭芭拉在星星下面打了钩。

“加号。”是方块,白痴!是方块。

“圆圈。”没错,是圆圈。这次维克多命中了,教室里突然泛起了一阵兴奋的骚动。穆勒小姐瞪了一眼,要求大家保持安静。

“星星。”是波浪。芭芭拉在波浪下面打了钩。

“方块。”是方块,戴维心里赞同道。方块下面被打了钩。又是一阵交头接耳,但没有先前热烈。

维克多把整副牌过了一遍。穆勒小姐记下了他的得分:命中了四次,连瞎蒙的得分都不如。她又让他猜了一轮,这次命中了五个。行吧,维克多,可能你长得很性感,但你真的不是读心的料。穆勒小姐扫视着教室,下一个实验对象?千万不要是我,戴维在心里祈祷着,上帝啊,不要让她选中我。不是戴维,她点了谢尔顿·芬伯格。他第一次猜对了五张牌,第二次是六张。很努力,但得分平平无奇。下一个是爱丽丝·科恩,两次都只猜对了四张。穆勒小姐,你找的这些都是榆木脑袋。每一轮实验戴维都在底下默默地做着,每次都是二十五张牌全部命中,但这点只有他自己知道。

“下一个?”穆勒小姐问道。戴维尽量把自己缩在椅子里,下课铃怎么还不响?“诺曼·海姆利希。”诺曼慢吞吞地向她的桌子走去。她瞥了一眼第一张牌。戴维检视着她的大脑,发现了一个星星的图像。随后,戴维跃进诺曼的脑海,惊奇地发现诺曼的脑子里有一个图像一闪而过,先是一颗星星的各个顶点软化变成一个圆圈,之后又恢复成了星形。这是什么?难道讨厌鬼海姆利希也具备一丝读心的能力?“圆圈。”诺曼低声说道。但他命中了下一个——波浪,还有后面的一个——方块。他似乎确实在接收来自穆勒小姐头脑中的残余信号,虽然很模糊不清。肥仔海姆利希有一丝微弱的读心能力,但只能读到残影。戴维检阅着他和穆勒老师的脑袋,图像变得越来越模糊,到第十张牌时就完全消失了。疲劳分散了诺曼微弱的能力,不过他还是得了七分,是目前为止分数最高的一轮。快点打下课铃吧,戴维又开始在心里祈求了起来,打铃,打铃,快点打铃!离下课还有二十分钟。

上帝响应了戴维的祈祷,他能稍微放松一会儿了,因为此刻穆勒小姐正轻快地发着答题纸,决心要一次把全班都测一遍。她说道:"我会从一数到二十五。听到每个数字后,写下你认为你看到的符号。准备好了吗?一。"

戴维看到了一个圆圈。波浪,他在纸上写道。

星星。方块。

波浪。圆圈。

星星。波浪。

快要测完的时候,戴维突然意识到,他故意写错每一张牌可能是一个战术错误。他告诉自己,应该混进两三个正确答案作为掩饰,但已经太晚了,只剩下了四个数字,如果他前面的全写错,剩下这几个又全对的话,未免显得太可疑。于是,他决定将错就错下去。

这时,穆勒老师说道:"现在和同桌交换,我们对答案。准备好了吗？第一个:圆圈;第二个:星星;第三个:波浪;第四个……”

她紧张地让大家报出结果。有没有对十个以上的？没有,老师。九个呢？八个？七个？诺曼·海姆利希又一次对了七个,他看上去得意洋洋:我是读心大师海姆利希！一想到海姆利希哪怕拥有一丁点儿读心的能力,戴维就一阵泛恶心。有没有对六个的？四个学生答对了六个。五个呢？四个？穆勒老师认真地记下了全部结果。还有别的结果吗？西德尼·戈德布拉特发出一阵窃笑,“穆勒老师,零个算吗?”

她神情惊愕,“零个？哪个同学把二十五张牌都写错了?”

“戴维·塞利格!”

全班的目光都集中在了他身上。残忍的嘲笑像鞭子一样抽打着他,戴维真想一头钻进地缝里。戴维·塞利格把每一张牌都写错了,这就像说,戴维·塞利格尿裤子了,戴维·塞利格考试作弊了,戴维·塞利格进了女厕所。他本想隐藏自己的能力,却让自己变得更显眼了。穆勒老师脸上的表情仿佛目睹了神迹一般高深莫测,“同学们,零分也很重要,它可能意味着一个人拥有超强的超感能力,而不是你们认为的完全不具备这种能力。”哦,上帝啊,还超强的超感能力。她继续说道:“莱茵提出,可能存在一种‘前移’和‘后移’的现象。在这种情况下,一个异常强大的超感能量可能会集中作用于正确的牌之前的一张,也有可能是之后的一张，甚至要在两三张牌之后才开始发力。这样一来，尽管测试结果看上去低于平均值，但实际上他的命中率很高，只是瞄准了错误的目标！戴维，让我看看你的答案。”

“我并没有感知到什么，穆勒小姐，只是写下了我的瞎猜，而且碰巧都猜错了。”

“给我看看。”

他只好朝教室前方走去，把答题纸递给了穆勒小姐，心情像上绞刑架一样沉重。她把戴维的答题纸和正确答案放在一起，试着重新排序，想要找到一些相关性，或者某种位移。然而，他故意猜错的策略成功保护了他。前移一张牌他得了两分，后移一张牌他得了三分，结果完全不显著。尽管如此，穆勒小姐还是不肯罢休，“我还想再测一次，把各种实验都尝试一下，你这个零分太值得琢磨了。”说完，她又开始洗牌。

上帝，上帝啊，需要你的时候你跑哪去了？啊，铃响了！被下课铃救了一命！“你下课后能留下来吗？”她问道。他苦恼地摇了摇头，“下节课要上几何，穆勒小姐。”她妥协了，那就明天吧，我们明天再测。天哪！那天夜里，他害怕得睡不着觉，发着抖出了一身冷汗，在大约凌晨四点的时候还吐了一次。他希望妈妈能让他留在家里不去上学，然而没门；才七点半，他就已经坐上了校车。穆勒小姐会不会忘了测试这回事？真可惜，穆勒小姐并没有忘记。那些决定命运的卡牌就摆在她的桌子上，他发现自己无路可逃了，又一次成了全班注意力的焦点。好吧，戴戴，这次可得放聪明点。“准备好了吗？”她问道，翻开了第一张牌。他在她脑子里看到了一个加号。

“方块。”他说道。

他看到一个圆圈。“波浪线。”他说道。

又一个圆圈。“加号。”他说道。

一个星星。“圆圈。”他说道。

他看到了一个方块。“方块。”他说道，这次命中了。

他小心翼翼地记着数，答错四个，然后对一个；错三个，再对一个。他故意给出一堆错误答案，再随机插入几个正确的。他让自己在第一轮测试中对五个，第二轮对四个，第三轮六个，第四轮又答对四个。他心想，我是不是造假造得太均匀了？需不需要来一轮只对一个的？但穆勒小姐已经对他失去了兴趣。“戴维，虽然我还是不明白你怎么能得个零分，”她对他说道，“但在我看来，你确实没有任何超感能力。”他努力装出一副失望的样子，甚至还有点抱歉，对不起，老师，我没有超感能力。平庸的男孩谦虚地走回了自己的座位。

穆勒小姐，其实只需一次电光火石的接触，我就能向你揭示，那些你穷尽一生追寻的高深莫测、未知玄妙的事物都是真实存在的。但我没有胆量这么做,我必须把自己伪装起来,要时刻保持低调。穆勒小姐,你会原谅我吗?我没有告诉你真相,而是伪造了结果,让你无头苍蝇般绕着塔罗牌、星座、飞碟人打转,随后又转向研究一千种超现实的振动和一百万个预言末世的反物质星体,而我只消轻轻碰一下你的心灵,一次瞬间的触碰,就足以治愈你的疯狂。

第二十一章

这些日子是戴维激情燃烧的岁月，他在辗转反侧中写了很多日记。让我们以最快的速度回顾一遍，尽量把伤害降到最小。

星期二，大选日。几个月来，竞选活动产生的噪声充斥在人们耳畔，自由世界正在选举新一届最高领导人。宣传车隆隆驶过百老汇大街，喇叭里播放着各种口号。我们的下一任总统！美国之光！投票！投票！投票！投票！投票！投票！投票！投给X！投给Y！共和党人，民主党人，空洞的话语汇在一起，在空气中流动着，意义逐渐变得模糊。我为什么要投票？我不会去投票，才不要投票。我可没有接入，不属于这个电路的一部分，投票是他们的把戏。1968年的深秋，我站在卡内基音乐厅外，正准备穿过街道，去对面的平装书店。突然，57街的所有交通都暂停了，几十个警察像卡德摩斯种下的龙牙武士一般从人行道上冒了出来。从东边隆隆驶来一列车队，一辆深黑色的豪华轿车里坐着理查德·M.尼克松，美利坚合众国的总统，他正欢快地向聚集的民众挥手致意。我的大好机会终于来了，我当下心想，让我进他的脑子里看看，探究一番这个国家的伟大秘密，找出我们的领导人与众不同之处。我进入了他的大脑，至于在里面发现了什么，我是不会告诉你的，只能说或多或少在我的意料之内。从那天起，我就再也不关心政治或任何政客了。今天，我待在家里，绝不出去投票，就让他们在没有我的帮助下选出下一届总统吧。

星期三。我胡乱写着叶海亚·卢蒙巴的学期论文，已经写了一半。还剩其他几篇，但每一篇都只开了个头，毫无进展。朱迪丝打来电话，“有一个聚会，”她说道，“你被邀请了，所有人都会去。”

“一个聚会？谁举办的？在哪儿？为什么？什么时候？”

“周六晚，在哥大附近，举办人是克劳德·盖尔芒特。你认识他吗？他教法国文学。”其实他不叫盖尔芒特，但为了保护当事人，我给他用了化名。“他是新来的几位很有魅力的教授之一，年轻，英俊，活力四射，是西蒙·德·波伏娃和热内的朋友。卡尔和我都会去，还有其他很多人。他的聚会总是邀请最有趣的人参加。”

“热内？西蒙·德·波伏娃？他们也会去吗？”

“他们不去，傻瓜，但你绝对不虚此行，克劳德是我认识的人里最擅长举办聚会的，受邀的都是人才。”

“他听上去像个吸血鬼。”

“他很慷慨，戴戴，他特别要求我邀请你。”

“他是怎么知道我的？”

“通过我，”她说道，“我提起过你，他很想见见你。”

“我不喜欢聚会。”

“戴戴——”

我很熟悉这个警告的口气，这会儿也没有吵架的心情了。“好吧，”我叹了口气，说道，“周六晚上，把地址给我。”我为什么要表现得这么顺从？为什么要让朱迪丝操纵我？难道我要用一次又一次的妥协来建立对她的爱吗？

周四上午，写了两段叶海亚·卢蒙巴的论文，很担心他读完后的反应。他可能会很反感。如果我能写完的话。必须写完。我还从未逾期过。我压根儿不敢。下午，去了230号大街的书店，像往常一样，我需要呼吸新鲜空气，顺便看看有没有什么新书。三天前我刚刚来过，强迫症般购入了几本纸质书——一本形而上学的小众诗选，厄普代克的《兔子归来》，还有一本列维·斯特劳斯写的大部头，是关于某个亚马孙部落的人类学研究，我知道自己大概永远不会翻开。收银台站着一位新店员，是一个二十岁左右的女孩，面色苍白，金发碧眼。她穿着丝质的白色上衣，短格裙，笑容冷淡，美得很空洞。无论是性还是别的方面,我都对她没兴趣。我正这么想着,又责备自己就这样轻易把她抛开了——说好的尽情探索人性呢。趁着付钱的工夫,我一时兴起进入了她的大脑,这样我就不会仅凭外表来判断她了。我很容易就钻了进去,穿过一层又一层的生活琐事,径直向她的内核游去,一路畅通无阻。啊!一阵炽热的交流,是灵魂与灵魂互放的光芒!她内心的烈焰汩汩流出,她成了一个完整的人,以绝美之姿向我走来,令我目眩神迷。这种经历对我来说很罕见,她不再是呆板苍白的橱窗模特,我看到了她的全部,她的梦想,她的幻想,她的野心,她的爱恋,她的欢欣(昨晚的喘息和事后的羞耻),这是一个完整的、汹涌壮阔的人类灵魂。过去的六个月里,我有过一次这种全面接触的经历,是那次在洛式图书馆的台阶上和叶海亚·卢蒙巴的对峙。回忆起那段灼热、麻木的体验,我感到体内的某些东西被触发了,同样的事情再次发生了,一块黑色帷幕落下,思维联结突然被切断了。寂静,可怖的寂静,涌进了我的大脑。我站在那里,张口结舌,目瞪口呆,孤独和恐惧又一次袭来,忍不住浑身颤抖,丢掉了零钱。她担心地看着我,嗓音甜美,“先生?先生?”

周五,醒来后疼痛难忍,还发起了高烧,一定是感应后遗症又发作了。怨怼的心灵无情地鞭打着虚弱的身体。寒战之后是虚汗,接着又是一阵寒战。胃里空空,还是忍不住呕吐了一阵。我感到空虚，脑袋里塞满了稻草，唉，今天不能工作了。我潦草地写了几句卢蒙巴的论文，把纸扔到一边。病得像条狗，好吧，不管怎么说，有借口逃掉那个愚蠢的聚会了。我翻了翻新买的诗集，特拉赫恩、克拉肖、威廉·卡特赖特，这些诗人可不能算小众。打个比方，特拉赫恩的这首：

纯粹的天然神力
被腐化所厌恶
如同最精致的玻璃
和抛光后一尘不染的黄铜
他们身着带有圣迹的服饰
神圣的印迹
迅速进入我的灵魂
令它燃烧了起来
不是神迹，而是圣光
构成了天堂，使眼前所见更清晰
那极乐
除了纯洁的人
无人目睹

读完我又吐了一次，倒不是觉得这首诗写得烂。过了一阵，感觉好多了，我应该给朱迪丝打电话，让她做些鸡汤。哦，吾蒙苦难。

周六，无须鸡汤的帮助，我康复了，还是决定参加聚会。吾蒙苦难。勿忘，勿忘，十一月六日。戴维为什么任由朱迪丝把他从窝里拖出来？乘坐漫长的地铁到市中心，一群醉酒的黑人给这次普通的曼哈顿之行增添了一些特殊的刺激。终于到了熟悉的哥伦比亚站，我还需要步行穿过几个街区。寒风凛冽，我穿得不多，边走边瑟瑟发抖，来到了河滨路和112街的一座很大的旧公寓前，据说这就是克劳德·盖尔芒特的居所。我站在外面犹豫不决，一阵冰冷的寒风穿过哈德逊河，恶狠狠地向我袭来，风里夹杂着从新泽西卷来的残渣，枯叶在公园里打着旋儿。公寓内部，一个红褐色肤色的门卫狐疑地看着我。“盖尔芒特教授住在这儿吗？”我问道。他伸出一只大拇指，“七楼，7-G。”说完挥手让我进了电梯。已经快十点了，我迟到了。疲惫不堪的电梯发出吱吱嘎嘎的响声，电梯门打开，走廊上的丝网海报提示我，这就是通往盖尔芒特老巢的路径。无须借助海报，左侧传来的高分贝的喧哗也告诉了我此处有活动。我按了一下门铃，等了片刻，什么都没发生。再按一次，屋里太大声了，他们听不到我。哦，要是我不但能接收思想，还能传递思想就好了！那样，我就能制造一次惊天动地的入场秀。加大力气又按了一次门铃，啊！门开了！面前是一位矮小的黑发女孩，大概是本科生，身着一件橙色的纱丽，露出了小小的右胸。她高兴地咧嘴笑道：“请进，请进，快请进！”

屋内的场景如同一场暴动。来了差不多一百人，每个人都穿着七十年代的浮夸服装。他们八到十人一组，扯着嗓子冲对方吼着深刻的道理。手里没拿高脚杯的人正忙着传递大麻，嘶嘶的吸气声，好多声咳嗽伴随着激动的呼气声。我还没来得及脱下外套，就有人把一个精致的象牙烟斗塞进了我的嘴里。“超级大麻脂，”他解释道，“刚从大马士革运来。来吧，哥们，试试！”我胡乱地吸着烟，效果立竿见影，忍不住眨了眨眼睛。“没错！”我的恩人高喊道，“它能蒙蔽人的思想，对不对？”置身于这群狂徒中，我的头脑已经模糊不清了，但并不是大麻的作用，而是由于思维输入过载。今晚，我的能力似乎在高强度运作，却无法分辨这些思维的主人，我只好被迫接受了大量叠加在一起的思维输入，几欲在这盆浑浊混乱的浓汤里溺毙。烟斗和路人消失了，我跌跌撞撞地走进了一个杂乱无章的房间，一排排书柜从地板延伸到天花板。在那里，我找到了朱迪丝，她也刚巧看到了我。各种情绪从她身上倾泻而出，起初非常具象，但没过一会儿就变成了模糊的一团：哥哥、痛苦、爱、恐惧、共同的回忆、宽恕、遗忘、仇恨、敌意、嗡嗡嗡、滋滋滋、兄弟、爱、憎恨、滋滋滋。

“戴戴！”她大声喊着，“我在这儿，戴戴！”

朱迪丝今晚打扮得很性感，修长轻盈的身体包裹在一条紧身紫色绸缎裙里，领口开到喉咙，勾勒出胸部的线条、乳头的隆起以及臀部的缝隙。她戴着一块闪闪发光、雕刻精致的金边玉石;头发披散着,在空中优雅地摆动,我为她的美丽感到骄傲。她身边有两个长相出众的男人。一位是卡尔·F.西尔维斯特里博士,《体温调节的生理研究》的作者。他本人同我几个星期前在朱迪丝的公寓里从她脑海中获取的形象基本吻合,但是比我想象得要老一些,至少五十五岁,也许快六十岁了;他也比我想象中要高——接近六英尺五英寸。我试图在脑海里描绘他巨大魁梧的身体压在朱迪丝纤细的身体上的场景,但我做不到。他脸颊丰满,脸上带着些自鸣得意的神情,有一双温柔聪明的眼睛。他对她有一种保护欲,甚至是一种父辈的慈祥。我明白朱迪丝为什么会被他吸引:他代表着一个强大的父亲形象,而在她眼里,可怜的保罗·塞利格永远也不可能成为父亲。朱迪丝身边还站着一个男人,我猜测他就是克劳德·盖尔芒特教授。我快速探查了他的大脑,证实了这个猜测。他的思想像流动的水银一般,大脑像一个闪着微光的水池。他同时用三到四种语言思考,思维能量过于汹涌,让我刚一接触就招架不住了。他大约四十岁,身高不到六英尺,肌肉发达,体格健壮,优雅的沙色头发梳成了巴洛克式的大波浪,短小的山羊胡修剪得无可挑剔。他的衣着太新潮了,我对时尚知之甚少,不知道该用什么词汇来描述这种风格:一件用金绿色的粗布(亚麻还是薄纱?)制成的斗篷,一条猩红的腰带,飘逸的缎子长裤,翻起的中世纪尖头靴子。

他花花公子式的外表和举止表明他可能是同性恋,但他辐射出一种强大的异性恋光环。而且,从朱迪丝的态度和望向他的深情目光,我逐渐意识到他们一定谈过恋爱,也许现在依旧藕断丝连。我对深入探究这个问题有所顾忌,毕竟在我和朱迪丝之间,我对朱迪丝隐私的侵犯是不能触碰的禁忌。

“这是我哥哥戴维。”朱迪丝说道。

西尔维斯特里笑了,“我听说过很多关于你的事情,塞利格先生。”

“是吗?”(“我有个疯疯癫癫的哥哥,他真的能读心。卡尔,你敢相信吗?你的想法在他那里就像电台广播一样清晰。”)朱迪丝究竟透露了多少关于我的信息?我得去他脑子里检阅一番。“叫我戴维就行,您是西尔维斯特里博士?”

“没错,我更喜欢别人叫我卡尔。”

“朱迪跟我讲过很多你的事。”我回答道,没有继续深入他的大脑。该死,我那不断减弱的天赋只反馈给我一些噼啪作响的静电和缥缈的思想碎片。我无法穿透他的思想,脑袋开始一跳一跳地疼了起来,“她给我看了你的两本著作,真希望我能看懂。”

高傲的西尔维斯特里高兴地笑了。正聊着,朱迪丝向我介绍了盖尔芒特,他喃喃地说着欢迎的话,我还以为他要对我行贴面礼或吻手礼。他的嗓音柔和,有轻微的口音,但不像法国口音,可能是几种口音的混合。也许是法语和意大利语，或者是法语和西班牙语。我现在还能进入他的大脑。不知何故，他的思想比西尔维斯特里的更跳跃，但仍然在我的窥探范围内。我们正随意聊着天气和选举，我趁机溜进去看了看，天哪！这家伙简直是卡萨诺瓦再世！他和所有长了腿的东西都睡过，男性、女性、中性，当然也包括朱迪丝。一个被仔细归档的浅层记忆告诉我，他上一次进入她就是在五个小时前的这间房间里。他对她从未与他同时高潮这件事感到不安，认为这是自己完美技巧的一次失败。此时此刻，盖尔芒特教授正礼貌地猜测今晚结束前和我上床的概率有多大。没门儿，教授，我才不会为你的"塞利格藏品"再添一员呢。他友好地问起了我的学位，"只有一个，"我说道，"1956 年拿到了学士学位。我想过读英国文学的研究生，但一直没能如愿。"他教兰波、魏尔伦、马拉梅、波德莱尔、洛特雷阿蒙，全是些病态的人，他却和他们有精神共鸣；他的课堂上满是崇拜他的巴纳德学院女生，她们很乐意为他打开大腿。不过，他也有像兰波的一面，他并不排斥与哥大的壮年男子调情。

他和我聊着天，边伸手深情地抚摸着朱迪丝的肩胛骨，但并不逾矩。西尔维斯特里博士似乎没有注意到他的动作，或者他压根儿不介意。"你妹妹，"盖尔芒特喃喃道，"是一个神迹，独一无二、耀眼迷人。塞利格阁下，她绝对是一个尤物。"这是一句有点下流的赞美。我又一次钻进了他的脑子里，发现他正在写一本小说，一个年轻妖艳的离婚女士和一个法国知识分子的故事，还盘算着从这本书中赚取数百万美元。此人令我着迷：虚伪得明目张胆，还精于操控他人。尽管他的企图能被一眼看穿，也常以失败告终，但却如此有吸引力。他说他这里有鸡尾酒、威士忌调酒、利口酒、白兰地、大麻、大麻脂、可卡因，任何我渴求的东西他都能提供。我有种要被他的思维淹没的感觉，急忙从他的脑子里溜了出来，走开给自己倒了一点朗姆酒，这才松了口气。

酒柜旁边，一个女孩走过来和我搭讪。她是盖尔芒特的学生，不到二十岁，毛糙的黑发打着卷，宽鼻梁，一双眼睛炯炯有神，嘴唇饱满。她不算漂亮，却有某种吸引力。显然，我身上也有吸引她的地方，因为她笑着对我说："愿意跟我回家吗？"

"我才刚到。"

"晚一点的时候，不着急。你看上去是个好床伴。"

"你对每一个刚认识的人都这么说吗？"

"我们甚至还不认识呢，"她对我指出，"不，我不是对每个人都这么说。不过，我确实对很多人都说过这话。怎么？现在女孩也可以采取主动了，何况今年还是闰年。你是诗人吗？"

"不是。"

"你看起来像。我敢说你很敏感，还总是受苦。"我最熟悉的那个天真烂漫的幻想正浮现在我眼前。她的眼眶微微泛红，她喝醉了，一股刺鼻的汗味从她的黑毛衣中传出来。她的腿有点短，臀部太宽，胸部又太重。她可能有性病，她是在给我下套吗？我敢说你很敏感，还总是受苦，你是诗人吗？我试图探索她的大脑，但一无所获，疲劳使我的头脑一片空白，而且房间内狂欢的人群淹没了单个的思想输出。

“你叫什么名字？”她问道。

“戴维·塞利格。”

“丽莎·霍斯坦，在巴纳德读大四——”

“霍斯坦？”这个姓氏勾起了我的记忆，凯蒂，凯蒂，凯蒂！“你是这么说的吗？霍斯坦？”

“霍斯坦，是的，别和我开那些荷斯坦奶牛的玩笑。”

“你有没有一个姐姐叫凯蒂？全名应该是凯瑟琳，凯蒂·霍斯坦，大约35岁。姐姐，也许是你的表姐——”

“没有，从来没听说过她。是你认识的人？”

“曾经认识，”我说道，“凯蒂·霍斯坦。”我端起酒杯，转身走开了。

“嘿，”她在我身后叫道，“你以为我在开玩笑吗？你今晚到底想不想跟我回家？”

一个黑色的巨人出现在我面前，像一团巨大的非洲雨云。可怖的丛林面孔。衣服色彩鲜艳。他在这里？哦，上帝，此刻我最想见到的人可不就是他吗？我内疚地想到了那篇未完成的论文，它像一个驼背的怪物，此刻正静静地躺在我的桌子上。他在这里做什么？克劳德·盖尔芒特是如何把叶海亚·卢蒙巴吸纳到他的圈子里的？也许他只是今晚聚会的吉祥物，或者是来自高级体育界的代表人物，被召唤到这里，以凸显聚会主人兼容并蓄的社交圈。卢蒙巴冷冷地俯视着我，目光炯炯，如同一个漆黑的宙斯。一位美丽的黑人女士挽着他的手臂，一位女神，一个身高超过六英尺的泰坦，皮肤如同抛光的玛瑙，眼睛像灯塔一般明亮。一对璧人，他们的美让所有人黯然失色。卢蒙巴最后开口说道："我认识你，哥们儿，我在某个地方见过你。"

"塞利格，戴维·塞利格。"

"有点耳熟，我们之前在哪儿见过面？"

"埃斯库罗斯、索福克勒斯和欧里庇得斯。"

"你他妈在说什么？"他先是面露困惑，停顿思考了一下，继而咧嘴一笑，"哦，对，想起来了，宝贝，那篇该死的学期论文。你进展如何了，哥们儿？"

"正在进行中。"

"星期三能写完吗？就是交作业的那天。"

"我会的，卢蒙巴先生。"俺努把力。

"你可一定得写完，老哥，我就指望你了。"

“——汤姆·尼奎斯特——”

一个名字从闲聊的白噪声中一下跳脱了出来。一瞬间，它就像一片枯叶，被十月懒懒的微风吹起，在烟雾缭绕的空气里上下翻飞。刚才是谁说的“汤姆·尼奎斯特”？是谁在说他的名字？是一个好听的男中音，离我不超过十几英尺。我四下寻觅着这个声音的主人，周围都是男人，是你吗？是你？还是你呢？无从得知。对了，还有一个办法，语言被大声说出来时，会在说话者的脑海中回荡一阵（也会在听众的脑海中回响，但音调不同）。我唤醒了正在流逝的能力，努力把思想探针刺入附近的意识里，寻找着这个回声。我进入的头骨都无比坚硬，我只好用力把软绵绵的探针插入它们仅有的缝隙中。我还是成功地进入了那些头骨，寻找着那个回响。汤姆·尼奎斯特？汤姆·尼奎斯特？刚才是谁说了他的名字？是你吗？是你吗？啊，找到了，在这里。回声快要消失了，只是从洞穴的深处发出了空洞的响声。说话的是一个高大健壮的男人，留着滑稽的金黄色胡须。

“不好意思，”我说道，“我无意中听到您提到了我一个老友的名字——”

“哦？”

“忍不住想过来问问您关于他的事。汤姆·尼奎斯特，我们曾经非常亲密。如果您知道他现在在哪里，在做什么——”

“汤姆·尼奎斯特?”

“是的,我确信我听到了您说这个名字。”

一个茫然的微笑。“您恐怕搞错了,我不认识叫这个名字的人。吉姆?弗雷德?过来帮个忙!”

“但我肯定我听到了——”回声,山洞里的嘣姆。是不是我搞错了?我试图进入他的大脑,在他的思想系统中搜寻任何关于尼奎斯特的消息,但眼下能力根本不起作用。他们正在认真讨论:尼奎斯特?尼奎斯特?有人提到过尼奎斯特吗?有谁认识一个叫尼奎斯特的人吗?

他们中的一个人突然喊道:“约翰·莱布尼茨!”

“没错,”那个健壮的人高兴地说道,“也许你听到的是这个名字,我刚才还在谈论约翰·莱布尼茨,是一个共同的朋友。周围太吵了,可能你听成了尼奎斯特。”

莱布尼茨,尼奎斯特,莱布尼茨,尼奎斯特,嘣姆,嘣姆。“很有可能,”我表示赞同,“肯定是这样,我真傻。”约翰·莱布尼茨。“打扰你们了,不好意思。”

盖尔芒特在我身边急切地说道:“你真的应该来旁听我上课。本周三下午,我有一节讲兰波和魏尔伦的课,是关于他们的六个系列专题中的第一个,你一定要来听听。周三你会来学校,对吗?”

周三是我必须把那篇希腊悲剧家论文交给叶海亚·卢蒙巴的日子。没错,我确实会去学校,但盖尔芒特是怎么知道的?他是不是通过某种方式进入了我的大脑?如果他也有读心的天赋呢?在他眼中,我一览无余;他洞悉一切,知道我那些可怜的小秘密,了解我的能力每天都在流逝,而他就站在那里,对我颐指气使。我在走向衰败,他却如同当年的我一样敏锐清醒。一个更偏执的念头在我的脑海中一闪而过:他不仅拥有同样的能力,更有甚者,他也许是某种读心水蛭,吸食着我的能力,让能量从我的大脑流入他的大脑。也许从1974年开始,他就一直在偷偷摸摸窥探我。

我甩开这些愚蠢的念头,“周三我应该会在附近,好吧,也许我会顺便去听听。”

我才不会去听克劳德·盖尔芒特讲什么兰波和魏尔伦呢。我不留情面地想着。如果他真的具备读心的能力,就自己接收这个想法吧!我可不在乎他高不高兴。

“如果你能来,我会很高兴的。”他对我说道。他靠我特别近,他那雌雄同体的欧洲式圆滑让他可以随意打破美国男性之间保持适当距离的习惯。我闻到了生发剂、剃须水、除臭剂和香水的味道,稍微松了一口气,看来并非我的所有感官都在日渐消退。“你妹妹,”他喃喃道,“了不起的女人!我是多么爱她啊!她经常提起你。”

“是吗?”

“她的语气里有很深的爱意,也有同样深重的内疚,看来你和她已经疏远很多年了。”

“那都是过去的事了,我们现在终于握手言和了。”

“真是个好消息,”说完,他用眼神示意了一下,“那个医生对她没好处,年纪太大,太古板。一旦年过五旬,大多数男人都不再成长,不出六个月她就会对他心生厌倦。”

“也许无趣的生活正是她需要的,”我回答道,“她已经体验了过山车般的生活,那并没有带给她快乐。”

“没有人需要无趣的生活。”盖尔芒特说道,眨了眨眼睛。

“卡尔和我想让你下周来吃饭,戴戴,我们三个有很多事情需要谈。”

“再说吧,朱迪,我还不确定下周的安排,到时候会给你打电话的。”

丽莎·霍斯坦,约翰·莱布尼茨,我需要再喝一杯。

周日,宿醉一场,大麻脂、朗姆酒、葡萄酒、大麻,鬼知道还有什么。凌晨两点左右的时候,还有人在我鼻子底下吸亚硝酸戊酯。那个该死的破聚会,我就不应该去。我的头,我的头,我的头痛死了。打字机在哪儿?我得干点活儿,那就开始吧:

因此，我们看到这三位悲剧家处理同一个故事的方法存在着差异。埃斯库罗斯重点关注犯罪的神学含义和神谕的不可违抗。奥瑞斯忒斯在阿波罗的命令和弑母的恐惧之间徘徊，因而发了疯。欧里庇得斯则专注于人物的塑造，并采取了一种不太寓言化的方式——

太糟糕了，留着以后再写吧。

我的大脑一片寂静，黑色的空寂在脑海中回荡。今天完全没有接收到任何信息，什么都没有。我想它大概已经完全消失了，连西班牙邻居的纷乱想法都收不到了。十一月是最残酷的月份，死人的头脑中长出洋葱。我正活在艾略特的诗句里，正在变成纸上的文字。我该坐在这里自怨自艾吗？不，不，不，不，我将反击，进行一些精神练习来恢复能力。跪下来，塞利格，低头，集中精力，把自己想成一根思想的细针，一束细细的心灵激光，从这个房间一直延伸到参宿四，明白了吗？很好。这束锐利的心灵激光正刺向宇宙，抓住它，牢牢攥住它，不许让它发散开来。很好，现在向上走，我们正在攀登雅各的天梯，这将是一次灵魂出窍的体验，戴戴。上升，上升！飘起来！穿过天花板，穿过屋顶，穿过大气层，穿过电离层，穿过平流层，穿过随便什么层，上升，进入广袤的星际。

啊，黑暗，黑暗，感官被冻结，行动被制约。不，不要这么想！这次旅行只允许积极的想法。翱翔吧！翱翔吧！看到参宿四的小绿人了吗，去接触他们的思想吧，塞利格，接触，制造……联结。翱翔吧，你这个懒惰的犹太混蛋！你为什么不翱翔？飞吧！

怎么样？

什么也没发生，无声无息，一片空白，归零。

跌跌撞撞地回到地球，跌入无声的葬礼。好吧，放弃吧，如果你想要放弃的话。好的，休息一会儿。休息吧，然后祈祷，塞利格，祈祷吧。

周一，宿醉消失了，大脑重新开始运作。在一阵灵感狂潮中，我重写了《埃斯库罗斯、索福克勒斯和欧里庇得斯作品中的"恋父情结"》，让主题更加明晰，同时加入了那种黑人讲话时吊儿郎当的口吻，我认为一切都恰到好处。敲出最后几个字时，电话铃响了，响得很是时候，我现在正处在想聊天的兴头上。是谁打来的？朱迪丝？不，是丽莎·霍斯坦，"你答应聚会结束后送我回家的，"她哀怨地指责道，"就这样溜了？"

"你是怎么弄到我的电话号码的？"

"克劳德给的，就是盖尔芒特教授。"那个爱耍滑头的坏蛋，他什么都知道。"听着，你现在在做什么？"

"正打算洗个澡，我整个上午都在工作，浑身臭得像只山羊。"

"你是做什么工作的？"

"我为哥大的学生代写学期论文。"

她沉吟了一会儿,“你可真是个怪人。说真的,你是做什么的?”

“刚刚告诉你了。”

一阵漫长的沉默,她消化着这个信息,然后开口说道:“好吧,我懂了,你是个论文枪手。听着,戴夫,去洗澡吧。从110街和百老汇到你住的地儿,坐地铁要多久?”

“如果不用等车的话,差不多四十分钟。”

“很好,一小时后见。”电话挂断了。

我耸耸肩,这个女人真疯狂。她叫我戴夫,还从来没人这么叫过我。我脱了衣服,悠闲地洗了个热水澡。洗完后,在难得的放松中,戴夫·塞利格重读了一遍今早的劳动成果,并为自己感到高兴,希望卢蒙巴也这么想。之后,我拿起厄普代克的书,刚读到第四页,电话又响了,是丽莎。

她在225街的地铁站台,想知道怎么去我的公寓。原来她不是在开玩笑啊,她为什么要这么执着地追求我呢?没关系,我可以配合她的游戏。我告诉她路线,十分钟后,有人敲门。丽莎穿着厚厚的黑毛衣,还是周六晚上那件,下身穿一条蓝色紧身牛仔裤。她露出了一个和性格不符的羞涩笑容,有点奇怪。“嗨,”她边说边脱下外套,“第一次见到你时,直觉就告诉我,这家伙身上有些特别的东西,和他做吧。如果说我有什么人生经验,那就是必须相信直觉。我喜欢顺其自然,戴夫,顺其自然。”她已经脱掉了毛衣,露出了又重又圆的乳房,乳头很小,几乎察觉不到,双峰间依偎着一颗大卫星。她在房间里转悠,翻看我的书、唱片和照片。“那么,跟我说说,”她开口道,“既然我人都在这儿了,告诉我,我先前的直觉准不准?你有什么特别之处吗?”

“一度有过。”

“这话什么意思?”

“你得自己去寻找答案。”我说道,汇聚力量把思想撞向她的大脑,这是一次残酷的正面入侵,一场真正的头脑风暴。当然了,她没有任何感觉。我继续说道:“我曾经有一个很特殊的能力,现在它已经基本消失了。不过有些时候它仍会起作用,其实眼下我正在你的身上试验它的效果。”

“很深奥。”她说道,慢慢脱下了牛仔裤。她没穿内裤,大腿很粗,小腹突出,不到三十岁就会发胖。我一边审视着她的躯体,一边野蛮地洗劫了她的思想,不放过任何隐私区域,享受着能力还在起作用的时刻。我不需要对她彬彬有礼,我又不欠她什么,是她自己送上门来的。我首先要调查的就是她说从未听说过凯蒂是否是在撒谎。原来凯蒂和她确实没有亲属关系,只是一个毫无意义的姓氏巧合。“我确信你是个诗人,戴夫。”我们交缠在一起,倒在乱糟糟的床上。她说道:“那也是一种直觉,即使你现在是论文枪手,但诗歌才是你真正的兴趣所在,对吗?”我的手在她的胸和小腹摸索着,闻到她的皮肤传来了一些味道。我敢打赌,她已经三四天没有洗过澡了,不过没关系。她扭动着身体,我继续像野蛮人洗劫罗马广场一样掠夺着她的思想。她的过往对我完全敞开,我为能力突如其来的复原感到高兴。她的生平自动拼凑了出来:剑桥出生,今年二十岁。父亲是教授,母亲也是,有一个弟弟。假小子一般度过的童年,麻疹、水痘、猩红热。十一岁进入青春期,十二岁失去童贞,十六岁堕胎,有过几次同性恋体验,对法国颓废派诗人有浓厚的兴趣。迷幻药,盖尔芒特给的。他还和她上过五六次床,她这方面的记忆很生动。她的大脑向我展示了很多我并不想知道的关于盖尔芒特的事情。丽莎内心树立的自我形象很强硬、积极,她是自己灵魂的船长,自我命运的主人。当然,这些都是表象,隐藏在表层下的却恰恰相反,她其实害怕得要命。丽莎这孩子不坏,我对自己随意翻阅她的脑袋、无视她的隐私感到有些内疚,但我有需求。我继续在她身上游走,她顺势俯下身子,我几乎不记得上一次如此享乐是什么时候了,最近过得实在太糟糕。她在这方面是专家,我想回报她,但放不下身段;有时我很难取悦,而她也不是轻易就能乐在其中的类型,把那些技巧留给盖尔芒特那类人吧。我躺在那里,挑逗着她的大脑,同时享用着她的唇齿献上的礼物,觉得自己活力且自信。既然可以从脑袋和身体中同时得趣,何乐而不为呢？最后，我从她的唇间退出来，但继续留在了她的脑袋里，分开她的大腿。*种马塞利格，风流塞利格。*“哦，”她的膝盖蜷缩了起来，“哦哦哦。”我们开始扮演一头长着两个脊背的野兽，我暗中啜饮着她的情动，获取了双倍的快感，每一次进入带给我的都是呈指数增长的欢愉。

但后来发生了一件奇怪的事情。尽管她还远没有临近高潮，因为那一定会扰乱我们之间的精神接触，但她脑海中的广播却已经开始变得不稳定了，噪声在渐渐扩大。突然，画面在一阵阵静电声中消失了，只传来一些模糊又杂乱无章的声音；我拼命维持着对她意识的掌控，但徒劳无功，她的意识溜走了，一刻不停地从我的脑海中飞逝，直到交流完全消失。就在她的思维消失的那一刻，我的阴茎突然变软了，从她的体内滑了出来。她被这一幕吓了一跳：“你怎么软了？”我无法启齿，隐约记起几周前朱迪丝问我是不是把能力的丧失看作某种阳痿的隐喻。有时我是这么想的，我告诉她。而此时此刻，隐喻第一次与现实合二为一。这种失败是一体两面的，他在上面不行，下面也不行，可怜的戴维。“我大概是分心了。”我对她说道。

好吧，她确实很有技巧，接下来的半个小时里，她在我身上做了很多尝试，但没有一样能让我兴奋起来，其实正是她这种不达目的不罢休的劲头才让我倒胃口。“我不明白，”她说道，“你刚才状态挺好的，是不是我哪里让你失望了？”我向她保证，你表现很好，宝贝，这样的事情时不时就会发生，没有人知道为什么。我继续对她说：“先休息一下，也许过一会儿我就缓过来了。”我们肩并肩躺着，我轻轻抚摸她的肌肤，试着进入她的大脑。没有任何心灵上的悸动，只有坟墓般的寂静。这就是终结了吗？就在此时此地？而我现在变得和你们所有人一样，以后只有语言这一种交流方式了。“我有个主意，”她开口说道，“我们一起洗个澡吧，也许有用。”我没有反对，可能会起作用，而且洗完后她会更好闻。我们朝浴室走去，湍急的凉水拍在身上，成功了，她用沾满肥皂的手使我恢复了活力。

我们跳上床，我俯下身抱住她。喘息，喘息，呻吟，呻吟，我却丝毫没有接收到任何来自思想的信息。突然间，她轻微痉挛了一下，我紧随其后，结束了。我们依偎在一起，在余晖的掩映下相拥而眠。我再次试着进入她的大脑。零，什么也没有。它消失了吗？我想这次它是真的消失了。年轻的女士，你今天见证了一个历史性事件，一种非凡的超感能力消亡了，徒留我这具凡躯，真可惜呀。

“我想读一读你写的诗，戴夫。”她说道。

周一晚上，大约七点半，丽莎终于离开了，我去附近的一家比萨店吃饭。我现在心如止水，这件事造成的影响还没有完全显现。多么奇怪啊,我竟然就这么平静地接受了。不过我也清楚,在某个时刻,后续影响一定会冲向我,把我压垮,将我击碎;我会哭泣、尖叫,会用头撞墙,但现在的我却出奇冷静。我有一种遗世独立的怪异感觉,就像已经超越了自己。此外,我还感到一阵如释重负的解脱:悬念已经落幕,旅程到了尽头,消亡已经完成,我存活了下来。当然,我并不指望这种解脱的情绪能持续下去。我失去的是生命中最重要的东西,不久之后汹涌的痛苦、悲伤和绝望必定会到来,现在的我不如静静等待。

但我的悲痛似乎要向后推迟了,我以为已经结束的事情却远远没有结束。我迈入比萨店,店员露出了典型的纽约式平淡冷漠的笑容,我却从他那张油腻的脸后方得到了这么一条信息:嘿,这不是那个总要加一份凤尾鱼的基佬吗?

我清楚地读懂了他。能力还没有死!还没有完全消失!原来它只是休息了一阵子,只是暂时藏起来了。

周二,深秋的天气冷极了,空气中的每一滴水分都像被榨干了一样,阳光像刀子般刺骨。又完成了两篇学期论文,准备明天交付,还读了厄普代克。午饭后,朱迪丝打了电话过来,照常邀请我去吃晚餐,我也照常胡乱应付着。

“你觉得卡尔怎么样?”她问道。

“很有内涵。”

“他想娶我。”

“然后呢?”

“进展太快了,我并不真正了解他,戴戴。我喜欢他,非常佩服他,但我不知道是不是爱他。”

“那就先别急着和他结婚。”我说道,她总是像演言情剧一样犹豫不决,让我腻味。我搞不懂,任何一个有点理智的人怎么会选择结婚呢。为什么要给爱情制订契约?为什么要让律师来处理你的资产?婚姻是为心智不成熟、没有安全感和无知的人准备的,我们这些看透了这个制度的人应该满足于没有法律约束的同居生活,对不对,托妮?我继续说道:“还有一点,如果你嫁给卡尔,他可能会要你放弃盖尔芒特,我不认为卡尔会接受你和他的关系。”

“你知道我和克劳德的事?”

“当然。”

“你总是无所不知。”

“这很明显,朱迪。”

“我还以为你的能力在减弱呢。”

“没错,速度还越来越快呢。不过,傻子都能看得出来你俩关系不一般。”

“好吧,你觉得他怎么样?”

“他是死亡,是杀手。”

“你误判他了,戴戴。”

“我当时在他的脑子里,我看到了他的本质,朱迪。他没有人情味,人类对他来说不过是玩物。”

“你自己听听你现在的语气,戴戴,听听你满满的敌意,公然的嫉妒——”

“嫉妒?难道我有乱伦情结吗?”

“你总是这样,”她说,“但是过去的就让它过去吧,我满以为你会很高兴认识克劳德呢。”

“我确实很高兴能认识他。他很有魅力,不过我觉得眼镜蛇也很有魅力。”

“去你的,戴戴。”

“你想让我假装喜欢他?”

“可别让我欠你人情。”熟悉的冷漠。

“卡尔觉得盖尔芒特怎么样?”

她沉默了一阵,最后开口说道:“不怎么样。你知道的,卡尔非常传统,和你差不多。”

“和我差不多?”

“你可真正直啊,戴戴!像个清教徒!自打我出生以来,你就一直在对我进行道德说教。还记得我初夜那次,你就站在那里,对我指指点点——”

“为什么卡尔不喜欢他?”

“不知道,他觉得克劳德很阴险,会利用人。”她的语气突然变得平淡沉闷了起来,“也许他只是吃醋了,他知道我还在和克劳德上床。哦,上帝啊,戴戴,我们为什么又要吵架?为什么不能心平气和地聊聊天?”

“想吵架的人可不是我,我没提高嗓门。”

“你在挑衅,这是你一贯的做法。你先窥探我的想法,然后挑衅我,羞辱我。”

“老习惯很难改变,朱迪。不过,我真的没有生你的气。”

“你听起来很自以为是!”

“我没有生气,是你生气了。当你发现我和卡尔对你的‘朋友’克劳德的看法一致,你就气急败坏了。人们听到他们不想听的真相时,总是会生气。朱迪,做你想做的事吧,如果盖尔芒特适合你,那就选他吧。”

“我不知道,我什么都不确定。”一个意外的让步,“也许我和他的关系确实有问题。”她坚定的自信突然消失了,朱迪丝这点很有意思,每两分钟就会改变一次想法。她的语气软了下来,带着点儿不确定。没多久,她就会从自己的麻烦中走出来,把关心转移到我身上,“你下周来吃饭吗?我们非常想和你一起。”

“我尽量吧。”

“我很担心你，戴戴。”不出我所料，又开始了，“周六晚上你看起来很紧张。”

“这段日子是有点儿难，但我能对付。”我不想谈论自己，也不需要她的同情，因为一旦得到了她的同情，我就会自怨自艾。“听着，我以后再打给你，好吗？”

“你还是这么痛苦吗，戴戴？”

“我正在适应，在慢慢接受现状。我会好起来的，保持联系，朱迪，代我向卡尔问好。”还有克劳德，放下听筒后，我悄悄补了一句。

周三清晨，我前往市中心，交付最新出炉的一批杰作。天气比昨天还冷，空气更清冽了，太阳愈发明亮、遥远。世界太干燥了，我猜湿度只有负16%。在这样的好天气里，从前的我能轻松驾驭能力到达巅峰；但今天，在前往哥大的地铁上，我几乎什么都听不清，只有一些模糊的低声絮语，时断时续。很显然，我再也无法确定哪些特定的日子会让能力格外强大了。无法预知，这就是你，住在我脑子里的你：不可预知，在垂死之路上，你随机地搏动着。我来到老地方，等待客户们的到来。他们来了，从我这里得到了他们想要的东西，把绿色钞票拍进我的掌心。戴维·塞利格，本科生的大救星。叶海亚·卢蒙巴穿过巴特勒图书馆，向我走来，如同一棵黑色的红杉树。我为什么在颤抖？是因为空气中的寒意，对不对？这是冬天的暗示，象征一年的终结。这位篮球明星走近了，他向四周挥手、点头、微笑，每个人都认识他，每个人都冲他打招呼，我有一种与有荣焉的感觉，等赛季开始，我也许会去看他打球。

“你带论文来了吗，哥们儿？”

“在这儿呢，”我把它从一堆论文中扯出来，“埃斯库罗斯、索福克勒斯、欧里庇得斯。六页纸，二十一块，去掉你已经给我的五块钱，还要付十六块。”

“等等，哥们儿。”他在我身边的台阶上坐下来，“我得先读一读这玩意儿，对不对？要是不读，我怎么能知道你写得好不好呢？”

我注视着他阅读论文，不知怎的，我有点期待看到他无声地蠕动着嘴唇，磕磕绊绊地拼出陌生的单词，但他并没有。他迅速扫过一行行文字，读得越来越快，咬着嘴唇，不耐烦地翻着书页。最后，他抬头看着我，眼里满是肃杀的怒气。

“这简直是一坨狗屎，哥们儿，”他说道，“写的什么破玩意儿，你想搞什么鬼？”

“我保证你会得到一个B^+，出成绩前你不用付钱。任何低于B^+的成绩……”

“不，你听我说，谁在说成绩的事？我根本就没法把这篇破烂交上去。听着，这东西一半是废话，另一半是直接从书里抄下来的。这就是你写的论文，全是垃圾。教授看完后会盯着我说，卢蒙巴，你把我当傻瓜吗？他会对我说，这坨垃圾肯定不是你自己写的，里面的每个字你都不相信。”他怒气冲冲地站起身来，“来，我给你读读这段，哥们儿，你听听你都写了些什么破玩意儿。”说完，他皱起眉头，胡乱翻着纸张，啐了一口，摇了摇头，“不，我他妈的为什么要读？知道你在做什么吗，哥们儿？你在拿我开涮，就是这样。你想要弄这个愚蠢的黑鬼，哥们儿。”

“我在努力模仿你的风格，让别人觉得这是你写的——”

“胡扯，你在耍心眼，哥们儿。你编了一堆只有犹太佬才会写的关于欧里比里斯的破观点，你就是想让我当作自己的论文交上去后倒霉。”

“你胡说，写这篇我尽了全力，不要以为我完成得很轻松。既然你付钱让别人替你写一篇学期论文，你就该为可能存在的——”

“写这篇花了你多久？有十五分钟吗？”

“八小时，甚至十小时，”我说道，“你知道我觉得你在做什么吗，卢蒙巴？你在反向种族歧视我。你一直在说犹太人这个，犹太人那个——如果你这么讨厌犹太人，为什么不找一个黑人替你写论文？为什么不自己写呢？这篇是我认真写的，我不想听到它被说成是犹太佬的臭狗屎。而且我告诉你，这篇只要交上肯定能通过，而且至少能得个B^+。”

“肯定会挂科。”

“不，不，也许你只是没看懂我在文里想表达的观点。让我试着解释一下，给我一分钟，让我读几句——也许你就能明白了。”我站起身，伸手想拿过论文，但他咧嘴一笑，把纸张高高举过我的头顶，我得搭个梯子才能够到，跳起来也没用。“别这样，该死，不要耍我了！拿来！”我厉声说道。卢蒙巴一抖手腕，六张纸便腾空而起，沿着学院路向东飞去，我只好眼睁睁地看着它们飘走。此时的我心如死灰，握紧了拳头，内心突然爆发了一股冲天的怒火，我想狠狠打碎他嘲弄的脸。“你不该那样做，”我说道，“你不该就这样把它扔掉。”

“你还欠我五块钱，哥们儿。”

“等一下，我做了你雇我做的工作，而且——”

“你说过，如果论文写得不好，你就不收费。现在，论文是狗屎，你不该收费。还我五块钱。”

“你这样做不公平，卢蒙巴，你在敲诈我。”

“到底是谁在敲诈谁？是谁定的质量不行就不收费的规矩？是我吗？明明是你自己。我现在该怎么办？我手头只有一篇不合格的论文，这都是你的错。假如他们因为这事不让我加入球队，你觉得该怎么办？嗯？听着，哥们儿，你让我恶心，把五块钱还给我。”

他要求退定金是认真的吗？我说不上来。想到要还他钱我就难受，但不仅仅是会损失钱的缘故。真希望我能读懂他，但我现在什么都接收不到。已经完全被封锁了。我只好开始虚张声势，“这算什么，奴隶制翻了个儿？我干了活儿，我才不管你用什么不讲理的话诋毁我的成果呢。我要留下这五块钱作为辛苦费。”

“还钱，哥们儿。”

“没门儿。”

我转身走开。他伸直胳膊一把抓住我，把我拖向他，他的胳膊一定有我的一条腿那么长。他开始使劲摇晃我，我的牙齿在嘎吱作响。他笑得更灿烂了，但眼神很冷酷。我冲他挥舞着拳头，却被他用胳膊紧紧钳住，甚至都碰不到他。我大叫出声，一群人围了过来。突然间，来了三四个穿着校队夹克的人，把我们团团围住。他们都是大块头黑人，但没有卢蒙巴的块头大。是他的队友。他们在边笑边闹，对他们来说，我不过是一个玩具。“嘿，哥们儿，他惹你生气了？”其中一个人问道。“需要帮手吗，叶海亚？”另一个喊道。“那个该死的白人对你做了什么，哥们儿？”第三个人叫道。他们围成了一个圈，卢蒙巴把我推向他左边的那个人，那个人抓住我，把我甩出圈外。我转着圈跌倒在地，不停地翻滚着。他们继续把我甩来甩去，一个胳膊肘狠狠捣向了我的嘴唇，我尝到了血的味道。有人扇了我一耳光，我的头猛地向后仰去；有人将手指戳向了我的肋骨，我意识到我会伤得很严重，这些巨人要狠狠揍我一顿。我的声音几乎都不像是自己的了，那个声音向卢蒙巴提出会退款,但似乎没有人听到。他们继续把我推来推去。现在不是打耳光了,也不是戳肋骨,而是真正的拳打脚踢。校警去哪了?救救我!救救我!救命!但没有人来。我喘不过气来,想跪下蜷缩在地上。他们对我大喊大叫,用种族歧视的话辱骂我,可是我几乎听不懂他们用的词,一定是上周才发明的黑兄弟行话;我不知道他们在叫我什么,但能感觉到每个音节中蕴含的仇恨。救命!救命!世界在疯狂旋转,我现在明白篮球的感受了,如果篮球能有感觉的话。持续不断的击打让一切都变得模糊。拜托了,谁来帮帮我,让他们住手。胸口疼痛难忍,胸骨后方好像有一块白热的金属在灼烧。我看不见了,只能凭感觉,我的脚在哪里?我终于摔下去了,看啊,这些台阶正在飞快地向我袭来,石阶擦伤了脸颊。我大概已经失去了知觉,但好歹有一个安慰:我的人生至少不会再有比这更倒霉的时刻了。

第二十二章

遇见凯蒂时,他已经准备好谈场恋爱了。他自诩成熟得过了头,急切地想要陷入一段情感纠葛。也许这就是全部问题所在:他对她的感觉与其说是爱,不如说是对谈恋爱这个想法的一种自我满足。但也可能不是如此,他从来没能按部就班地去理解他对凯蒂的感情。他们的恋情始于1963年的夏天,在他的记忆中,那是最后一个饱含希望和欢欣的夏天。在那之后,混乱的熵增和哲学界的绝望好似寒秋,整个西方社会都陷入一片凋敝。当时,杰克·肯尼迪正在执政,虽然对他来说,政局不算特别顺利,但他仍努力地向大众营造了一种胸有成竹的形象。就算问题不能马上解决,也会在他必然当选的第二任期内化解。大气层核试验刚刚被禁止,华盛顿和莫斯科之间正在搭建热线。八月,国务卿罗斯克宣布，南越政府正在迅速控制更多农村地区，在越战中阵亡的美国人还不满一百。

塞利格时年二十八岁，刚从布鲁克林高地的公寓搬到西七十区的一个小房间。他当时的工作是证券经纪人。这完全不是他的风格，全是汤姆·尼奎斯特的主意。六年过去了，尼奎斯特仍然是他最亲密的朋友，也可能是他唯一的朋友。尽管在过去一两年间，他们之间的友谊已经大大减弱了。尼奎斯特近乎傲慢的自信让塞利格越来越不舒服，他意识到是时候和这位前辈拉开一些身心上的距离了。一天，塞利格踌躇满志地说，如果他能凑齐一笔钱——比如两万五千块左右——他就会前往一个偏远的小岛，花几年时间写一本小说，写一写当代生活中的异化这类题材。他从来没有认真写过东西，也不确定自己到底是不是真心想从事写作。他暗暗希望尼奎斯特能直接把这笔钱给他（只要尼奎斯特乐意，他一下午就能赚到两万五千块），然后对他说："钱给你，哥们儿，尽情发挥创造力吧。"但尼奎斯特并没有这样做。相反，他说道，对于一个毫无资本的人来说，要想在短时间内赚大钱，最简单的方法就是去股票经纪公司服务客户，干这行佣金不菲，足够生活，还有余钱。但要想暴富，还是要学资深证券经纪人玩的那一套——卖空、购买新股、套利策略。尼奎斯特告诉他，如果你足够投入，想赚多少就能赚多少。塞利格抗议说，他对华尔街一无所知。"我可以在三天内教会你一切。”尼奎斯特回应道。

实际上，用不了三天，塞利格就全学会了。他溜进尼奎斯特的脑海，快速补习了一下金融术语。尼奎斯特把每一条术语都整理得井井有条：普通股和优先股、空头和多头、认沽和认购、债券、可转换债券、资本收益、特殊情况基金、封闭式和开放式基金、二次发行、专家和他们的工作内容、场外交易市场、道琼斯平均数、点数图，等等。塞利格把所有内容都记住了，和尼奎斯特在一起时，心灵传输变得很生动，让记忆东西变得容易多了。下一步是注册成为一名实习生，每个大型股票经纪公司都在招募新手——梅里尔·林奇、古德伯格、海登·斯通、克拉克·道奇，还有一大堆类似的公司。塞利格随便挑了一家，投递了简历。初筛是做一份股市测试题，大部分问题的答案他都知道，至于那些不会的问题，他也能从其他面试者的脑袋里找到正确答案，这些人中的大多数从小就关注股市。他得了满分，被录用了。短暂的培训后，他通过了执照考试，很快就成为一名注册代表，开始在百老汇七十二街附近一家刚成立的股票经纪办公室工作。

一共有五个经纪人，都很年轻。客户主要是犹太人，一般都是老年人：有住在七十二街附近一间大公寓的七十五岁寡妇，还有住在西区大道和河滨路的叼着雪茄的退休服装商人。他们中的一些人相当富有，但投资起来却非常谨慎；有些人几乎身无分文，却坚持购买四股联合爱迪生公司或三股电话公司的股票，只为得到一些富有的幻觉。由于大多数客户都是不工作的老年人，办公室里的大部分交易都是当面进行的，不打电话。总有十来个老年人站在股票行情表前闲聊，时不时会有人蹒跚走到经纪人的桌前，买下几股股票。塞利格上岗的第四天，一位珍贵的客户在目睹股市大跌了九个点后，突发心脏病去世了。没有人对这件事感到惊讶，不光是经纪人，连死者的朋友也没有感到丝毫难过。塞利格了解到，每个月都有客户在交易所死亡。大概这就是天命吧，一旦到了一定的年龄，你就自然而然接受了朋友的突然去世。很快，他成了客户们的宠儿，老妇人们尤其喜欢他，因为他是一个举止得体的犹太男孩，有几个甚至提出要把他介绍给她们标致的孙女，他都礼貌地拒绝了。他对待她们彬彬有礼，很有耐心，像她们的孙子一样。这些老妇人大多数都没有学问，基本不识字，都是依靠易患冠心病的丈夫们努力赚钱，所以一辈子都保持着纯真的状态。现在，她们继承的遗产比能花掉的还多，她们对如何管理这笔巨款没有什么想法，完全依赖这位年轻和善的经纪人。塞利格窥探了她们的思想，发现她们全都头脑空空—— 一个人都活到七十五岁了，竟然还没有形成什么想法？但有几位比较活泼的老妇人的头脑有着农民式的贪婪和生气勃勃，很迷人。男士们的头脑就不那么讨人喜欢了——里面满是糨糊，还贪得无厌。他们粗俗的野心和贪婪使他感到厌恶，他之所以阅读他们的思想，只是为了更好地掌握他们的投资目标，来为他们服务。塞利格暗暗认为，和这种人待上一个月，连洛克菲勒都能变成社会主义的拥趸。

生意很稳定，但平平无奇；一旦有了一批核心的常客，塞利格的佣金就达到了每周一百六十美元左右，比他以前赚的要多，但远没有达到他想象中的股票经纪人的收入。“你是春天来工作的，很幸运，”另一位客户的经纪人告诉他，“一到冬天，所有客户就都会去佛罗里达。业务没了，我们都去喝风。”正如尼奎斯特预言的那样，他还能用自己的账户投资，小赚一笔。办公室里无时无刻不在进行着一些收益可观的小笔交易，背后都有投资窍门。

他从自己攒的三百五十美元开始投资，很快就把钱累积到了四位数。他从克莱斯勒、康大资讯、美国无线电公司和阳光DX石油公司上赚钱，跟随合并、拆分股票和动态收益的小道消息进行灵活交易。但他很快就发现，在华尔街不仅能赚钱，还能大把亏钱，他的大部分收益因为错投了滨士域、贝克曼仪器和马丁·玛丽埃塔材料公司而打了水漂。他意识到，自己永远攒不够资金去写那本小说，可能事实也是如此：世界需要再多一名业余小说家吗？他不知道自己接下来会做什么。做了三个月的证券经纪人后，他已经在银行存了一笔数目不多的钱，而且对这份工作日益厌倦。

运气让凯蒂出现在了他的面前。七月的一个闷热的早晨，九点半，她来了。股市还没有开市，大多数客户躲到卡茨奇山避暑去了，办公室里只有马丁森经理、另一个客户的经纪人纳德尔以及塞利格。马丁森正在计算总额，纳德尔正在给下城区的一个人打电话，试图搞点小动作、利用美国影印公司的股票捞一笔，而塞利格则无所事事，做着白日梦，幻想着与某位客户的漂亮孙女谈恋爱。就在这时，门开了，客户的漂亮孙女走了进来。好吧，也许没有那么漂亮，但肯定是有魅力的：一个二十出头的女孩，身材苗条，比例匀称，身高约五英尺三或五英尺四，蓬松的浅棕色头发，蓝绿色的眼睛，精致的轮廓，身材优雅苗条。她看起来很害羞，很聪慧，但不知为何又很天真，是智识和天真的奇妙混合。她穿着一件白色的绸缎衬衫——金色的项链躺在小巧的乳房上，还有一条长到脚踝的棕色裙子，美腿若隐若现。不，确实不算美貌惊人，但肯定是漂亮的，让人眼前一亮。塞利格好奇，她还这么年轻，跑到这座“财神庙”里来干什么？她早来了五十年。看着她向自己走来，在好奇心的驱使下，他决定去她的大脑里探究一番，只寻找浅层的东西：姓名、年龄、婚姻状况、地址、电话号码、来访目的——还有什么？

什么也没有。

他震惊了，这真是一次不可思议的经历。把心灵的触手伸向另一个心灵，却发现它是封闭的，完全不透明，就像藏在一堵无法穿透的墙后面一样，此前他从未遇到过这种情况。他没有从她的身上捕捉到任何灵场,她简直就像商场里的石膏模特,或者是来自外星的机器人。他坐在那里,眨眨眼,试图找出失败的原因。他被她的一片空白惊呆了,没有注意她说的话,不得不请她再说一遍。

“我刚才说,我想开一个股票账户,你是股票经纪人吗?”

突然间,青春期的羞怯再一次将他笼罩,他笨手笨脚地递给她开户的表格。这时,别的经纪人也到了,但为时已晚:根据公司的规定,她已经是他的客户了。她坐在他杂乱的办公桌旁,讲了她的投资需求,而他则研究着她那高耸的鼻梁形成的优雅的锥形,同时试图突破她头脑中的神秘屏障。尽管他无法读取她的心,又或者正是因为她的触不可及,他觉得自己已经无可救药地爱上了她。

她二十二岁,来自长岛,一年前从拉德克利夫学院毕业,现在和另外两个女孩一起住在西区大道的公寓里。未婚——他后来发现,她曾有过一段漫长但无疾而终的爱情,不久前刚结束婚约。(对他来说,不能一下子摄入所有信息的感觉太奇怪了。)她学数学,现在是一名电脑程序员。在1963年,当时的他对这个词还没什么概念,不知道她是设计、操作电脑,还是负责修理电脑。前段时间,她从亚利桑那的一位姨妈那里继承了六千五百美元。她的父母很严格,奉行“挫折教育”,告诉她要学着自己投资这笔钱,从而学会承担成年人的责任。于是,她来到了最近的证券公司,像一只待宰的羔羊,打算投资她的钱。“你想怎么做?”塞利格问她,“是全部投进安全的绩优股里，还是冒冒险、争取资本收益的机会？”

“我不知道，我对股票一窍不通，只是不想做任何愚蠢的事情。”

换了其他经纪人——比如纳德尔——会对她大谈特谈“不入虎穴，焉得虎子”的投资理念，并建议她忘掉股息这种老掉牙的概念，引导她配置一个高风险的投资组合——德州仪器、柯林斯电台、宝丽来，诸如此类的公司。然后，每隔几个月，他就会调整一下她的账户，把宝丽来换成施乐，把德州仪器换成仙童相机，把柯林斯换成美国汽车，再把美国汽车换成宝丽来。这样做可能会帮她赚点钱，也可能会亏一些，但肯定可以为自己赚取丰厚的佣金。塞利格对这种操作丝毫不感兴趣。

“也许这听上去很保守，”他说道，“但我建议还是稳妥为好。我会推荐几支稳定的股票给你，它们不能让你暴富，但你也不用承担损失。之后，你就可以一直抱着了，看着它们逐渐上涨，不用每天都去关注市场报价，琢磨是不是应该卖掉。你并不想为短期的波动而烦恼，对不对？”这绝不是马丁森叮嘱他给新客户提的建议，但管他呢。

他给她买了一些泽西标准石油公司的股份，一些美国电话，一点儿国际商业机器公司，两家不错的电力公司的股份，以及三十股一个叫雷曼公司发行的封闭式基金，他的很多老年客户都持有这家公司的基金。她没有问问题,甚至都不想了解什么是封闭式基金。“好了,”他说道,“现在你已经有了一个投资组合,你是资本家了。”她笑了,是一个有些勉强的羞涩微笑,但他认为自己在她的眼睛里看出了调情的意味。对他来说,无法读懂她是一种痛苦,不得不仅仅依靠外部信号来了解他与她的关系。但他还是抓住了这个机会。“今晚你有什么安排?”他问道,“我四点钟下班。”

她说,她晚上没安排,但是从上午十一点到下午六点要工作,他提出七点左右去她的公寓接她。她离开办公室时,脸上挂着毫不遮掩的笑容。“你这个幸运的家伙,”纳德尔说道,“你刚才干了什么?要和她约会?经纪人和客户约会,这是违反证监会规定的。”

塞利格笑了笑,没有搭腔。开市后二十分钟,他在美国证券交易所做空了二百个钼,并在中午以低一个半点的价格购回,这笔钱应该能解决晚餐,他心想道,还能剩下一些。昨天,尼奎斯特给了他一个双关的暗示:钼莉姑娘个子太矮,她肯定会从床上掉下去的。到了下午的休息时间,他对自己感到很满意,就打电话给尼奎斯特,报告他的操盘情况。“你买入得太早了,”尼奎斯特立即说道,“这周她还会掉五到六个点,到那时能大赚一笔。”

“我可没那么贪心,能挣点小钱我就已经满足了。”

“这种心态可没法暴富。”

“我大概缺少一些赌徒的直觉吧。”塞利格说道,犹豫了一下。

他给尼奎斯特打电话并不是真的要谈做空铝的问题。他想说的是,我认识了一个女孩,我和她之间出现了一个奇特的问题。我认识了一个女孩,我认识了一个女孩。一阵突然的恐惧,他退缩了,电话线另一头,不知怎么,尼奎斯特的沉默似乎隐隐带有一丝威胁。他会嘲笑我的,塞利格想。他总是在偷偷嘲笑我,以为我不知道。但这个念头太愚蠢了。他说道:“汤姆,今天发生了一件怪事。一个女孩来到了办公室,非常有魅力,我今晚要和她约会。”

“恭喜。”

“先别急着恭喜。问题在于,我完全读不到她的思想,连灵场都捕捉不到。面对她的时候,我只能看到一片空白,其他什么都没有。我以前从未有过这种情况,你有过吗?”

“没有。”

“完全读不到,我不明白,她为什么会有这么强的屏蔽场?”

“也许你只是今天太累了。”尼奎斯特猜测道。

“不是的,我能像平常一样能读懂其他人,只有她是例外。”

“这让你烦恼吗?”

“当然会。”

“你为什么说当然会?”

在塞利格看来,理由显而易见。但他看得出来,尼奎斯特是在诱导他上钩:他的语气很平静,不偏不倚,听上去很中立。对他来说，这只是一个游戏，一种打发时间的方法。他真希望自己没有打过电话。股票看板上似乎出现了重要的信息，另一台电话也响了起来。纳德尔抓起电话，狂怒地瞪了他一眼：快点，伙计，还有工作等着呢！塞利格草草说道："我——嗯，对她很感兴趣，却没有办法接触到她真正的自我，这让我烦恼。"

尼奎斯特说道："你的意思是，你不能窥探她了，这让你很恼火。"

"我不喜欢你这样说。"

"到底是谁说的？可不是我说的。这就是你对我们的能力的看法，不是吗？在窥探他人思想的时候，你会觉得羞愧，对不对？但是，当你无法窥探的时候，你似乎也会很生气。"

"大概是吧。"塞利格闷闷不乐地承认道。

"和这个女孩在一起的时候，你发现自己被迫重拾老套的交际方法，只能笨拙地猜测对方的意图。世界上的其他人都只能用这种方法，但你不喜欢这种感觉。对不对？"

"汤姆，你把这事形容得很邪恶。"

"那你想让我怎么说？"

"我想让你别说了。我就是想告诉你，出现了一个我读不懂的女孩，以前从来没有遇到过这种情况。你有没有什么理论来解释她为什么会是这样？"

“没有，”尼奎斯特回答道，“一下子想不到。”

“好吧，那我——”

但尼奎斯特还没说完，“你意识到了吗，戴维？我没有办法确定她是对所有读心者免疫，还是只对你免疫。”其实塞利格刚刚也想到了这种可能性，这让他感觉很不安。尼奎斯特继续圆滑地说道：“你可以过几天把她带过来，让我看看她，也许我能了解到一些关于她的有用信息。”

“我会的。”塞利格无精打采地说道。他知道让凯蒂见见尼奎斯特是必要的，也是一定会发生的事。但一想到要把凯蒂暴露给尼奎斯特，他还是很不安。他搞不清为什么会发生这种情况。“很快就让你们见面，”他说道，“所有电话都响了，之后再联系，汤姆。”

“为了我，和她上次床吧。”尼奎斯特回应道。

第二十三章

戴维·塞利格

塞利格研究，塞利格教授

1976年11月10日

日常生活中的熵

物理学中所谓的熵，指的是热力学系统中的能量分散到无法转化为功的程度。从更普遍的象征意义而言，熵亦被视为一个系统（包括宇宙）中一切都朝着不可逆的无序和混乱方向发展的趋势。也就是说，事情有一种越变越差的趋势，直到变得不能再差，到那时，我们甚至连到底糟糕到了什么程度都无法理解。

美国物理学家乔赛亚·威拉德·吉布斯首次将热力学第二定律(描述在封闭系统内随机运动的能量混乱度增加的定律)应用到化学领域。也正是吉布斯坚定地提出“随着宇宙的老去,事物会逐渐走向无序”的原则。很多哲学家把吉布斯的设想延伸到了哲学领域中,其中著名数学家诺伯特·维纳在《人有人的用处》一书中宣称:“随着熵的增加,宇宙和宇宙中的一切封闭系统将遵循一种自然趋势——不断恶化,丧失其独特性,从最难以维持的状态演化到最可能的状态,也就是说,从存在着种种特点和形式的有组织、有差异的状态,演化到混沌而单一的状态。在吉布斯的宇宙中,秩序是最难以维持的,混沌则是最可能存在的。但当整个宇宙(如果真的存在整个宇宙一说的话)趋于衰退时,其中也有一些局部区域的发展方向看起来会和全宇宙的溃败趋势相反,其内部有序程度可能会暂时、有限地增加。生命正是在这些局部区域中找到了寄居地。”

因此,维纳赞扬所有的生命,尤其是人类,他将他们称为熵增抵御战的英雄——他在另一篇文章中将对抗熵增等同于对抗邪恶:“这个随机要素,这种有缺陷的自然演进(即宇宙结构中的偶然因素),就算我们把它看作恶,也不算过分夸张。”维纳认为,人类始终在进行对抗熵增的努力。我们有感官去感知,我们之间彼此交流,我们使用从彼此那里学到的东西。因此,面对宇宙中自发扩散的混乱，我们不只是消极的受害者。“我们，作为人类，不是孤立的系统。我们从外界摄入食物以产生能量，因而我们都是那个把我们生命力的种种源泉包括在内的更大世界的组成部分。但更加重要的事实是：我们以自己的感官来取得信息，并根据所取得的信息来行动。”换句话说，我们的行动是有反馈的。我们在交流中学会了控制环境，而且，用维纳的话说，“在控制与交流中，我们始终在对抗自然界那种‘使有序的事物变得无序、使有意义的事物走向毁灭’的趋势，我们始终在对抗熵增的趋势……”从长远看，熵增会压倒性地战胜我们；但短期内，我们还有反击的余地。“世界的衰亡尚未到最后阶段，我们尚不是最后阶段的旁观者。”

但是，如果一个人无意间或主动把自己封闭起来，会发生什么？

比如说，一个住在黑暗山洞的隐士，没有信息来源，以蘑菇为食。蘑菇仅能给他提供维持生存的能量，但除此之外，他缺乏输入，只能被迫挖掘自己的精神和心理资源，最终将这些资源消耗殆尽。渐渐地，混乱开始在他身上扩张，熵逐步夺取了神经节和突触。他吸收的感官数据越来越少，直至他完全向熵屈服。他不再走动、不再生长、不再呼吸，不再以任何形式运转，这种情况被称为死亡。

封闭自我不一定非要躲在山洞里。人也可以把自己的内心封闭起来，远离生命的能量源。通常情况下，这样做是因为这些能量源似乎对自我的稳定构成了威胁。的确，输入确实会威胁到自我:外力的出现通常会破坏平衡。然而，平衡本身也是对自我的威胁，尽管这一点经常被忽视。有一些已婚人士就会努力实现平衡。他们将两人一起封闭起来，紧贴彼此，相互依存，把二人世界之外的一切拒之门外，形成一个双人封闭系统。他们建立起了致命的平衡，却也稳步而冷酷地驱除了所有生机与活力。如果两个人与其他事物保持了足够的隔绝，那么两个人也会像一个人一样共同走向灭亡。我把这称为一夫一妻制的谬论。我妹妹朱迪丝说她选择离开丈夫，是因为她觉得虽然在同他一起生活，却感觉自我在一天天死去。当然了，朱迪丝是个荡妇。

当然，关闭感官并不总是出于个人意愿。喜欢也好，不喜欢也罢，感官的退化都会发生在我们身上。就算我们不主动爬进棺材，也还是免不了被塞进去。这就是我所说的，从长远看，熵增会压倒性地战胜我们。无论我们的生命力有多么强大，无论我们多么活力四射，多么野心勃勃，随着时间的推移，我们的输入都会越来越少。视觉、听觉、触觉、嗅觉—— 一切都会消失，就像老伙计威廉·S说的那样，我们最终会变得没有牙齿、没有眼睛、没有味觉、没有一切。没有一切。或者就像这位聪明人说的另一句话，我们时时在长大成熟，时时在萎靡衰朽，真是大发感慨啊。

我把自己视作一个绝佳的例子。这个人的悲惨经历揭示了什么？曾经非凡的能力莫名其妙地减弱了，输入逐渐减少。他还活着的时候就不得不经历一次微小的死亡。我难道不是这场熵增之战的牺牲品吗？你不是正眼睁睁地看着现在的我渐渐变得沉默、宛如一潭死水吗？我的痛苦难道还不够明显、不够凄惨吗？当我不再是我自己时，我会变成谁呢？我正在走向热寂，走向自然而然的衰亡。一个随机的变异将我瓦解，重归虚无。我正在变成煤渣和灰烬，等待着被扫帚扫除的命运。

写得很好，塞利格，可以得到优秀。你的论文清晰有力，而且展现了对基本哲学问题的出色把握，你可以来教室前面了。现在感觉好些了吗？

第二十四章

这是个疯狂的想法，凯蒂，这是个愚蠢的幻想。它是不可能成功的。我在要求你做不可能的事。结果只有一个，真的，就是你会开始讨厌我，厌弃我，只想离我远远的。好吧，全怪汤姆·尼奎斯特，都是他的主意。不，还是得怪我，我完全可以对他的疯狂想法置之不理，不是吗？要怪就怪我吧，错都在我身上。

公理：试图重塑你所爱之人的灵魂是一桩背叛爱情的罪行，即使你认为你会更爱被改造后的她。

尼奎斯特说道："也许她也能读心，但是你的介入导致了传输阻塞，你们之间的思维传输被单向或双向抵消了。所以她没法把思想传输给你，可能你的思想也没法传输给她。"

"我很怀疑这一点。"我对他说道。那是1963年八月，你我相遇的两三个星期之后,我们还没有同居,但已经上过几次床了。“她没有丝毫心灵感应的能力,”我坚持道,“她完全正常,这就是她的特质,汤姆,她是一个完全正常的女孩。”

“不要那么肯定。”尼奎斯特说道。

那时他还没有见过你。他想见你,但我还没有安排你们见面,你从来没有听说过他的名字。

我说道:“有一件事我可以确定,那就是她是一个理智、健康、均衡、绝对正常的女孩,所以她不是读心者。”

“因为读心者都是疯狂、不健康、失衡的,就像你和我,证毕。嗯?你说这话可别拉上我,伙计。”

“这天赋让精神失去了平衡,”我说道,“让灵魂变得黑暗。”

“你的灵魂或许如此,我的可没有。”

他是对的,读心的能力确实没有对他造成伤害。也许即使我生来不具备这项天赋,也会有这些问题。我不能把我的格格不入全部归咎于这项不寻常的能力,对不对?何况这世界上有那么多的精神病患,他们一生中从未读懂过别人的思想,却照样患上了精神病啊。

三段论:

一些心灵感应者不是精神病患。

一些精神病患不是心灵感应者。

因此,心灵感应和精神病没有必然联系。

推论:

你可以看起来无比正常,同时仍然具备读心的能力。

我对这一点还是抱有怀疑态度。在我的施压下,尼奎斯特也同意,如果你真的具备读心的能力,你的一些举止早该出卖你了,每一个心灵感应者都能轻易识别出来;可是我没有从你的举止中发现任何异样。但他提出,你可能是一个处于潜伏期的心灵感应者——这项天赋静静潜伏在你的核心思想中,未经开拓,尚不具备功能,只是以某种方式屏蔽了你的思想,不让我探究。他说,这只是一个假说,但这个假设还是令我跃跃欲试。“假设她具备这种潜在的能力,”我说道,“你认为它能够被唤醒吗?”

“为什么不能呢?”尼奎斯特反问道。

我愿意相信这种可能性。我仿佛看到了这样的景象:你的天赋被唤醒了,拥有了全部的接收能力,能够像我和尼奎斯特一样轻松快速地接收到传送的信息。我们之间的爱将会变得多么密实啊!我们会对彼此完全开放,去掉所有小小的伪装,卸下内心的防线。即使是最亲密的恋人,要想实现灵魂的真正结合也必须跨越重重阻碍,而我们之间却一览无余。我已经和汤姆·尼奎斯特体验过了这种亲密感,但也只是浅尝辄止。当然了,我对他没有爱意,甚至没有真正喜欢过他,所以这种亲密实在是一种浪费。我和他的思想竟然可以有如此亲密的接触，真是个残酷的讽刺。但假如换成是你呢？如果我能够唤醒你，凯蒂！为什么不呢？我问尼奎斯特有没有这种可能，他说，试试就知道了。做次实验，在黑暗中手拉手并肩坐下，花一些力气，试着去突破她的思想屏障，这值得一试，不是吗？“没错，”我说道，“这当然值得尝试。”

凯蒂，你在许多方面似乎都亟待挖掘：你尚未形成完整的人格，身上有一种青春的气息。你看起来比实际年龄小得多；如果我不知道你已经大学毕业了，我会猜你只有十八或十九岁。除了你感兴趣的领域——数学、计算机、技术之外，你没有读过太多的书。我对这些领域都不感兴趣，干脆就觉得你什么书都没有读过。你没有旅行过，世界局限在大西洋和密西西比河，你生命中最远的一次旅行是在伊利诺伊州度过了一个夏天。你甚至都没有什么性经验：在你二十二年的人生里，只有三个男人，对不对？其中只有一个是认真的。我视你为等待雕塑家之手的石料，而我将是你的皮格马利翁[①]。

1963年九月，我们总是腻在我的公寓里，你也同意没有必要再来回奔波了，于是搬来和我同居。我觉得自己像是已经结婚了：湿袜子搭在浴帘杆上，架子上多了一把牙刷，水槽里有长长的

① 希腊神话中的塞浦路斯国王。据古罗马诗人奥维德《变形记》中记述，皮格马利翁为一位雕刻家，他根据自己心中理想的女性形象创作了一个象牙塑像，并爱上了他的作品。

棕色头发。每晚，你在我身边散发着温暖，我的腹部紧贴着你光滑凉爽的臀部，阳和阴。我让你看书，诗歌、小说、散文，你是多么如饥似渴地阅读着这些书啊！你在上班的公交车上读特里林，在饭后安静的时间读康拉德，在星期天早上我出去买《泰晤士报》时读叶芝。但是这些书似乎没有给你留下任何印象，你对阅读文学没有天生的偏好；我猜你大概分不清《吉姆爷》和《幸运吉姆》，马尔科姆·劳瑞和马尔科姆·考利，詹姆斯·乔伊斯和乔伊斯·基尔默。你聪明的头脑能够轻易掌握COBOL和FORTRAN编程语言，却无法破译诗歌的语言。有几次，你会从《荒原》中抬起头来，问一些幼稚的女高中生问题，这能让我恼火好几个小时。我有时都觉得，这名学生无药可救了。然而，在股市休市的一天，你带我去了你工作的计算机中心，我听着你解释这些设备和功能，仿佛在听你对我滔滔不绝说着梵语。我们身处不同的世界，拥有不同的心灵，但我一直渴望建立一座桥梁。

我审慎地揣摩着时机，适时谈起了我对超感现象的兴趣。我把它说成一个爱好，一项客观的研究。我说，我对人类之间实现真正的心灵交流的可能性很着迷。我特别留意不要让自己听上去像个狂热的信徒，不要过度推销我的例子：我把我的绝望隐藏了起来。因为我是真的读不懂你，所以对我来说，在你面前就这个话题假装一种学术性的客观，比在其他人面前假装更容易。我必须假装，我的策略是绝不真正暴露自己。我不想吓到你，凯蒂，我不想让你有理由认为我是个怪人，或者，被你视作一个疯子。我对你说，这只是一个爱好而已。

你无法让自己相信超感官知觉的存在。你说，如果不能用电压表测量或表现在脑电图上，它就不是真的。宽容一点，我对你恳求道，这种心灵感应能力是存在的，我知道是存在的（注意措辞，戴戴！），我不能引用脑电图数据——我这辈子都没有见过脑电图，不知道我的能力会不会被记录下来。我也不打算找一个外人，对他开展一些聚会上会玩的读心把戏，从而打消你的怀疑。我可以提供其他论据，看看莱恩的实验结果，还有这一系列对齐纳牌的正确解读，如果不是超感能力，你该怎么解释它们呢？还有这些心灵感应、瞬移、千里眼的种种证据……

你仍然持怀疑态度，冷静地驳斥了大部分我引用的数据。你的推理严密又敏锐；科学是你的主场，你思考科学问题时的思路异常清晰。你说道，莱恩的实验结果是伪造的，他测试的群体没有同一性，而且只挑选了那些表现出异常运气的受试者进行下一轮测试，把其他人从实验中剔除掉了，而且他只公布了那些似乎能够佐证他的论点的结果。你坚持认为，莱恩把所有猜中齐纳牌的人都视作具备读心能力，这是统计学偏差造成的，而不是超感现象。此外，受试者都倾向于相信超感能力，这些潜意识的微小偏向肯定会导致各种实验程序错误，结果不可避免地会被歪曲。我小心翼翼地邀请你和我一起尝试一些实验，允许你设计适合自己的实验步骤。你同意了，我想主要是因为这是一件我们可以一起做的事情，而且那会儿是十月初，我们已经在主动寻找能让我们更亲近的领域，你的文学启蒙已经让我们俩都倍感压力了。

我们同意试着集中精力向对方传输图片或想法。我是多么巧妙地让这听起来像你自己的主意啊！实验刚开始，我们就取得了一些有欺骗性的成功。我们找来了一些图片，并试图通过精神传递它们。我仍然保留着这些实验的记录：

我看到的图片	你的猜测
1. 一艘划艇	1.橡树
2. 田野里的金盏花	2. 玫瑰花束
3. 一只袋鼠	3. 肯尼迪总统
4. 双胞胎女婴	4. 一座雕像
5. 帝国大厦	5. 五角大楼
6. 一座白雪皑皑的山峰	6. 图像不清楚
7. 老人的脸部轮廓	7. 一把剪刀
8. 棒球运动员在击球	8. 一把雕刻刀
9. 一头大象	9. 一辆拖拉机

10. 一辆火车头　　10. 一架飞机

你没有直接命中,但是十张中有四张可以被视作有密切关联:金盏花和玫瑰,帝国大厦和五角大楼,大象和拖拉机,火车头和飞机(分别为花、建筑物、重型设备、运输工具)。这些足以让我们对真正的心灵传输产生虚假的期望。紧接着是这个:

你看到的图片	我的猜测
1. 一只蝴蝶	1. 一辆火车
2. 一条章鱼	2. 山脉
3. 热带海滩	3. 风景,明亮的阳光
4. 黑人小男孩	4. 一辆汽车
5. 南方地图	5. 美国葡萄藤
6. 华盛顿大桥	6. 华盛顿纪念碑
7.一碗苹果	7. 股市香蕉的报价
8. 埃尔·格列柯的画作《托莱多风景》	8. 一个书架
9. 一条高峰期的高速公路	9. 一个蜂巢
10. 一枚洲际弹道导弹	10. 加里·格兰特

我也没有直接命中。但是在十张照片中,有三张相关:热带

海滩和阳光风景,华盛顿大桥和华盛顿纪念碑,高峰期的高速公路和蜂巢,共同点是阳光、华盛顿和密集的活动。至少我们在自欺欺人,把它们看作密切相关,而不是巧合。我承认,我其实一直在黑暗中摸索,全靠猜测,而不是接收到了你的信息。在那时我就对我们的实验质量没有太多信心了。然而,这些可能是随机碰撞产生的图像巧合激发了你的好奇心:你开始说,也许这里面真的暗藏玄机。于是,我们继续进行着实验。

我们不停改变着思想传输的外部条件。我们试过在完全黑暗的环境中进行,两人身处不同的房间;我们也试过开着灯,手拉手。我们在做爱时试过:我进入你的身体,把你抱在怀里,对你认真思考着,你也对我认真思考。我们还试过醉酒,试过禁食。我们在睡眠不足的情况下试过,强迫自己昼夜不眠,期望因疲劳而昏昏沉沉的头脑会容许思维悸动滑过我们之间的障碍。我们本可以在迷幻药的影响下进行尝试,但在1963年没有人想过用迷幻药。我们还用了十几种方法,试图开启心灵感应的通道,也许你现在还记得这些细节。出于尴尬,我早已把它们抛诸脑后了。

我们夜以继日地进行着这个徒劳的实验。一个多月过去了,你的参与热情先是不断膨胀,达到顶峰后开始慢慢消退。你先是持怀疑态度,后来产生了中立的兴趣,再到投入和痴迷,然后意识到失败的来临不可避免,目标遥不可及,你变得疲惫,开始觉得无聊和烦躁。我丝毫没有察觉到你的这些变化,以为你和我一样全身心地投入到了这项任务中。但是,你意识到这已经不再是一个实验或游戏了,很显然,它变成了一种狂热的追求。十一月到了,你开始问我能不能放弃。

你说,这些读心术让你头疼得厉害。但我不能放弃,凯蒂,我否决了你的反对意见,坚持要我们继续下去。我被实验迷住了,毫不留情地逼迫你配合我。我以爱的名义对你威逼利诱,满脑子都是那个最终获得了心灵感应能力的凯蒂。差不多每隔十几天,就有一些疑似思维接触的幻象闪现,让我傻乎乎的乐观情绪大大增加。我坚信我们一定会取得突破的,我们会触及对方的思想。我们的思想已经这么接近了,现在怎能放弃呢?但我们其实从未靠近过。

十一月初,尼奎斯特在唐宁街一家他喜欢的餐馆里举办了一次晚宴。他组织的聚会总是精彩纷呈,拒绝出席会显得很荒唐,到最后我还是不得已把你暴露在了他面前。三个多月来,我一直有意无意地把你藏起来,出于一种我不能完全明白的胆怯,我特意不给你们制造见面的机会。你花了很长时间打扮,我们迟到了。宴会进行得很顺利,来了十五到十八个人,其中有许多名人,虽然你并不认识他们。你对诗人、作曲家和小说家又了解多少呢?我把你介绍给了尼奎斯特。他笑了笑,嘟囔了一句恭维话,然后给了你一个平淡的吻。你看上去很害羞,甚至对他的自信和圆滑心生畏惧。闲聊了一阵后,他转身去应门了。过了一会儿,第一轮酒上来了,我向他的大脑传递了一个想法:

——怎么样?你觉得她如何?

他忙于应付其他客人,没时间进入我的思想,没有回答我的问题,我只好闯进他的脑壳里自行寻找答案。我进入了他的大脑,开始翻找信息。他察觉到了我在做的事情,从房间另一头瞪了我一眼。他的思想表层都是聚会琐事:同时忙活着敬酒,引导聊天,示意厨房端上蛋卷,并在内心过着客人名单,查看还有谁没到。我迅速略过这些内容,瞬间定位到了他对凯蒂的看法,一下就获得了我渴望了解却又害怕知道的信息。是的,他能读懂你。对他来说,你的思想和其他人一样透明。只有我读不懂你,但是我们两个人都不知道为什么。尼奎斯特一下子就看穿了你,他对你进行了评估,形成了他对你的判断,供我翻阅:他眼中的你有些笨拙,不成熟,很天真,但很迷人(这就是他眼中的你。我不是别有用心刻意夸大他对你的批评,你当时很年轻,不够成熟,他看到了这一点)。这个发现令我感到麻木,嫉妒攫取了我。我挖空心思,花了这么久试图接近你的灵魂却毫无进展,而他却如此轻易地刺探到了你的内心深处,凯蒂!我立刻产生了怀疑,这会不会又是一个尼奎斯特爱玩的恶意游戏呢?他真的能读懂你吗?我怎么能确定他不是在刻意骗我呢？他捕捉到了我的想法：

——你不信？我当然能读到她。

——也许你能，也许不能。

——你想让我证明吗？

——怎么证明？

——看着点儿。

他继续招待着客人，同时无缝滑进了你的大脑。我仍然在他的脑袋里，就这样，通过他，凯蒂，我第一次也是唯一一次得以用汤姆·尼奎斯特的视角窥见你的思绪。唉！我宁愿自己没有窥探到！透过他的思想，我从你的眼睛里看到了自己。你眼中的我的外表比我想象中要好一些，我的肩膀比实际要宽，脸颊更瘦削，五官更规则。毫无疑问，你喜欢我的身体，但情感上的联结呢？你把我视作一位严厉的父亲，一个苛刻的校长，怨天尤人的暴君。读读这个，读读那个，提高你的思想，女孩！努力学习才配得上我！哎！还有你心中熊熊燃烧的对超感实验的怨恨：对你来说，这些实验本身比一无所获还要糟糕，太无趣了，是对精神错乱的探索，完全是磨人的累赘。你日复一日被狂热的我烦扰，我对心灵联结的愚蠢追求甚至破坏了我们的交合。你是多么地厌恶我啊，凯蒂！在你心中我实在是乏味透顶！

这些想法不过是一瞬，但也足够令我感到刺痛。我退缩了，迅速离开了尼奎斯特的大脑。我还记得，你用很惊愕的目光看着我，仿佛察觉到了在某个潜意识的表层，有一种灵能在房间中流动，揭露了你灵魂的隐私。你眨了眨眼，脸颊泛起了红晕，匆忙地喝了一口酒。尼奎斯特向我投来一个嘲讽的微笑。我无法直视他的目光，但即使如此，我还是对他给我展示的信息心怀抵触。

难道我之前没在这种转播中见过奇怪的折射吗？我难道不该怀疑他所描述的你眼中的我的形象是否准确吗？他有没有添油加醋？狡猾地进行了扭曲和夸张？凯蒂，我真的让你感到厌烦了吗？还是他极力将轻微的不耐烦夸大为全然的厌恶？我决定不去相信我真的让你感到如此厌烦了，我们总是倾向于按照自己喜欢的方式来解释事件，不过我当时发誓以后不会这么逼你了。饭后，我看到你在房间的远端兴致勃勃地与尼奎斯特交谈。你的表情兴奋又调皮，就像你第一天在我办公室里的样子。我想象着你们交谈的话题是我，而且并不是对我的赞美。我试图通过尼奎斯特的大脑搞清你们聊天的内容，但刚一试探，他立刻瞪了我一眼。

——滚出我的脑袋，好吗？

我顺从了。我听到你在大笑，在四周嗡嗡的谈话声中显得很突兀。我走去和一位体态轻盈的日本女雕塑家聊天，她平坦的胸部从黑色低胸裙中不经意地冒了出来。我发现她在用法语思考，想让我邀请她一同回家。但我还是和你回家了，凯蒂。在空荡荡的地铁车厢里，我坐在你身边，闷闷不乐，风度全无。我问你和尼奎斯特交谈的内容，你说道："哦，我们只是在开玩笑，随便闲聊。"

大约两周后，一个秋高气爽的下午，肯尼迪总统在达拉斯被枪杀。股票市场在经历了巨幅下跌后提前收盘，马丁森关闭了办公室，我被解雇了。我茫然地走在街上，一时无法接受整个事件的发展。有人射伤了总统……有人射伤了总统……有人向总统的头部开枪……总统受了重伤……总统已被紧急送往帕克兰医院……已经举行了最后的仪式……总统已经死亡。我从来都不是一个特别热衷政治的人，但这次联邦的撕裂却让我深受打击。肯尼迪是我唯一投过票的总统候选人，他赢了大选，而他们却杀了他：宛如对我自己人生故事的血腥寓言。而现在会新上来一个约翰逊总统，我能适应吗？我依恋稳定，十岁那年，罗斯福去世了，他是我一生中最熟知的总统。我试着用舌尖发出杜鲁门总统这几个陌生的音节，顿时一阵抗拒。我告诉自己，我还是会继续叫他罗斯福总统，这是我自己称呼总统的方式。

那个十一月的下午，我战战兢兢地走在回家的路上，发现人群从四面八方散发出恐惧的气息。街上到处都是胆战心惊的人，他们战战兢兢地侧着身子，随时准备开溜。在安静的街道上方，苍白的女性面孔从高耸的公寓楼窗户的窗帘间窥视着外面。汽车司机停在十字路口，向四面八方张望着，仿佛在等待突击队的坦克轰隆隆地从百老汇驶来(那时的人们普遍认为这次暗杀是右翼政变的第一次突袭)。没有人在露天逗留,每个人都匆匆前往庇护所,现在什么都可能发生,狼群可能会从河滨路杀来,疯狂的爱国者可能会发动一场大屠杀。

我回到公寓,把门闩上,窗户落锁,试图联系计算机中心,心想你可能还没有听说这个新闻,或者我只是想在这个痛苦的时刻听到你的声音。电话线被掐断了,二十分钟后,我终于放弃了尝试。我漫无目的地在卧室和客厅来回踱步,手里攥着收音机,不停地调着旋钮,试图听到一个电台播报员告诉我他还活着。我转到厨房,发现桌子上有你的字条,上面写着你不能再和我住在一起了,你要离开了。纸条上的日期是上午十点半,在暗杀发生之前,恍如隔世。我冲到卧室的衣柜前,看到了之前没留意的画面:你的东西已经不见了。凯蒂,每次女人离开我,都会悄无声息地突然离开,没有任何预兆。

傍晚时分,我给尼奎斯特打了电话,这一次终于打通了。“凯蒂在吗?”我问道。“她在,”他说道,“稍等。”把听筒递给了你。你解释说,你要和他住一段时间,直到自己的问题解决,他一直都在帮你。不,你对我没有任何怨恨,一点儿也不。只是我看起来,嗯,不够细心,而他能准确直观地把握你的情感需求,他能帮你走向正轨,凯蒂,而我无法做到这一点,所以你转而向他寻求安慰和爱情。再见了，你说，感谢你所做的一切。我喃喃地说了一句再见，放下了电话。

夜里开始变天，周末凄风苦雨，天色阴沉，肯尼迪的葬礼如期举行。圆形大厅里的灵柩，强掩悲伤的寡妇和孩子们，奥斯瓦尔德[1]谋杀案，送葬的队列，我错过了所有正在发生的历史。那个周末，我睡得很晚，喝了个烂醉，读了六本书，却一个字都没看进去。周一是全国哀悼日，我给你写了那封语无伦次的信，凯蒂，解释了发生的一切，告诉你我试图从你那里得到些什么，以及我这么做的原因，向你坦白了我的能力，讲了它对我的生活产生的影响。还把尼奎斯特的事情告诉了你，警告你他是什么样的人。他也有这种能力，他能读懂你，你在他那里毫无秘密可言。我告诫你，不要误以为他是一个真正的"人"，他不过是台机器，以最大限度实现私利为运行目的。能力让他变得冷酷、强大但残忍，而使我变得畏缩又懦弱。我在信里认为，他本质上和我一样病态，是一个控制狂，没有给予爱的能力，只能利用他人的爱。我告诉你，如果你把脆弱的一面暴露给他，他就会伤害你。你没有回信。此后，你杳无音讯，他也随着消失无踪。十三年过去了，我不知道你们两个人后来怎么样了，也许永远不会知道了。但是听着，我爱

① 李·哈维·奥斯瓦尔德(Lee Harvey Oswald，1939—1963)，肯尼迪遇刺案罪犯，于1963年11月22日策划并实施了对美国前总统肯尼迪的刺杀，两天后被杰克·鲁比击毙。

过你，女士，以我笨拙的方式爱过你。我现在依然爱你，但却永远失去了你。

第二十五章

他在一间阴冷、沉闷的病房里醒来，浑身僵硬酸痛、麻木异常。根据急诊室的陈设判断，这里大概是圣卢克斯医院。他的下唇肿胀，左眼只能勉强睁开，随着每次吸气，鼻子都会发出奇怪的啸音。在被几个篮球运动员一顿痛殴后，他就被担架送到了这里吗？此前他很少住院。他想看看衣服上有没有干涸的血迹，但是脖子特别僵硬，拒绝服从指令。终于，他勉强低下头，但只看到了苍白的病号服。每一次呼吸，他都觉得能感到断裂的肋骨在互相摩擦。他把手伸进病号服，摸了摸自己的裸胸，上面没有贴胶带。真不知道是该松一口气，还是该担心。

他小心地坐了起来，一片混沌的思想涌入了脑内。病房嘈杂拥挤，病床紧紧挤在一起。每张病床都有床帘，但没有拉上。病人多数都是黑人，许多人病情很严重，周围放着一堆设备。是被刀子割伤的？还是开车撞到了挡风玻璃？每张病床前都簇拥着亲朋好友，在互相比画着争吵。大喊大叫才是病房里最正常的语气。疲倦的护士们穿梭在病床之间，对待病人就像博物馆保安对待陈列柜里的木乃伊一样小心翼翼又疏离。除了塞利格自己，没有人来关心他，他只好继续自行检查伤势。他用指尖摸索着脸颊，没有镜子，无法判断脸上的伤有多严重，但不少地方都很疼。左边的锁骨一跳一跳的疼，像被空手道选手劈了一掌；右腿膝盖在不停地抽搐，大概是摔倒时扭伤了。不过，也许他们给他注射了某种止痛针，疼痛比他预想的要轻。

他脑子里昏昏沉沉的。他能感知到身边病人的一些想法，但这些想法都很破碎，没有明确的信息；他也捕捉到了灵场，但没有智识上的共振。手表不见了，为了弄清自己究竟身处何方，他三次向路过的护士询问时间，但是她们从他的身边匆匆走过，没有谁理会他。最后，一个身材魁梧、身穿粉色打褶连衣裙的黑人女士笑着看了看他，说道："现在差一刻四点，亲爱的。"是早晨？还是下午？他断定是下午。

在他病床的斜对角，两名护士开始架设一套看上去是全肠外营养的仪器，一根塑料管蜿蜒伸进了一个缠着绷带、昏迷不醒的黑人的鼻孔中。塞利格的胃没有向他发出饥饿的信号，空气中消毒水的味道让他感到恶心;他几乎没法流口水,今晚他们会饲喂他吗?他还要被关在这里多久?谁来付钱?该不该提出通知朱迪丝呢?他的伤势有多严重?

一个实习生走进了病房:皮肤黝黑、个头矮小,骨架细密、动作灵活精准,看上去是个巴基斯坦人。不过,胸前的口袋里伸出来的一块皱巴巴的脏手帕破坏了他身上的紧身白大褂给人的整洁、利落感。让塞利格吃了一惊的是,他径直向塞利格走了过来。"X光显示你的全身没有骨折的痕迹,"他用一种坚定又生硬的语气说道,"你受的伤只是轻微的擦伤、瘀青和割伤,还有不太严重的脑震荡。医院已经允许你出院了,请下床。"

"等等,"塞利格虚弱地说道,"我才刚来,不知道发生了什么事。谁送我来的?我昏迷了多长时间?怎么……"

"我什么都不知道,你的出院申请已经被批准,医院需要这张病床。请你现在就站起来,我有很多事情要做。"

"脑震荡?如果我真的有脑震荡,那我至少需要在这里过夜吧?还是我已经住了一晚了?今天是几号?"

"你是今天中午被送来的,"实习生说道,语气越来越烦躁,"你在图书馆的台阶上被人打了,之后被送到急诊室,我们给你做了全身检查。"他又一次命令塞利格起身,这次没有再说话,改为严肃地勾手示意。塞利格试着窥探了一下他的思想,发现自己能够进入,但除了烦躁和不耐烦之外,没有任何有意义的内容。塞利格边琢磨着,边从床上爬了下来,感觉身体好似被铁丝固定住了,稍微活动一下,骨头就嘎吱作响,仍然觉得有断掉的骨头在胸内摩擦。他想问X光会不会有误,但来不及了,实习生已经走去了另一张床。

他们把衣服还给了他。他拉开床边的窗户,开始穿衣服。正如他所担心的那样,衬衫上确实有血迹,裤子上也有,到处都是血。他检查了一下物品:所有东西都在这里,钱包、手表、小梳子。现在怎么办?就这样走出去吗?不需要签什么表格吗?塞利格犹豫地走向门口,进入走廊,没引起任何注意。那个实习生又神不知鬼不觉地冒了出来,指着大厅对面的另一个房间说道:“你去那里等保安。”保安?什么保安?

正如他之前担心的那样,他需要先签字,才能出院。签完一堆繁复的文件,一个身穿学校保安制服的男子走进了房间,体形略胖、脸色发灰,看上去六十岁左右。保安微微喘着气问道:“你是塞利格?”

他点点头。

“院长要见你,你是自己走,还是我去给你弄个轮椅?”

“我能走。”塞利格说道。

他们一起走出医院,沿着阿姆斯特丹大道,来到位于115街的校园门口，进入林奇四方院。保安紧紧跟在他身边，一言不发。塞利格发现，他们来到了哥伦比亚学院[1]院长的办公室。保安和他一起在门外等待着，放松地抱着胳膊，有几分百无聊赖的味道。塞利格开始怀疑自己是不是被逮捕了。可是为什么呢？真是个奇怪的念头，他为什么会害怕院长呢？他窥探着保安沉闷的思想，但除了一团飘忽的浓雾外，什么也没找到。他想知道现任院长是谁。他对自己学院的院长名字记得很清楚。打着领结、面带微笑的劳伦斯·张伯伦院长，还有麦克奈特院长。尼古拉斯·麦克奈特，狂热的兄弟会（西格玛志兄弟会）拥趸。他还是学生事务部主任，用死板的十九世纪方式管理学生。那都是二十年前的事了，张伯伦和麦克奈特之后肯定有了好几任新院长，但他从不看校友会新闻，对他们一无所知。

办公室内有个声音说道："库欣院长现在可以见他了。"

"进去吧。"保安说道。

库欣？这名字挺有院长派头的，他是谁呢？塞利格一瘸一拐地走了进去，伤口让他的姿势很尴尬，膝盖还特别酸痛。一进门，他看到了一张整洁的办公桌，后面坐着一个宽肩膀的男人，两颊光滑、面相年轻，身着保守的深色西装，一副虽资历尚浅但已然身居高位的打扮。塞利格脑海中有个想法一闪而过：时间确实改变

---

①哥伦比亚大学的本科生学院之一。

了很多事情。在过去，他一直把院长看作是某种崇高的权威象征，认为院长必然是老年人，或者至少是中年人，但眼前的这位院长似乎是塞利格的同龄人。紧接着，他意识到，这位院长不光是他的同龄人，其实还是他的同学，五六届的特德·库欣，一位当年颇有声望的校园名人，还是班长、足球明星，一级学者，在校期间塞利格就已经对他有所耳闻。他已经活到了同龄人掌权的时代，这提醒了他，自己已不再年轻，但每每想到这点，还是让他感到惊讶。“特德？”他脱口而出，“你现在是院长了吗，特德？天哪，真让人惊讶。什么时候——”

“坐下吧，戴夫。”库欣说道，语气礼貌但冷淡，“伤得很重吗？”

“医院说没有骨折，但我却感觉少了半条命。”他指了指衣服上的血迹和脸上的伤痕，慢慢坐了下来。张嘴说话得费一番力气，下巴还在咯吱作响。“嘿，特德，好久不见！我们差不多有二十年没见了。你还记得我？还是他们从钱包里的证件认出了我？”

“我们已经支付了你的住院费，”库欣说道，似乎没有听到塞利格的话，“之后的医疗开销我们也会一并处理。如果你需要，我可以写一份书面承诺。”

“口头承诺就够了，如果你是在担心我会报警或起诉学校，请放心，我不会做这样的事情。他们毕竟还是男孩子嘛，脾气失控也情有可原，但是——”

“我们并不太担心你起诉学校，戴夫，”库欣平静地说道，“真正的问题在于，学校是否要起诉你。”

“起诉我，为什么？因为被你的篮球运动员打伤了？还是因为我的脸对他们昂贵的手造成了伤害？”他挤出了一个痛苦的笑容，库欣的脸色依然很严肃。一阵沉默。塞利格努力理解着库欣的笑话，但压根儿没找到笑点。他决定冒险窥探一下库欣的大脑，却迎面撞上了一堵墙。突然间，他害怕了，害怕就此失去突破大脑屏障的能力，于是不敢再用力推进。“我不明白你的意思，”他终于开口说道，“凭什么起诉我？”

“凭这些，戴夫。”塞利格这才终于注意到，办公桌上放着一叠打印纸。库欣把它们推了过来，“认出来了吗？拿着，读一读吧。”

塞利格愁眉苦脸地翻看着这些打印纸。每一篇都是学期论文，全部出自他之手。《作为社会象征的奥德修斯》《论卡夫卡的小说》《埃斯库罗斯与亚里士多德的悲剧观》《蒙田哲学中的断念和接纳》《但丁的导师——维吉尔》。其中，一些纸上有标记：A^-，B^+，A^-，A，还有一些边注，大部分都是赞扬。有几张上面只有污迹，是被卢蒙巴偷袭前他正准备交货的那一批。他小心翼翼地整理着这叠论文，把每一张纸的边缘对齐，将它们推回给了库欣。“好吧，”他说道，“你们抓到我了。”

“这些是你写的吗？”

“是的。”

“为了挣钱?”

“没错。”

“真可悲,戴夫。太可悲了。”

“我需要混口饭吃,学校可不给校友提供奖学金。”

“能挣多少钱?”

“一页三四块。”

库欣摇了摇头,“我得承认,你的文笔确实很不错。校园里肯定还有至少十个人也在当代笔,但你轻而易举就成了他们中的佼佼者。”

“谢谢。”

“但有一个客户对你不太满意。我们问了卢蒙巴为什么打你,他说他让你为他写一篇学期论文,你却写得很差。你骗了他的钱,又拒不退款。好吧,学校正在用官方手段处理他,但也必须同时处理你。我们找你找了很久了,戴夫。”

“是吗?”

“过去几个学期,我们把你的大作复印了很多份,发到各个系里,警告教师们留意你的打字机和写作风格。很多教师不太配合,他们似乎并不关心收到的论文是不是来自枪手。但我们关心,戴夫,学校非常关心。”库欣向前倾了倾身子,寻找着塞利格的视线,眼神无比真挚。塞利格把目光移开,他无法忍受这双眼睛射出的带着探究的善意。“几周前,我们决定收网了,”库欣继续说道,“学校抓住了你的几个客户,威胁把他们驱逐出境。他们交代了你的名字,但不知道你的住址。我们没有办法找到你,但知道你一定会再次出现在校园里,进行交货和揽客,所以我们耐心等待着。随后,我们接到报案,图书馆台阶上发生了骚乱,篮球运动员打了人。我们赶到后,发现你的手里攥着一堆没来得及交易的论文,结案了。戴夫,你的生意黄了。”

“我应该请个律师,”塞利格说道,“我不该再向你承认别的事情了。你给我看那些打印纸的时候,我就该矢口否认的。”

“没必要这么严谨地行使你的权利。”

“你正盘算着把我送上法庭,我认为很有必要,特德。”

“大可不必,”库欣说道,“学校压根儿没打算起诉你,除非发现你还在继续当枪手。我们对送你坐牢没兴趣,而且我觉得你的所作所为在任何情况下也算不上是刑事犯罪。我们真正想做的是帮助你。你病了,戴夫。像你这样聪明又有潜力的人,竟然堕落到如此境地,要以代写本科论文来维持生计——这很可悲,戴夫,太悲哀了。我和贝利尼院长还有汤普金斯院长已经讨论了你的情况,我们为你想出了一个振作计划,可以在校园里为你找份工作。总会有博士生需要助手,你可以做他们的研究助理。学校有一个小基金会,可以给你发工资。钱不多,但至少和你代写这些论文的收入差不多。我们还可以为你开放学校的心理咨询。这项服务本来是不提供给校友的,但我认为学校在这方面可以灵活一点。戴夫,就我自己而言,不得不说,发现一个五六届的老同学竟然落魄至此,这让我很不安。出于对我们班的感情,我想尽一切可能帮助你重新振作起来,让你能够找回昔日的壮志——"

库欣滔滔不绝地说着,反复强调着他的意图,同时不忘适当加以美化。他展现出的怜悯里没有指责,不过是承诺要帮助这位眼下正在受苦的老同学。塞利格心不在焉地听着,发现库欣的大脑正在一点点向他打开。早些时候,可能是太过恐惧和疲惫的缘故,塞林格觉得在他们的大脑之间牢牢竖立起了一堵墙,隔开了他们的思想。但现在,这堵墙已经开始消融,塞利格渐渐感知到了库欣思想的轮廓:精力充沛、强大有为;同时很传统、有不少局限。这是一个冷漠的共和党人的思想,一个平庸的名校精英的思想。在他的脑海中,最重要的并不是他对塞利格的关切,而是他对自己生活的满足。库欣意识中最耀眼的光芒来自他对自己幸福生活的感受:一套郊区别墅,一位高大的金发妻子,三个漂亮的孩子,一条毛茸茸的宠物狗,一辆崭新闪亮的林肯大陆。塞林格继续朝他的大脑深处游走,发现库欣对他的关心其实都是虚假的,诚挚的眼神和充满同情的温暖笑容背后,是深重的蔑视。库欣鄙视他,认为他堕落无用、一无是处,是人类之耻,还尤其是哥大五六届的耻辱。库欣不光觉得他道德败坏,还认为他的躯体一定也是肮脏的,他肯定不洗澡,也不洁身自好,八成得了梅毒。库欣还怀疑他是同性恋。他对他的蔑视就像扶轮社成员对吸毒者的蔑视一样。库欣压根儿无法理解,为什么一个接受过哥大教育的人会让自己堕落到这般田地。在库欣的厌恶面前,塞利格畏缩了。我是真的如此不堪吗,他心想,真的就这么废物吗?

他对库欣大脑的控制渐渐加强,开始慢慢深入到他的内心。库欣对他的蔑视已经不再困扰他了,塞利格逐步让自己进入一种抽象的状态,不再把自己视作库欣眼中的那条可怜虫。库欣知道什么?他能看穿别人的思想吗?他能感受到那种与人类产生真正联结的狂喜吗?而且,现在他就能感受到这种狂喜。如同上帝一般,他在库欣的脑海中任意驰骋,拨开表层的防御,下沉,掠过库欣琐碎的自得和势利,掠过他的自鸣得意,进入绝对价值的疆域,进入真我的国度。接触!狂喜!那个死板的库欣不过是一具外在的躯壳,这里暗藏着的人格连库欣自己都没有察觉:但塞利格知道它的存在。

多年以来的第一次,塞利格感受到了一种盛大的愉悦。静谧的金色光线涌入了他的灵魂,快乐将他占据,令他神魂颠倒。黎明时分,穿过迷雾重重的小树林,他感受着潮湿的蕨类植物拍打小腿的轻柔触感。阳光穿透了高高的树冠,露珠深处闪烁着清凉的火焰。鸟儿们醒了,它们的歌声甜美温柔,如同遥远的歌谣,清冷柔和。他在树林中奔跑着,但并不孤单,因为一只手握住了他的手;他知道,自己从未孤单过,也永远不会孤单。他跑着,跑着,赤脚下的土地松软潮湿。一个无形的唱诗班吟唱出了一个和谐的音符,音符在空气中荡漾着,延长着,在完美的高潮中膨胀开来。就在他冲出小树林、迈入一片阳光灿烂的草地时,那个不断膨胀的音符填充了整个宇宙,在奇异的完满中回荡。他扑倒在地,拥抱着大地,在芬芳的草毯上翻滚,触摸着这个星球的线条,感受到了世界内在的脉动。这就是狂喜!这就是接触!各种思想围绕着他,无论向哪个方向走动,他都能感觉到它们的存在。它们欢迎他,支持他,靠近着他。来吧,它们说,加入我们,与我们融为一体,丢掉支离破碎的自我,卸下将你和我们分开的一切,加入我们吧。好的,塞利格回答道,好的,我确信生命的狂喜,我确信接触的欢欣,我把自己交给你们。它们触碰着他,他也触摸着它们。塞利格知道,正是为了这一刻,为了此刻的确信和圆满,我接受了这礼物,我的福祉,我的能力。加入我们,加入我们。看啊!鸟儿们!无形的唱诗班!露水!草地!太阳!他大笑了起来,站起身,跳起了狂喜的舞蹈。他仰头歌唱着,此生未敢开口唱歌的他,歌声却是那么的丰盈、充沛、明净,组成了完美音调。是的!哦,这种结合,这种触碰,这种联结，这种圆满！他不再是戴维·塞利格，而成了它们的一部分，它们也变成了他的一部分。在这种狂喜的融合中，他经历了自我的迷失，卸下了身上所有的疲惫和酸楚，丢掉了恐惧和不安，把多年来将自己和自我分隔的一切都抛之脑后。他挣脱了，完全打开了自我，庞杂的宇宙信号一股脑涌入了他的脑海。他接受。他传递。他吸收。他辐射。是的。是的。是的。是的。

他知道，这种狂喜将会是永恒。

但就在认识到这一点的刹那，他感到它正从脑海中溜走。唱诗班的喜乐音符正在渐渐消散，太阳向地平线坠去，远处的大海退潮了，潮水拍打着海岸。他挣扎着，想擒住快乐，但他越急迫，快乐消失得就越迅疾。该如何挡住潮水？怎么才能推迟黑夜的降临？鸟叫声已经很微弱了，空气开始冷却，一切都从他身边匆匆离去。他独自站在黑夜里，追忆着那份狂喜，想要在刹那间夺回它，重温它——只因它此时已消隐无踪，必须用意志进行召唤。是的，消失了。突然间，这里变得非常安静。他听到的最后一个声音来自远方的弦乐，美丽又忧郁，也许是大提琴的弹拨。哐，铿锵的和弦；嗡，琴弦断裂的声音；咚，走音的七弦琴。哐，嗡，咚，再无其他。寂静将他裹住，这是一种宣告尾声的寂静，在他头骨的洞穴中轰鸣。这是琴弦碎裂后的寂静，音乐陨灭后的寂静。他独自站着，什么也听不到，什么也感觉不到。

孤身一人。

“太安静了，”他喃喃道，“太隐秘了，这里——如此隐秘。”

“塞利格，”一个低沉的声音问道，“你怎么了，塞利格？”

“我没事。”塞利格说道。他试图起身，但周遭的一切突然变得不再牢靠。他一头栽在了库欣的办公桌上，摔在办公室的地板上，落在地球表面，徒劳地寻找着一个坚实的平面，却一无所获。“太安静了，这片寂静，特德，这寂静！”强壮的手臂抓住了他，他意识到身旁有人正在忙乱，有人在叫医生。塞利格摇摇头，想要抗议，他没有任何问题，一点儿毛病都没有，除了他脑子里的寂静，除了这片寂静。

一片寂静。

第二十六章

冬天到了,天空和大地的界限变得混沌,到处都灰扑扑的。雪很快就会落下。不知道为什么,这个街区已经有三四天没人来收垃圾了,每栋楼前都堆满了鼓鼓的塑料垃圾袋,但空气中却没有垃圾的臭味。连气味都无法在这样的低温下滋生:寒冷扼杀了所有臭气,也消除了所有生命的迹象。在这种天气里,只有混凝土取得了胜利。一片寂静,黑色和灰色的瘦弱小猫如雕像般一动不动,只从小巷里探出了脑袋。地铁上人很少。我快速穿过街道,从地铁站前往朱迪丝的住处,尽量避开和路人的眼神交流。身处人群中,我感到有些难为情,像一个刚从康复中心出院的老兵,仍然对自己的残肢感到羞愧。我自然无法再探知别人的想法;他们的思想现在对我来说是封闭的,从我身边走过时都佩戴着坚不可摧的冰盾；但是，讽刺的是，我产生了一种错觉，觉得他们都能探测到我的思维。他们可以将我看穿，他们一定在想，这就是戴维·塞利格啊，他是多么粗心大意啊，竟然把自己的天赋弄丢了！他搞砸了，让一切从身边溜走，真是个笨蛋。让他们如此失望，我感到有些愧疚。不过，愧疚感并没有我想象中那么深，在某些层面上，我压根儿不在乎。这就是我，我告诉自己，这就是我现在要做的。如果你不喜欢，那就请便吧。试着接纳我，如果做不到，就干脆忽略我吧。

“正如最真实的社会总是越来越趋近于孤寂，最出色的演说最后归于沉默。沉默是在任何时间、任何地点、任何人都听得见的。”1849年，亨利·梭罗在《河上一周》中如此写道。显而易见，梭罗很不合群，是个神经兮兮的社会边缘人。大学毕业后，他爱上了一个叫艾伦·苏沃尔的女孩，但被拒绝了，此后他终身未娶。我好奇他是否有过性经历，大概没有。我简直没法想象梭罗会做那事儿，你能吗？也许他死时不是处子之身，但我敢打赌，他的性生活大概率很糟糕。也许他连自慰都没试过，你能想象他坐在瓦尔登湖边做那事儿的场景吗？反正我不能。可怜的梭罗。沉默是能被听见的，亨利。

离朱迪丝的公寓越来越近，我开始想象自己遇到了托妮。我似乎看到一个高挑的身影沿着河滨路迎面向我走来，没戴帽子，穿着一件厚重的橙色外套。当我们距离半个街区时，我认出了她。

真奇怪，对这次意外的重逢，我心中无喜无忧，只有近乎淡漠的平静。放在平时，我大概会走到街的另一头，试图逃避偶遇的尴尬，但现在不会了。我沉着地停下脚步，面带微笑，举起双手打招呼："托妮？你不认识我了吗？"

她皱着眉头端详着我，片刻间似乎很疑惑，但马上认出我来了。

"戴维，你好。"

她的脸看起来更瘦削了，颧骨更高、更锋利，头发里掺杂着几缕灰发。当年我们相熟的时候，她只有在太阳穴处有一绺奇特的灰发；现在，越来越多的灰发散落在了黑发间。当然，她现在已经三十好几了，不再是一个小女孩。事实上，现在她的年龄和我第一次见到她时我的年龄相同。但我知道，她其实几乎没有任何变化，只是成熟了一些。她看上去和从前一样漂亮，但我却没有欲望。所有激情都耗尽了，塞利格，所有激情都耗尽了，而她也安定了下来。我还记得我们最后一次见面时她脸上的痛楚，还有那堆烟头。现在她的表情亲切又随意。我们都平安驶出了生活的风暴。

"你看上去不错，"我说道，"我们多少年没见了？八年，还是九年？"

我当然知道这个问题的答案，不过是在测试她而已。她答道："1968年的夏天。"测试通过。看到她没有忘记，我就放心了，看来我仍旧是她人生中不可磨灭的一章。“你过得怎么样,戴维?”

“马马虎虎,”俗套的对话,“你最近在做什么?”

“我现在在兰登书屋工作。你呢?”

“自由职业,”我答道,“做点儿这个,做点儿那个。”她结婚了吗?她戴着手套,看不出手上有没有戴戒指。我失去了探查的能力,也不敢问她。我勉强笑笑,不断转移着双脚的重心。突然,我们之间横亘的沉默变成了一道无法弥合的鸿沟,难道我们这么快就把能聊的话题都聊完了吗?难道我们之间只剩下那些痛苦到难以启齿的回忆了吗?

她说道:“你变了。”

“我变老了,更疲惫,头发也更少了。”

“不是的,你内心的某些东西变了。”

“大概是吧。”

“曾经的你让我觉得不舒服,有一种恶心的感觉,但现在没有了。”

“你是说,在服药之后?”

“之前和之后都是。”她说道。

“你和我在一起的时候一直都觉得不舒服?”

“一直是这样。我不明白为什么,即使在我们特别亲密的时候,我也觉得——我不知道,每次和你在一起时,我总有种防备心,心慌意乱,很不自在。但现在这一切都消失了,完全消失了。我想知道原因。”

“时间可以治愈一切创伤。”我说道。这是来自神谕的智慧。

“你大概是对的。天哪,真冷呀! 你说,会下雪吗?”

“一定会的,用不了多久。”

“我讨厌冬天。”她蜷缩在外套里,我从来没有见过冬天的她。我们经历了春天和夏天,之后就是分手,滚出去,拜拜。奇怪的是,我现在对她的感觉变得如此淡漠,如果她邀请我去她的公寓,我可能只会说,谢谢你,不了,我正要去看我妹妹。当然,一部分原因是因为她是我幻想出来的,而且我也没有从她那里感知到灵场。她没有散发,抑或是我没有收到。她只是一个真人大小的雕像。既然我失去了接收的能力,我是否也同时失去了感知的能力? 她接着说道:“很高兴见到你,戴维。我们有空可以聚聚,如何?”

“当然好了。我们一起喝几杯,谈谈过去的事。”

“我挺愿意的。”

“我也特别愿意。”

“照顾好自己,戴维。”

“你也是,托妮。”

我们笑了起来,我滑稽地向她致意,以示告别。我继续向西走，她顶着大风匆匆向百老汇走去。这场想象中的相遇让我感到了一丝暖意。我们都很冷静，彼此友好，但没有感情。事实上，一切都死了，所有激情都耗尽了。很高兴见到你，戴维。我们有空可以聚聚，如何？转过街角时，我突然意识到忘了要她的电话号码。托妮？托妮？但她已经消失了，仿佛从未出现过一样。

琵琶琴里的小裂缝，
让乐曲逐渐走了调，
裂缝一点点扩大，
终于，所有乐曲都弹不了。

丁尼生[1]的《梅林与薇薇安》。你之前肯定听过“琵琶琴里的裂缝”这个俗语，但从来没想过出自丁尼生吧？我之前也不知道，我的琵琶琴早已四分五裂了。

叮，叮，铛。

我又想起一句妙语：

一切声响终将归于寂静，但寂静永不消亡。

这句话出自萨缪尔·米勒·哈格曼于1876年写的一首名为《寂

① 阿尔弗雷德·丁尼生(Alfred Tennyson，1809—1892)，英国维多利亚时代著名诗人。

静》的诗歌。你听说过萨缪尔·米勒·哈格曼吗？我没有。山姆[1]，不管你是谁，你真是个智慧的老头啊。

在收养朱迪丝之前，我八九岁的一年夏天，我和父母去卡茨基尔山的一个度假村玩了几个星期。那里有一个儿童夏令营，孩子们学习游泳、网球、垒球、手工等活动，让家长们可以尽情玩金拉米牌[2]和饮酒。一个下午，夏令营举办了拳击比赛。我从来没有戴过拳击手套，打过几次架后也意识到自己打架很差劲，所以对比赛并不热衷。我垂头丧气地观看了前五场比赛。那么多出拳！那么多鼻子在流血！

然后就轮到我了，我的对手是一个叫吉米的男孩，比我小几个月，但更高、更强壮，运动细胞也更发达。我猜辅导员是故意把我们配对的，也许他希望吉米能杀了我，因为我不招他们喜欢。还没戴上手套，我就已经开始浑身发抖了。一位辅导员大喊："第一回合！"我们开始向对方靠近，我清楚地听到了吉米要打我下巴的念头。当他的手套朝我的脸袭来时，我迅速闪开，击中了他的腹部，他气疯了。现在，他想击打我的后脑勺，但我也同时发现了这一点，于是转到另一侧狠狠击中了他靠近喉结的部位。他噎住了，转过身去，半天才哭出声来。过了一会儿，他又开始攻击，但我继续预测他的动作，让他根本碰不到我。这是我人生中头一回感到

① 萨缪尔的昵称。

② 一种两人玩的纸牌。

自己非常强壮有力、气势汹汹。我继续痛扁着他，抽空看了眼临时搭建的擂台外，只见我父亲满脸骄傲，而他旁边吉米的父亲却看起来既生气又困惑。第一回合结束了，我满头大汗，蹦跳着露出了大大的笑容。

第二回合：吉米冲了过来，决心把我打成碎片。他疯狂地挥舞着拳头，依旧瞄准了我的脑袋。我把头偏到他够不着的地方，晃到另一侧，又用力地打了他的肚子。他痛得弯下了腰，我继续对着他的鼻子出击，他躺在地上哭了起来。做裁判的辅导员迅速数到十，举起了我的手。"好样的，乔·路易斯[①]！"我父亲冲我大喊，"好样的，威利·佩普[②]！"辅导员让我走到吉米身边把他扶起来，和他握手。吉米挣扎着起身的时候，我清晰地感知到了他打算用脑袋撞掉我的牙齿。我假装没有留意到，在他向我扑过来时轻巧地闪开，用拳头猛锤他的后背。这让吉米终于崩溃了，大声地呻吟道："戴维犯规！他作弊！"

他们都痛恨我的聪明！他们误以为我能做到这些是因为我很聪明，不然怎么解释我为何总能预测到将要发生的事情呢？好了，如今这已经不成问题了。他们都会爱我，爱我的同时把我打成肉酱。

---

① 美国职业重量级拳击手，被认为是历史上最伟大的重量级拳击手之一。

② 美国职业拳击手，在1942年至1950年间两次获得了世界羽量级冠军。

开门的是朱迪丝，她穿着一件灰色的旧毛衣和膝盖破洞的蓝色休闲裤。看到是我，她向我伸出双臂，我紧紧拥抱着她，抱了差不多有半分钟。我隐约听到了屋内传来的音乐：大概是《齐格弗里德田园诗》[1]，亲切又甜蜜，像在欢迎我进屋。

“外面下雪了吗？”她问道。

“还没有。不过天已经阴了，很冷。”

“去客厅吧，我给你倒杯酒。”

我站在窗边，有几片雪花开始飘落下来。我的侄子走了过来，远远地打量着我。让我惊讶的是，他微笑了起来，热情地招呼道：“嗨，戴维叔叔！”

一定是朱迪丝让他这么做的。她肯定对他说过，对戴维叔叔友好一点，他身体不舒服，最近还遇到了很多麻烦。所以，这孩子站在那里，对戴维叔叔很友好。我记得他以前从来没有对我笑过，甚至在摇篮里都没有对我咕咕哝哝说过话。嗨，戴维叔叔。挺好，小子，我可以试着去喜欢你的新态度。

“你好，保罗。最近怎么样？”

“挺好。”他回答道，这话已经耗尽了他全部的社交礼仪。他没有反过来问候我，而是拿起一个玩具，全神贯注地玩了起来。然

① 查德·瓦格纳创作的一首室内乐团交响诗。

而,他那双又黑又亮的大眼睛隔一会儿就打量一下我,目光中已经没有了敌意。

瓦格纳播完了。我走到唱片架前,挑了半天,最后选了阿诺尔德·勋伯格的《升华之夜》,将它放在唱机转盘上。这支曲子以澎湃的痛苦开头,随后转入了平静、顺从。又是接纳的主题,好吧,好吧。繁复的弦乐如旋涡一般将我裹挟。朱迪丝过来了,给我拿了一杯朗姆酒,给自己选了比较温和的酒,大概是雪利酒或苦艾酒。她看起来有点憔悴,但非常友善、诚恳。

"干杯。"她说道。

"干杯。"

"你选的音乐真不错。很多人不相信勋伯格的曲子也可以感性和温柔。当然,这张是早期的勋伯格。"

"没错,"我说道,"随着年岁的增长,浪漫往往会枯竭,对不对?你最近在忙什么呢,朱迪?"

"没什么新鲜事。"

"卡尔怎么样了?"

"我已经和卡尔分开了。"

"哦。"

"我没有跟你说过吗?"

"没有,"我说道,"这是我第一次听说。"

“我还不习惯需要亲口把事情告诉你，戴戴。”

“那你以后最好习惯一下。你和卡尔——”

“他一再坚持和我结婚。我告诉他，我们进展太快了，我还不够了解他，害怕会再次犯错。他听完很受伤，开始对我大谈特谈不能遵守承诺的人、喜欢自我毁灭的人，诸如此类。我看着他说个没完，才意识到我其实一直把他当作某种父亲形象：高大、自命不凡、严厉。他在我眼里不是爱人，而是一个导师，一位教授，而这不是我想要的。我忍不住开始设想，再过十年或十二年，他会是什么样子。到那时他就六十多岁了，而我还很年轻。我意识到我们在一起是没有未来的，然后尽可能委婉地告诉了他。他有十天没打电话了，我想他以后也不会再打了。”

“我很抱歉。”

“没必要，戴戴。我很确定这么做是明智的。卡尔是对我不错，但不会一辈子照顾我。和卡尔在一起的时光很幸福，可是，一旦觉得两个人走进了死胡同，就得快刀斩乱麻。”

“没错，”我说道，“确实如此。”

“你想再来点朗姆酒吗？”

“过一会儿吧。”

“那你呢？”她问道，“跟我讲讲你的情况，你该怎么办呢，毕竟现在——现在——”

“现在,我的超人阶段已经结束了。”

“嗯,”她说道,“它真的消失了吗?”

“真的,全消失了,不用怀疑。”

“之后呢?戴戴?失去它后你过得怎么样?”

公义。你听过很多关于上帝公义的说法,说他看顾义人,对不敬虔的人施以污秽。公义?公义在何处?上帝又在何处呢?他是真的死了,还是在心不在焉地度假?看看他的公义吧。他让巴基斯坦发了一场洪水,啪的一声,一百万人瞬间丧生,死者中既有通奸者又有处女。这是公义吗?或许吧,也许那些所谓的无辜受害者并不那么无辜。啪,麻风病院的看护修女得了麻风病,嘴唇在一夜之间脱落,这也是公义?啪,教徒花费二百年建造的大教堂,在复活节的前一天被地震夷为废墟。啪,啪,上帝大声嘲笑着我们。这就是公义吗?在哪儿?以什么形式?

就拿我自己举例吧,我并不是想从你那里获得一丝怜悯;我只不过是在描述客观情况。我从来没有主动要求成为一个超人,却在降临到这个世界的那一刻被赋予了这项能力。一切都始于上帝的一个不可理喻的鬼主意,它定义我、塑造我,使我变得畸形、混乱。它是一个不劳而获的礼物,而我并不想要。你要是以为我的基因突变是前世的报应,那就是胡扯,这不过是上帝开了个小差。

上帝说，让这孩子成为一个超人。嚯！小塞利格就成了一个超人，至少在一段时间内如此。上帝为我安排了一切：隔绝、痛苦、孤独，甚至自怜。公义在哪里？赐予能力的是上帝，可只有天知道为何赐予，而最终夺走这一切的也是上帝。祂做到了，能力已经消失了。现在的我一如你们，只是一个普通人。

不要误会，我接受命运，完全与之和解，也不强求你为我感到难过，我只是想弄明白这一切的意义所在。能力消失了，那我现在是谁？我该如何定义自己？既然已经失去了独特之处，失去了我的力量、我的隐痛、我与他人隔离的理由，留下的只有曾与众不同的记忆。是过往的伤疤。我现在应该做什么？既然已泯然众人，下一步该如何与人类沟通呢？它死了，而我继续活着。

上帝老儿，你对我做的事情是多么怪异呵！可是你明白，我不是在控诉，而是在用一种安静、理性的语气追问，想探究这神圣公义的本质。上帝老儿，依我看来，歌德笔下的老竖琴师对你的偏见很正确。你带领我们迈入人生，你让可怜之人堕入罪恶、任他自生自灭，因为所有罪行都在尘世中遭到了报复。这句抱怨挺合理的。上帝啊，你拥有绝对权力，却拒绝承担绝对责任，这公平吗？我觉得我的牢骚也挺合理的。如果公义真的存在，为什么生活中有那么多事情看起来都是不公正的？上帝老儿，如果你真的和我们一伙，又为什么会让我们过上痛苦的生活？对于出生时没有眼睛的婴儿来说，公义在何处？那些出生时有两个头的婴儿呢？还有那些生来就拥有了人类不应该有的能力的婴儿？上帝，我不过是随便问问罢了。相信我，我完全接受你的旨意，屈从于你的意志，我还不如乖乖就范呢——毕竟，我有什么选择呢？但我仍然有发问的权利，对吗？

嘿，上帝？上帝？你在听吗，上帝老儿？

我觉得你根本没在听。你压根儿不在乎，上帝，我猜你一直在耍我玩儿呢。

音乐进入尾声，房间内萦绕着空灵的弦乐，万物归一，雪花在窗外旋转飘落。勋伯格，至少你年轻时是懂得的，你领悟了生命的真谛，并把它写进了乐谱。我听到你说的话了，伙计。你说，不要问问题，接受吧，无论经历了什么，你就照单全收了吧。

朱迪丝说道："克劳德·盖尔曼特斯邀请我圣诞节期间和他一起去瑞士滑雪，我打算让康涅狄格州的一个朋友照顾一下孩子。但如果你需要我，我就不去了，戴戴。你还好吗？你能对付过来吗？"

"当然能，我又不是瘫痪了，朱迪，我也没失明。如果你想去瑞士，那就去吧。"

"我只去八天。"

“放心，我能对付。”

“我回来以后，希望你能搬到这附近，离我近一点，我们应该多见见。”

“再说吧。”

“如果你有兴趣的话，我还可以把我的一些女性朋友介绍给你。”

“太好了，朱迪。”

“你听上去兴致不高啊。”

“别这么着急，”我对她说道，“别拿一堆事来催我，我需要时间来把事情安排妥当。”

“好吧。这感觉就像重获新生一样，对不对，戴戴？”

“新生，没错，朱迪。一个全新的生活。”

暴风雪越来越猛烈，汽车已经消失在了一片白茫茫中。晚饭时，电台天气预报说夜晚会有八到十英寸的积雪。朱迪丝邀请我在这里过夜，住在女佣的房间里。嗯，为什么不呢？我何苦要拒绝她？我会留下来，早上我们会带保罗去公园，看他滑雪橇。雪不停落下，如此美丽的雪花，覆盖一切，清扫一切，暂时净化这个疲惫不堪的城市和疲惫不堪的人们。我把脸紧贴着窗户，目不转睛地盯着雪花。手里还拿着酒壶，但我早已被窗外的落雪催眠，忘记了从酒瓶里啜饮。

“嘿!”有人在我背后大喝一声。

法国白兰地从酒壶里泼了出来,溅到了窗户上。我猛地一跳,惊恐地转身蹲下,准备保护自己。接着,本能的恐惧消失了,我笑了起来,朱迪丝也笑了。

“这是我头一次让你大吃一惊,”她说道,“三十一年来的第一次!”

“你可是把我吓了个半死。”

“我站在这里好几分钟了,对着你想各种事情,试图引起你的注意,但你一点儿反应都没有,只是盯着雪看个没完。于是我偷偷走过来,在你耳边大喊一声。你是真的被吓了一跳,戴戴,绝对不是装出来的。”

“你觉得我之前说的话都是在骗你吗?”

“不,当然不是。”

“那你为什么觉得我是装的?”

“我也不知道,只是有点怀疑,但我现在完全不怀疑了。哦,戴戴,戴戴,我真为你难受!”

“别这样,”我说道,“求你了,朱迪。”

她小声啜泣了起来。看着朱迪丝流泪,多么奇怪啊。这全是出于对我的爱,她对我的爱意。

此刻,万籁俱寂。

表层的世界一片白茫茫,内里却是灰色的,我已接受这个事实,今后的生活大概只会愈发平静,沉默将成为我的母语。此后,生活中或许会有新发现和新启示,但不会再有新的巨变了。也许以后我的世界会增添些许亮色,或许吧。

活着时,我们焦躁苦恼;濒死时,我们终尝生命甘甜。咂,嗡,铛,我会牢记这一点,保持良好心态,直至再次死去。你好,你好,你好,你好。